Franziska Franke
Sherlock Holmes und
die Spur des Yeti

Von der Autorin bisher bei KBV erschienen:

Sherlock Holmes und die Büste der Primavera
Sherlock Holmes und der Club des Höllenfeuers
Sherlock Holmes und die Katakomben von Paris
Sherlock Holmes und der Fluch des grünen Diamanten
Sherlock Holmes und das Ungeheuer von Ulmen
Sherlock Holmes und der Ritter von Malta
Sherlock Holmes und das Geheimnis der Pyramide
Sherlock Holmes und die schwarze Kobra

Franziska Franke wurde in Leipzig geboren, hat nach ihrer Schulzeit, die sie in Essen, Schwetzingen und Wiesbaden verbrachte, an den Universitäten von Mainz und Frankfurt Kunstgeschichte, Klassische Archäologie und Kunstpädagogik studiert. Sie wohnt heute mit ihrem Mann in Mainz, wo sie freiberuflich in der Erwachsenenbildung tätig ist. In ihrer *Sherlock Holmes-Reihe* löst der Meisterdetektiv zahlreiche Kriminalfälle im Anschluss an sein rätselhaftes Verschwinden in den Reichenbach-Fällen. Dabei begleitet ihn der englische Buchhändler David Tristram.

Franziska Franke

Sherlock Holmes
und die
Spur des Yeti

KBV

Originalausgabe

www.kbv-verlag.de
E-Mail: info@kbv-verlag.de
Telefon: 0 65 93 - 998 96-0
Fax: 0 65 93 - 998 96-20
Umschlaggestaltung: Ralf Kramp
unter Verwendung von © Daniel Prudek - Fotolia.de
Lektorat: Volker Maria Neumann, Köln
Druck: CPI books, Ebner & Spiegel GmbH, Ulm
Printed in Germany
ISBN 978-3-95441-387-4

Vorwort des Herausgebers

Das Ende des Bandes *Sherlock Holmes und die schwarze Kobra* ließ mich hoffen, dass David Tristram den Meisterdetektiv zumindest nach Simla, vielleicht sogar ins geheimnisumwitterte tibetische Hochland begleitet hat. Daher habe ich es diesmal nicht dem Zufall überlassen, welcher der Manuskriptbände, die sich im Nachlass des Florentiner Arztes Dottor Lorenzo Tristram-Boldoni fanden, als Nächstes übersetzt wird, sondern habe meine Frau gebeten, gezielt nach dem Folgeband zu suchen. Diese harmlos klingende Bitte kostete die Arme mehrere Stunden, in denen sie auf dem Dachboden des Hauses an der Piazza Santa Croce staubige Kisten durchstöberte, in denen sich jedoch überwiegend wurmstichige Bücher über Bienenzucht, obskure Abhandlungen über die Eigenheiten der Asche von Zigaretten aus verschiedenen Ländern, veraltete Kataloge der Steinmetz-Werkstatt Andrea Boldoni und Hunderte von zerfledderten Kriminalromanen befanden. Man kann sich des Verdachtes nicht erwehren, dass Holmes' mangelnder Ordnungssinn mit der Zeit auf seinen zeitweiligen Assistenten abgefärbt hat. Erst in der vierten Kiste wurde meine Frau schließlich fündig.

Doch die Mühe hat sich gelohnt, denn nun können wir ohne weitere Unterbrechung Sherlock Holmes auf der Reise folgen, die ihn in den Jahren 1891 bis 1894 in die entlegendsten Regionen Asiens und Afrikas geführt hat. Damals glaubte alle Welt, dass er bei einem Kampf mit seinem Erzrivalen Professor Moriarty einen tödlichen Unfall erlitten und die Reichenbachfälle hinuntergestürzt sei. Holmes konnte sich jedoch glücklicherweise retten und wirkte während seines Exils unter dem Namen des norwegischen Forschungsreisenden Sven Sigerson.

Wie auch beim Vorgängerband wurden einige Kapitel von David Tristrams Ehefrau Violetta auf Italienisch und in einer schnörkellosen, schönen Schrift verfasst, die sich wohltuend von der schwer lesbaren, nachlässigen Handschrift ihres Gatten unterscheidet. Sie sind im Folgenden durch kursive Schrift gekennzeichnet. Zu meinem Bedauern stand unsere bewährte Übersetzerin Signorina Casagrande nicht mehr zur Verfügung, da sie inzwischen selbst Kriminalromane schreibt. Aber wir haben mit der Anglistikstudentin Signora Rosa Bruni einen würdigen Ersatz gefunden. Ihr gilt mein aufrichtiger Dank.

Florenz, den 30.4.2017
Giorgio Battista Scalzi, Anwalt und Notar

1. Ankunft in Simla

Simla sah aus wie eine englische Kleinstadt, die man in die Voralpen versetzt hat. Ich hatte mir die Sommerresidenz des Vizekönigs von Britisch Indien wesentlich exotischer vorgestellt. Doch das mangelnde Lokalkolorit wurde mehr als wettgemacht durch die atemberaubende Lage der Stadt, die sich über einen bewaldeten Bergrücken in einem Ausläufer des Himalaja ausbreitete. Edward Tristram, ein entfernter Verwandter, hatte mir hier – am Ende der bewohnbaren Welt – ein kleines Anwesen vererbt. Er hatte sich nach Ableistung seines Militärdienstes in Simla niedergelassen und hier ein kleines Teegeschäft eröffnet. Man munkelte allerdings in der Familie, dass es nicht den erhofften Gewinn abwarf. Anfang des Jahres war mein Verwandter gestorben und hatte mich zu meinem nicht geringen Erstaunen als Alleinerbe eingesetzt. Dieser unverhoffte Glücksfall bot mir einen willkommenen Vorwand, mich Holmes anzuschließen, der den Himalaya zu erkunden gedachte.

Um nach Simla zu gelangen, waren wir zunächst mit dem Zug von Bombay über Ammadabad, Jaipur und Delhi nach Umballa gereist. Dort endete die Eisenbahnstrecke[1], und wir mussten mit einer Kutsche vorliebnehmen. Es kostete uns mehr als acht Stunden, auf der Heerstraße die Hügellandschaft von Kalka zu durchqueren. Diese sogenannten Hügel waren jedoch teilweise veritable Berge, denn in der Region wurden alle Erhebungen von weniger als 1.800 Metern Höhe schlicht »Hügel« genannt. Die Fahrt ging bergauf und bergab, immer nach Norden, wobei wir kontinuierlich an Höhe gewannen. Das gleichmäßige Klappern der Hufe und das Ruckeln der schlecht gefederten Kutsche setzten mir zu. Um meine Übelkeit zu bekämpfen, versuchte ich mir den langen Konvoi von Wagen vorzustellen, der zahlreiche Beamte der Kolonialregierung im Frühjahr von Kalkutta in die Berge und im Herbst wieder zurück transportierte.

Als wir endlich unser Ziel vor uns sahen, verhüllte bereits der Abendnebel die Schneegipfel des Himalaya. Wir folgten nun einer steilen Straße, und je weiter wir in die Berge vordrangen, desto kühler wurde die Luft.

Ich blickte meine Frau Violetta von der Seite an und bemerkte, dass sie ihr Wolltuch fest um die Schultern geschlungen hatte. Als Italienerin vertrug sie keine Kälte und hatte daher vorsorglich Winterkleidung nach Indien mitgenommen, *für alle Fälle* …

»Du hast doch hoffentlich nicht vor, das Haus zu behalten?«, fragte sie und schaute sich so alarmiert um, als befürchtete sie, dass hinter dem nächsten Hügel ein Stamm von Menschenfressern hauste. Durch den Schleier ihres breitkrempigen Reisehuts sah ich den

---

1 Erst 1903 sorgte die Kalka-Simla-Schmalspurbahn für eine bessere Zugänglichkeit des Ortes.

skeptischen Ausdruck in ihren braunen Augen, die von der gleichen Farbe waren wie das ungewöhnlich dichte Haar, das sie zu einem Knoten im Nacken zusammengebunden hatte.

»Und ich dachte, Simla wird dir bestimmt gefallen. Die Luft ist angenehm kühl, und im Winter gibt es viel Schnee«, neckte ich meine Frau, obwohl der Ort auch mir auf Dauer zu abgelegen wäre.

»Gerade in abgeschiedenen Orten passieren oft die grässlichsten Verbrechen«, murmelte Holmes – ein Kommentar, der Violetta bestimmt nicht mit der Stadt am Berghang versöhnte.

Das waren die ersten Worte, die der Meisterdetektiv seit unserer kurzen Mittagspause auf halber Strecke von sich gegeben hatte. Während seiner immer wiederkehrenden Phasen der Wortkargheit war ich dankbar, dass mich auch meine Frau begleitete. Ihre Anwesenheit bot Holmes allerdings leider allzu oft einen Vorwand, mich an meine Pflichten als Ehemann zu erinnern, um so ohne meine Unterstützung zu ermitteln.

Bald passierten wir die unübersichtliche Unterstadt, in der dicht zusammengepfercht die Menschen lebten, die für die Bedürfnisse der Bewohner der Oberstadt sorgten. Als wir den weitverzweigten Basar hinter uns gelassen hatten, räusperte sich Holmes leise und sah mich dann mit gerunzelter Stirn an.

»Mister Tristram, sagten Sie nicht, Ihr Verwandter sei an einer Tropenkrankheit gestorben?«, vergewisserte er sich, was ich ihm bestätigte. »Das erscheint mir hier in den Bergen doch ziemlich ungewöhnlich. War er vor seinem Tod lange krank?«, wollte Holmes daraufhin wissen.

Zum wiederholten Mal bedauerte ich, Edward Tristram nicht irgendwann mal in Indien besucht zu haben, obwohl er mich eingeladen hatte. Angestrengt versuchte ich mich zu entsinnen, was man in der Familie über ihn gesagt hatte. Nüchtern betrachtet wurde nur von ihm gesprochen, wenn es absolut unvermeidbar war – und dann auch meist hinter vorgehaltener Hand. Und wenn doch jemand so unvorsichtig war, *den armen Onkel Edward* bei Tisch zu erwähnen, wurde sofort das Thema gewechselt. Einmal hatte ich sogar aufgeschnappt, dass man ihn für unwürdig hielt, unseren guten Namen zu tragen. Er hatte die für ihn vorgesehene bürgerliche Laufbahn als Bankangestellter verlassen, weshalb die Familie einen Bannfluch über ihn verhängt hatte.

»Vielleicht reiste er ja beruflich ab und zu in die schwülwarme Tiefebene«, mutmaßte ich. »Oder er hat sich die Krankheit während seiner Militärzeit zugezogen. Viele Veteranen leiden an der Malaria. Leider weiß ich nicht …«

»Wann werden Sie Ihr Erbe in Augenschein nehmen?«, unterbrach Holmes meine zugegebenermaßen spekulativen Überlegungen.

Ob er einen Kriminalfall witterte? Mir sollte es recht sein. Schweren Herzens war ich schon darauf gefasst gewesen, dass sich unsere Wege in Simla trennen würden. Schließlich konnte ich wohl kaum meiner Frau die mühsame und obendrein noch gefährlichere Reise in das für Europäer unzugängliche Tibet zumuten.

»Gleich morgen früh. Um neun Uhr wird mir der Rechtsanwalt, der mich über die Erbschaft informiert hat, die Schlüssel aushändigen«, antwortete ich erfreut.

Während dieses kurzen Wortwechsels hatten wir einen belebten Platz erreicht, der von Gebäuden im europäischen Stil gesäumt wurde, und die Kutsche kam mit einem Ruck zu stehen. Zwei etwa zehnjährige Jungen in Schuluniform lugten um die Ecke eines neugotischen Baus und schienen sich über unseren Anblick zu wundern. Wahrscheinlich kamen hier nicht viele Gäste in der zweiten Sommerhälfte an.

»Wenn Sie nichts dagegen haben, werde ich Sie zum Anwalt begleiten«, verkündete Holmes, und ich nickte hocherfreut, bevor ich aus der Kutsche ausstieg.

Nachdem auch Violetta wieder festen Boden unter den Füßen hatte, schaute sie sich suchend nach einer Mietkutsche um.

»Nur der Vizekönig, der Oberbefehlshaber der Armee und der Gouverneur des Panjab dürfen im Stadtzentrum von Simla eine Kutsche benutzen. Alle anderen müssen sich mit Rikschas begnügen«, sagte ich, eine Erkenntnis, die ich aus meinem Reiseführer gewonnen hatte.

»Ich hätte mir eigentlich denken können, dass es hier nicht einmal Droschken gibt«, seufzte meine Frau, wohl in Gedanken an ihre wesentlich größere Heimatstadt Florenz, und beobachtete dabei den Kutscher, wie er unser Gepäck auslud und auf dem schmutzigen Boden abstellte.

Ich entlohnte den Fahrer, während Holmes zwei der auf dem Platz herumlungernden Gepäckträger herbeiwinkte und ihnen den Namen des Hotels nannte, in dem wir telegrafisch Zimmer reserviert hatten.

Ich reiste schon immer gern mit leichtem Gepäck, und auch Violettas zwei mit Hotelaufklebern verzierte Damenkoffer waren recht handlich. Aber Holmes' voluminöser, schwarzer Lederkoffer ließ den Träger, der ihn anhob, fast in die Knie gehen. Der junge Inder ahnte bestimmt nicht, dass das Gepäckstück nicht nur Kleidungsstücke enthielt, sondern auch Perücken, falsche Bärte und Schminkutensilien, die es Holmes ermöglichten, in die unterschiedlichsten Rollen zu schlüpfen. Auch auf seine Geige, seine stetig anwachsende Sammlung von Zigarettenaschen aus verschiedenen Ländern und Apparaturen für chemische Experimente wollte der Londoner Detektiv selbst im Exil nicht verzichten.

»Hier scheint es ja gar keine historischen Gebäude zu geben«, bemerkte Violetta, die sich in der Zwischenzeit umgeschaut hatte.

»Nein, die gibt es nicht. Das erste Haus wurde 1819 errichtet, nachdem England die Region im Gurkha-Krieg erobert hat. Vorher gab es hier nur ein Dorf mit einem Dutzend strohgedeckter Hütten«, klärte ich sie auf. »Heute hingegen hat Simla über 13.000 Einwohner. Im Sommer sind es manchmal sogar doppelt so viele.«

Die beiden jungen Burschen marschierten mit unserem Gepäck voran, und wir folgten ihnen mit zwei Schritten Abstand, bis wir nach einem kurzen Fußweg zu einem schmucken Holzgebäude gelangten, das ein emailliertes Schild als *Prince Albert Hotel* auswies. Natürlich gab es zahlreiche bessere Hotels in Simla, doch Holmes reiste noch immer aus Sicherheitsgründen inkognito unter dem Namen Sven Sigerson. Daher wollte er möglichst wenig Aufsehen erregen.

Als wir die Empfangshalle betraten, schlug uns der intensive Duft von Lilien entgegen, der nur notdürftig einen allgegenwärtigen Modergeruch überdeckte, den ich immer mit diesem Hotel verbinden werde. Im wahrsten Sinne des Wortes erleichtert, stellten die Gepäckträger unsere Koffer vor der Rezeption ab, wo sie ein ältlicher, livrierter Hoteldiener übernahm.

»Sie müssen Mister Tristram sein. Ich habe für Sie drei Zimmer im dritten Stockwerk reserviert«, flötete eine korpulente Matrone, die in diesem Augenblick den Eingangsbereich betrat.

Falls sie sich darüber wunderte, dass jeder von uns ein eigenes Zimmer hatte, ließ sie es sich zumindest nicht anmerken. Der Grund dafür war, dass Violetta notfalls als Mrs. Sigerson auftreten sollte, wie sie es bereits in Bombay getan hatte. Daher trug sie sich auch mit ihrem Mädchennamen ins Gästebuch ein. Das war eine Vorsichtsmaßnahme für den Fall, dass einer von Professor Moriartys Schergen in Simla auftauchen sollte.

»Ich bin neugierig, was der Anwalt uns morgen sagt. Das ist ein sehr tiefes Wasser«, verkündete Holmes, nachdem wir die Formalitäten an der Rezeption erledigt hatten. Nach diesem kryptischen Kommentar stieg er die Treppen hinauf, und wir schlossen uns an.

Die Gästeräume hätten von einer Großmutter aus der englischen Provinz eingerichtet sein können. Alle Textilien waren mit Rosen bestickt, und auch die Tapete zierten blassrosa Blüten. Holmes inspizierte alle drei Stuben, bevor er für sich die hinterste auswählte und einfach die Tür hinter sich abschloss. Wie bereits bei den letzten Stationen bekam Violetta den mittleren Raum, während ich mich mit der dunkelsten Kammer begnügen musste.

Nach der langen, ermüdenden Fahrt war ich völlig ausgehungert und schon neugierig auf die lokalen Speisen der Region. Daher überredete ich Violetta, noch vor dem Auspacken der Koffer schnell etwas im Hotelrestaurant zu uns zu nehmen, was sich jedoch als Fehler erwies. Statt der ersehnten indischen Spezialitäten setzte man uns zuerst eine kalte Gurkensuppe vor und danach verkochte Nierenpastete mit einer dickflüssigen Soße unbestimmbarer Geschmacksrichtung, zu der dünner, lauwarmer Tee gereicht wurde. Kein Wunder, dass ich meine Frau bisher nicht dazu überreden konnte, mit mir meine englische Heimat zu besuchen.

2. Der Anwalt

Der Anwalt, den ich aufsuchen wollte, hieß Michael Armbruster und hatte seine Kanzlei in einer Seitenstraße der *Mall*. So wurde die mehrere Meilen lange Hauptgeschäftsstraße der Oberstadt von Simla genannt, die sich auf einem Berggrat ausdehnte. Hier gab es Banken, Teesalons und Geschäfte mit Waren für die britische Kolonialgesellschaft. Die meisten Gebäude waren aus naturfarbenem Holz errichtet, ahmten mit ihren spitzen Dächern, den geschwungenen Fenster- und Türbögen und den Laubengängen den englischen Tudor-Stil nach. Inder durften die Mall nicht betreten, abgesehen natürlich von den allgegenwärtigen Dienstboten.[2]

Bevor wir in die Seitenstraße abbogen, blieb ich einige Sekunden lang stehen, um das Stadtpanorama zu bewundern, hinter dem sich die schneebedeckten Gipfel des Himalaya erhoben. Holmes bedeutete mir mit einer ungeduldigen Handbewegung, dass ich meinen Weg fortsetzen sollte. Erst in diesem Augenblick bemerkte ich, dass ich Gefahr lief, von den vorbeieilenden Passanten angerempelt zu werden.

---

[2] Erst nach dem 2. Weltkrieg war es auch Indern erlaubt, die Mall zu betreten, vorausgesetzt sie trugen keine indische Kleidung.

Die Kanzlei Armbruster befand sich im ersten Stock eines der wenigen aus Stein errichteten Häuser der Sommerhauptstadt von Britisch Indien. Im altmodisch möblierten Vorzimmer saß hinter einem imposanten Schreibtisch der Bürovorsteher, ein junger Inder, der auf europäische Art mit einem dunklen Gehrock und passender Hose gekleidet war und mich musterte, als ob er jemand anderen erwartet hätte.

»Guten Tag, mein Name ist David Tristram, und das ist Mister Sigerson«, stellte ich uns vor. »Ich habe um neun Uhr einen Termin bei Mister Armbruster.«

»Er erwartet Sie bereits«, entgegnete der Bürovorsteher mit einer einladenden Geste in Richtung einer frisch gestrichenen Tür. Doch machte er sich nicht die Mühe, sie für uns zu öffnen.

Der dahinterliegende Büroraum war düster und obendrein mit Möbeln aus dunklem Tropenholz ausgestattet. Unter dem Porträt der streng dreinblickenden Queen Victoria stand ein wuchtiger Schreibtisch, hinter dem ein bebrillter Mann in den Vierzigern saß. Mit seinem gezwirbelten Schnurrbart und seinem akkurat gescheitelten, dünnen Haar erweckte er einen ziemlich peniblen Eindruck.

»Guten Tag, Mister David Tristram«, sagte er in dem unnachahmlich snobistischen Tonfall, den man auf englischen Privatschulen lernt. Dabei wanderte sein Blick fragend zwischen mir und Holmes hin und her. Er schien Letzterem den Vorzug zu geben, was wohl bedeutete, dass ich seiner Meinung nach meinem abenteuerlustigen Verwandten überhaupt nicht ähnlich sah.

»Das bin ich, und das ist mein Kollege Mister Sven Sigerson«, klärte ich ihn auf, bevor wir auf zwei ledergepolsterten Bürostühlen Platz nahmen.

»Ich hoffe, Sie erwarten nicht zu viel. Ich bin gar nicht sicher, ob es der Mühe wert war, wegen dieser ...«, der Anwalt verkniff sich mühsam ein Adjektiv, »Erbschaft extra aus England anzureisen«, bemerkte er dann und öffnete mit einem Ruck seine Schreibtischschublade, die offenbar etwas klemmte.

»Aber das ist doch das Mindeste, was ich meinem lieben, verstorbenen Verwandten schuldig bin«, erwiderte ich leicht gereizt. »Außerdem komme ich nicht aus England, sondern ich wohne in Florenz.«

»Ach ja, das habe ich ganz vergessen. Bei den vielen Mandanten«, murmelte Mister Armbruster zerstreut, bevor er sich seiner guten Erziehung besann. »Ich hoffe, Sie hatten eine angenehme Reise?«, fragte er teilnahmslos, während er in der Schublade herumwühlte.

»Ich kann nicht klagen«, entgegnete ich diplomatisch, und damit waren genügend Höflichkeiten ausgetauscht und die Förmlichkeiten beendet.

»Das Häuschen ...«, aus Mister Armbrusters Mund klang das Wort wie *Bruchbude,* »hat folgende Adresse«, verkündete er und deutete auf den Absender eines Briefes, den mein Verwandter ihm offenbar irgendwann geschrieben hatte. »Sie erkennen es an der gelb lackierten Haustür. Und wundern Sie sich nicht, dass sich keine Ware mehr im Laden befindet. Wir mussten den ganzen Tee verkaufen, um die Beerdigung zu finanzieren, genauso wie sein Gespann«, sagte er dann sachlich, überreichte mir einen einfachen Metallring, an dem zwei rostige Schlüssel baumelten, und schob mir dann mehrere Dokumente zur Unterschrift über den Tisch.

»Sie erwähnten eben ein Gespann. Ich dachte, Kutschen seien in Simla untersagt?«, wunderte ich mich, bevor ich die Urkunden genauer in Augenschein nahm.

»Das gilt selbstredend nur für den Stadtkern und nicht für die Außenbezirke«, wurde ich von ihm belehrt.

»War die Todesursache tatsächlich eine Tropenkrankheit?«, erkundigte sich Holmes unvermittelt, während ich die Formalitäten erledigte.

»Das kann ich Ihnen leider nicht sagen. Mister Tristram war nur mein Mandant. Ich habe nicht gesellschaftlich mit ihm verkehrt«, betonte der Anwalt so verschnupft, als ob es eine Schande wäre, meinen Verwandten auch nur zu kennen. »Sie sollten sich an Doktor Kennedy wenden. Er hat den Totenschein ausgestellt. Sie finden seine Praxis mitten in der Stadt, direkt neben dem Rathaus.«

Ich wusste gar nicht, was mich mehr provozierte, seine affektierte Sprechweise oder sein arroganter Tonfall. Nachdem ich alles unterschrieben hatte, stand ich noch immer verschnupft von meinem Stuhl auf. Holmes hingegen blieb ungerührt sitzen.

»Aber Sie wissen doch sicher, mit wem Mister Edward Tristram verkehrte. Schließlich ist die englische Kolonie in Simla recht überschaubar«, fragte er in einem beiläufigen Tonfall.

»Er war ein Sonderling, um es freundlich auszudrücken, und er hat mit anderen Sonderlingen verkehrt – wie mit diesem Bergsteiger Elliott Roundtree. Man sagt, die beiden haben eine sperrige Kameraausrüstung auf einen Gebirgspass geschleppt, um dort einen Yeti zu fotografieren. Aber bitte fragen Sie mich nicht, wo er wohnt.«

»Der Yeti?«, fragte ich amüsiert nach und nahm wieder Platz.

»Nein, der Bergsteiger natürlich«, präzisierte Mister Armbruster steif. »Falls er sich nicht in der Wildnis herumtreiben sollte, treffen Sie ihn bestimmt im *Lahmen Yak* an. Diese Schankwirtschaft befindet sich in einer Seitenstraße hinter der anglikanischen Kirche.«

Das wunderte mich gar nicht. Auch zu Hause in England gingen manche Männer sonntags zum Frühschoppen ins Pub, während ihre Gattinnen den Gottesdienst besuchten.

»Nach dem, was man hört, ist das *Lahme Yak* eine Absteige für den Sold versaufende Soldaten, Abenteurer und alle Art von Gesindel«, fügte der Anwalt geflissentlich hinzu und stellte damit klar, dass er das Lokal nur vom Hörensagen kannte.

»Höchst aufschlussreich«, sagte Holmes, stand auf, strich sich den Gehrock glatt und rückte den Knoten seines Binders zurecht, bevor er sich verabschiedete.

Ich bedankte mich übertrieben höflich für die freundliche Auskunft, doch der blasierte Anwalt schien meinen ironischen Tonfall nicht zu bemerken. Dann verließen wir den Büroraum, durchschritten unter den neugierigen Blicken des Assistenten das Vorzimmer, stiegen die frisch gefegten Treppenstufen hinunter und traten ins Freie.

»Am besten spreche ich jetzt mit dem Arzt, während Sie nach dem Gang zum Katasteramt bereits einmal ungestört ihr Erbe in Augenschein nehmen«, sagte Holmes auf der Straße, und schon war er, offenbar überhaupt nicht neugierig auf mein Anwesen, verschwunden.

Das war einfacher gesagt als getan. Ich brachte die lästigen Formalitäten im Katasteramt hinter mich, holte Violetta im Hotel ab, dann irrten wir eine halbe Stunde lang bergauf und bergab auf der Suche nach dem richtigen Haus. Leider breiteten sich die Gebäude von Simla unregelmäßig über den gesamten Hügel aus. Es gab kaum Straßenschilder, und auch mehrmaliges Nach-dem-Weg-Fragen half uns nicht weiter. Anscheinend kannten die meisten Einheimischen die Namen der Straßen gar nicht, oder aber sie vertrieben sich die Langeweile, indem sie Fremde in die Irre schickten. Unterwegs ärgerte ich mich, dass ich nicht Violetta zuliebe eine Rikscha gerufen hatte.

Wenigstens machte ich mir allmählich ein Bild vom Grundriss der Stadt und erkannte, dass sich in der Mitte eine große, ebene Freifläche befand, die *Ridge* hieß und von der man den Ort überblicken konnte. Als wir schließlich das Haus meines Verwandten Edward Tristram fanden, hatten wir bestimmt jedes andere Gebäude der Stadt mehrfach passiert.

3. Das Teegeschäft

Das Domizil meines Verwandten war ein schmaler Holzbau, der zusammen mit der dazugehörenden, ebenfalls winzigen Stallung die gesamte Straßenfront des Grundstücks ausfüllte. Man sah schon von Weitem, dass seit einigen Monaten niemand mehr dort wohnte. Trotz des trüben Morgens waren die Vorhänge vorgezogen, und ein vom Regen abgewaschener, halb verwitterter Rollladen verdeckte das Schaufenster des Ladengeschäfts im Erdgeschoss. Neben dem Fenster befand sich die von dem Anwalt erwähnte Tür, deren gelber Lack jedoch inzwischen größtenteils abgeblättert war. Kein Wunder, dass dieses Geschäft am Rande der Stadt keine Goldgrube gewesen war. Niemand kam zufällig hier vorbei.

Voller Vorfreude und einer Prise Abenteuerlust steckte ich den größeren der beiden Schlüssel ins Schlüsselloch, drehte ihn herum und drückte die Klinke nach unten. Doch zu meiner Enttäuschung ließ sich die Tür nicht öffnen. Ich trat zurück, nahm Anlauf und stieß dann mit der Schulter gegen den Türflügel, der daraufhin sofort mit einem leisen Ächzen nachgab. Ich verlor das Gleichgewicht, stolperte nach vorn und wäre fast durch die Türöffnung in das ehemalige Ladengeschäft hineingefallen. Nur im letzten Augenblick gelang es mir, die Balance zurückzuerlangen und mich am Türrahmen festzuhalten.

Hinter der Eingangstür türmte sich auf dem Boden ein Stoß ungelesener Abendzeitungen, die durch den Briefschlitz geworfen worden waren, weshalb sich die Tür zunächst nicht nach innen öffnen ließ. Offenbar war nach dem Tod meines Verwandten dessen Abonnement nicht gleich gekündigt worden. Die Zeitungen waren zum Teil mehrere Monate alt, doch die Schlagzeilen hätten vom heutigen Tag stammen können: Regierungskrisen, Cholera-Fälle in Bengalen und ein Todesopfer bei einem Zugunglück.

Es kostete mich einige Mühe, den ineinander verkeilten Rollladen hochzuziehen. Als es mir endlich gelungen war, fiel das Morgenlicht durch die staubige Fensterscheibe und beleuchtete altmodische Regale aus billigem Holz, auf denen wohl früher die Teedosen gestapelt gewesen waren. So hatte ich mir immer einen Kolonialwaren-Laden auf den äußeren Hebriden vorgestellt.

Ohne ein Wort zu sagen, durchquerten Violetta und ich den Laden, öffneten eine Tür in der rückwärtigen Wand und gelangten zu einer Treppe, die in die obere Etage führte. Sie war aus massivem Holz, das Geländer einfach, aber mit exotischem Schnitzwerk verziert. In den Wohnräumen waren Eichendielen verlegt, deren Bohlen hohl unter unseren Schritten klangen. Im Obergeschoss gab es eine Art Salon mit offenem Kamin, neben dem sich Holzscheite stapelten. Obwohl die bis auf einen Spalt geschlossenen Vorhänge den Raum in ein diffuses Licht tauchten, war ihm nicht anzumerken, dass er mehrere Monate lang unbewohnt war, so gut war die Luft. Er war mit Rattan-Möbeln eingerichtet, und an den Wänden hingen gerahmte Landkarten. In einer Ecke stand ein blutrot lackiertes chinesisches Schränkchen, das überhaupt nicht zur restlichen, eher schlichten Möblierung passte.

Als ich den Raum durchquerte, ließ jeder Schritt auf dem Teppich eine kleine Staubwolke aufwirbeln. Ich zog die Vorhänge auf, während Violetta sich mit einem wohligen Seufzer auf ein durchgesessenes Sofa sinken ließ und sich umsah. Ihr Blick blieb an einer Kommode mit vier Schubladen haften, die einen reichlich ramponierten Eindruck machte. Ich tat ihr den Gefallen und inspizierte dieses Möbelstück zuerst. Die drei obersten Laden ließen sich ohne Weiteres öffnen. Sie enthielten allerlei Krimskrams, darunter ein seidenes Taschentuch ohne Monogramm und ein paar Postkarten von Simla. Die vierte Lade hatte ihren Griff eingebüßt, und ich brauchte einen Schraubenzieher, um sie herauszuziehen. Zu meiner Enttäuschung war sie leer. Ich schalt mich einen Toren, das ich tief in meinem Inneren auf Juwelen, Fotografien von Schneemenschen oder wenigstens Urkunden gehofft hatte.

Kurz darauf fand ich tatsächlich die Dokumente des Verstorbenen, und zwar in einer kleinen Metallkassette, die hinter einer neu aussehenden Bibel und einem Gesangbuch versteckt war, das ebenfalls keinerlei Gebrauchsspuren aufwies. Die Kassette enthielt Edward Tristrams Geburtsurkunde, seine Entlassungsurkunde aus der Armee und die notarielle Bescheinigung des

Grunderwerbs, aber keinen Pass. Den Dokumenten entnahm ich, dass Edward Tristam zum Zeitpunkt seines Todes achtundfünfzig Jahre alt war, eine Information, die ihn mir menschlich wenigstens ein klein wenig näherbrachte. Noch lieber hätte ich seine Stimme gehört.

Unter den Dokumenten lagen auch einige vergilbte Zeitungsartikel über angebliche Sichtungen des Yeti. Teilweise klebten sie zusammen, und manchmal war die Schrift verwischt. Mein Verwandter hatte sogar eine Skizze angefertigt, die den Fußabdruck eines Yeti zeigte, und ich fragte mich, wo er die vermeintliche Fährte wohl gefunden haben mochte. Ich wollte die Lade schon wieder schließen, als ich zwei Fotografien bemerkte.

Die eine war jüngeren Datums und zeigte vier etwa gleichaltrige Männer, von denen ich aber nur meinen entfernten Verwandten Edward kannte. Bei dem anderen Lichtbild handelte es sich um ein Gruppenbild unserer ganzen Familie, das mindestens zwanzig Jahre alt sein musste. Meine Eltern waren noch jung und meine Großeltern mittleren Alters. Sie waren von zahlreichen Tanten und Großtanten und etwas weniger Onkeln und Großonkeln umringt, von denen ich jedoch die wenigsten einem der beiden Familienzweige zuordnen konnte. Zweifelsohne war einer der Onkel Edward Tristram, aber ich fand ihn nicht. Erst auf den zweiten Blick erkannte ich mich selbst als Neunjährigen unter den Kindern, die in den ersten beiden Reihen saßen. Zu meinem kindlichen Alter passte auch die Datumsangabe auf der Rückseite der Fotografie: *Zur Erinnerung an Weihnachten 1869.*

Damals war ich noch ein Schulkind gewesen, das staunend auf dem Globus Länder mit fremd klingenden Namen betrachtet hatte. Die unverhoffte Reise in die eigene Vergangenheit versetzte mich in eine ganz eigentümliche, nostalgische Stimmung. Wie viele der Personen auf dem Lichtbild mochten nach all diesen Jahren überhaupt noch am Leben sein?

»Du bist doch nur privater Ermittler geworden, weil du so gern in Schubladen, Dachböden und Kellern herumstöberst«, neckte mich Violetta und holte mich damit unsanft in die Gegenwart zurück.

Mit einem leisen Seufzer verstaute ich die beiden Fotografien in meiner Brieftasche, bevor ich den Salon verließ und ins benachbarte Schlafzimmer schaute. Das Mobiliar des winzigen Raums bestand nur aus einem eisernen Bettgestell, einem schmalen Nachttisch, einem Stuhl und einem fast leeren Kleiderschrank. Das Zimmer war so eng, dass sich die linke Schranktür nur zur Hälfte öffnen ließ.

Dann warf ich einen kurzen Blick in das etwas geräumigere Bibliothekszimmer nebenan und stieg schließlich – wie meine Frau vorhergesagt hatte – die Stufen zum Speicher hinauf. Oben angelangt, blieb ich verblüfft stehen, denn ich hatte eine Rumpelkammer mit Staubmäusen und Spinnweben erwartet, aber keinesfalls einen ordentlichen, fast leeren Innenraum, in dem Wäscheleinen aufgespannt waren, an denen mittlerweile völlig verstaubte Bettwäsche hing. Die Tür zur Linken führte wohl in die Dienstbotenkammer, denn daneben stand ein leerer Wäschekorb auf dem Boden. Bisher war ich davon ausgegangen, dass mein Verwandter allein hier gehaust hatte. Doch anscheinend hatte er sich dank des preiswerten Personals in den Kolonien eine Hausangestellte leisten können.

Ich zog die Tür zur Dienstbotenkammer auf und schaute in ein Gemach, das nicht mehr als vier mal vier Schritte maß. Außer einem Feldbett mit leuchtend gelb-rot-orange gemusterter Tagesdecke gab es nur einen ungepolsterten Stuhl und einen kleinen, wackligen Tisch, auf dem eine Schüssel und ein Waschkrug aus billiger Terrakotta standen. An der Tür hing ein scheckiger, fast blinder Spiegel, doch für einen Schrank fehlte der Platz. Die Bewohnerin hatte mit einem rostigen Nagel als Kleiderhaken vorliebnehmen müssen. Leider sah ich keinen einzigen privaten Gegenstand, weshalb ich unschlüssig die Kammer durchquerte und durch die Dachluke auf die Straße hinabschaute.

Im Haus auf der anderen Straßenseite wurde ein Schiebefenster hochgezogen und ein Mann mittleren Alters schaute heraus. Sein Haar war so kurz geschoren, dass es kaum unter seinem Hut hervorlugte. Auf die Sauberkeit seiner Kleidung schien er offensichtlich großen Wert zu legen. Als der Nachbar mich sah, verzog sich sein Gesicht zu einer missmutigen Grimasse, bevor er sich der rudimentärsten Umgangsformen entsann, mir zum Gruß knapp zunickte und das Fenster abrupt und geräuschvoll schloss.

Einen Augenblick lang blieb ich verärgert stehen und starrte auf das Haus gegenüber, das zugegebenermaßen größer und vornehmer als das meines Verwandten aussah. Trotzdem war das keine Entschuldigung für die Unfreundlichkeit seines Bewohners. Dann bemerkte ich unten auf der Straße Holmes, der auf die Eingangstür unseres Hauses zuschritt. Ich winkte ihm zu und polterte sogleich die Treppenfluchten hinunter, durchquerte das ehemalige Teegeschäft und schloss die Ladentür auf, um Holmes einzulassen.

»Sie hatten Schwierigkeiten, das Haus zu finden«, stellte er sachlich fest, und ich tat ihm nicht den Gefallen, ihn zu fragen, woher er das wusste.

»Man sieht es am Zustand Ihrer Schuhe und Ihrer Hosenbeine«, erläuterte er dennoch. »Der unfreiwillige Fußmarsch erklärt allerdings nicht den Staub auf Ihrer restlichen Kleidung.«

»Ich komme gerade vom Dachboden«, entgegnete ich überflüssigerweise, da Holmes mich sicher hinter der Dachluke gesehen hatte.

Während wir gemeinsam die knarrenden Stufen in die Wohnung hinaufstiegen, berichtete ich, was ich bisher beobachtet hatte. Als wir den Salon betraten, sah ich, dass Violetta sich einen Stuhl vor eine Wäschekommode gestellt hatte, um so bequemer den Inhalt der Schubladen zu sichten.

»Mrs. Tristram, Sie haben doch bestimmt inzwischen die Kleidung des Verstorbenen inspiziert«, sprach Holmes sie ohne Gruß an. Das war keine Frage, sondern eine Feststellung

»Mister Edward Tristram besaß weder Abendgarderobe noch einen korrekten Anzug für die Nachmittagsvisiten. Aber im Schlafzimmer steht ein Paar durchaus für den Abend geeigneter schwarzer Lederschuhe. Doch wozu brauchte er sie ohne Frack?«, sprudelte meine Frau los. »Es würde mich nicht wundern, wenn das

Dienstmädchen nach dem Tod ihres Herrn das eine oder andere wertvolle Stück hat mitgehen lassen, schon als Ausgleich für den entgangenen Lohn, wie zum Beispiel eine Taschenuhr, Krawattennadeln oder Siegelringe. Aber vielleicht hatte sie auch einen Bruder oder einen Verlobten, der korrekte Kleidungsstücke gebrauchen kann.«

Holmes verriet nicht, was er von dieser These hielt. Ich hingegen behielt lieber für mich, dass ich es für unwahrscheinlich hielt, dass mein Verwandter Empfänge und Abendgesellschaften besucht hatte.

»Was haben Sie bei seinem Hausarzt in Erfahrung gebracht?«, fragte ich, da Holmes keine Anstalten machte, mir freiwillig Bericht zu erstatten.

»Sie hatten recht, Ihr Verwandter litt tatsächlich seit seiner Militärzeit an der Malaria. Der Arzt hatte ihm dagegen Chinin verschrieben«, begann er. »Aber er ist nicht einfach an einem Krankheitsschub gestorben, sondern er hat einen Ausflug ins Gebirge gemacht, obwohl ihn wieder einmal das Fieber plagte. An einer einsamen Stelle ist er auf einem feuchten Stein ausgerutscht und hingefallen. Dabei hat er sich den Kopf aufgeschlagen. Bevor er starb, schaffte er es noch, sich ein paar Hundert Yards in Richtung Stadt zu schleppen. Dort hat ihn der indische Dienstbote eines Beamten gefunden.«

»Wie konnte der Arzt dann behaupten, dass er an einer Tropenkrankheit gestorben sei?«, wunderte ich mich, und auch Violetta schüttelte missbilligend den Kopf.

»Die Polizei hat angeblich den Fall untersucht und festgestellt, dass Edward Tristram eines natürlichen Todes gestorben ist. Je weiter man sich von London entfernt, desto größer der Schlendrian«, brummte Holmes.

»Selbst wenn er an seiner Krankheit gestorben sein sollte, so geschah es doch wohl durch Einwirkung Dritter. Jemand hat ihn in die Berge gelockt, vielleicht mit der Behauptung, dort den Yeti gesehen zu haben. Vielleicht hat er sogar weit ab von der Stadt dem Armen einen Schlag auf den Kopf versetzt«, vermutete ich.

»Das wäre hinterhältig und gemein«, entfuhr es Violetta, sichtlich abgeneigt, diesen Gedanken weiterzuverfolgen, während Holmes ausnahmsweise darauf verzichtete, mir zu widersprechen.

»Er hatte einen kleinen Koffer bei sich, in dem sich ein paar Kleidungsstücke befanden«, ergänzte er.

»Wenn er mit dem Handkoffer unterwegs war, wollte er wohl jemanden besuchen«, schlug meine Frau mit ihrem typisch italienischen Familiensinn vor.

»In sein kleines Gepäckstück hat er angeblich einen doppelten Satz von Kleidungsstücken zweier unterschiedlicher Größen gequetscht. Doch leider erinnert sich der Arzt nicht daran, wer ihm das erzählt hat«, erläuterte Holmes und verließ dann unvermittelt den Salon.

Violetta erhob sich und schloss sich an, weshalb auch ich in die Diele trat.

Als Holmes die Küchentür aufstieß, wehte uns eine kühle Windböe entgegen, was daran lag, dass die Fensterscheibe zerbrochen war. Glasscherben lagen überall auf dem gekachelten Fußboden, und die Gardine flatterte bei jedem Windstoß. Jetzt wusste ich, warum die Luft im Salon nicht so muffig wie in den übrigen Räumen war. Nur gut, dass wir in den Bergen waren. In Bombay hätte der Durchzug feuchtwarmer Luft alles vermodern lassen. Doch auch hier hatte sich an der Decke bereits etwas Moder gebildet, und auf dem Herd stand ein Topf mit einem von einer dicken Schimmelschicht überzogenen Nudelgericht.

»Sollten wir nicht die Polizei einschalten?«, entfuhr es mir, während ich die Entfernung zum Nachbarhaus maß. Sie war zu groß, um von dort in die Küche zu gelangen. Aber es war sicher ein Kinderspiel, von dem großen Nadelbaum an der Grundstücksgrenze hierherzuklettern.

»Wir bekämen nur einen Rüffel, weil wir die ohnehin schon völlig überlasteten Ordnungshüter mit derartigen Lappalien behelligen. Man wird behaupten, dass einheimische Gassenjungen die Scheibe eingeworfen haben. Ich befürchte jedoch, dass jemand hier eingestiegen ist und das Haus durchsucht hat. Es ist höchst bedauerlich, dass niemand uns darüber Auskunft geben kann, ob etwas gestohlen wurde«, brummte Holmes und warf einen prüfenden Blick auf das Brett mit den Töpfen, das emaillierte Spülbecken, den rustikalen Tisch und die alte Anrichte.

»Ich sehe nirgendwo Chinin-Pulver«, wunderte ich mich. »Auch im Badezimmer stehen keine Medikamente.«

»Er wäre nicht der erste Malaria-Patient, der das Pulver nur während eines akuten Fieberschubs einnimmt, denn China-Rinde schmeckt ausgesprochen bitter«, entgegnete Holmes.

Dann begann er jeden einzelnen Raum unter die Lupe zu nehmen, während Violetta auf dem Sofa vor sich hin döste. Nachdem ich das Küchenfenster mit Brettern vernagelt hatte, strich ich ruhelos durch das Haus. Obwohl ich es zum ersten Mal besuchte, schien es mir, als wanderte ich in meine Kindheit zurück. Gleichzeitig fühlte ich mich wie ein Voyeur oder ein Einbrecher. Ich rief mir ins Bewusstsein, dass ich jetzt der rechtmäßige Besitzer war, und beschloss, in Zukunft von »meinem« Haus zu sprechen. Auf der Suche nach einer interessanten Lektüre ließ ich meinen Blick über die langen Reihen der Buchrücken auf einem bis zur Decke reichenden Regal im Bibliothekszimmer wandern, doch ich fand nur Klassiker und wissenschaftliche Abhandlungen über Indien, Nepal und Tibet. Sie waren alphabetisch nach dem Namen des Verfassers geordnet, aber ab und zu war die Logik durchbrochen. Waren diese Fehler meinem Verwandten unterlaufen oder hatte der Einbrecher im Regal herumgestöbert?

»Ich finde es etwas unheimlich hier. So als würde ein Geist umhergehen«, sagte Violetta, die auf dem Sofa eine alte Tageszeitung las.

Um sie aufzumuntern, holte ich mir ebenfalls eine alte Zeitung und leistete meiner Frau Gesellschaft.

Es wurde Mittag, bis Holmes die Untersuchung sämtlicher Räume abgeschlossen hatte. Wie es seine manchmal doch recht geheimniskrämerische Art war, gab er das Ende der Spurensuche sachlich bekannt, ohne jedoch zu erwähnen, ob er irgendwelche neuen Erkenntnisse gewonnen habe. Mit undefinierbarer Miene setzte er sich an einen niedrigen, runden Metalltisch mit orientalischem Dekor, auf dem Rauchutensilien lagen, und stopfte seine Pfeife.

»Haben Sie herausgefunden, was der Einbrecher hier gesucht hat?«, erkundigte ich mich, als er damit fertig war.

»Im Schlafzimmer wurde die Matratze nicht bewegt. Das spricht für einen nächtlichen Eindringling, der nicht wusste, dass das Haus unbewohnt ist«, erwiderte Holmes und zündete seinen Tabak an. »Ich habe vor, heute Abend um acht Uhr dem Lokal, das der Anwalt erwähnt hat, einen Besuch abzustatten. Vielleicht könnten Sie in der Zwischenzeit versuchen, in der Nachbarschaft etwas über Edward Tristrams Dienstmädchen in Erfahrung zu bringen«, regte er an, während er die ersten Züge aus seiner Pfeife tat, und meine Frau nickte, da sie sich offenbar angesprochen fühlte.

Seit wir gemeinsam durch Indien reisten, betrachtete Holmes sie anscheinend als Mitglied seines Netzes von Helfern, das er sich überall aufzubauen versuchte.

4. Die Nachbarin

Nach einem ausgiebigen Mittagsmahl, das wir vorsorglich nicht in unserem Hotel, sondern in einem ausgezeichneten indischen Restaurant zu uns nahmen, kehrten Violetta und ich in unser neues Haus zurück. Diesmal benötigten wir für den Weg nur wenige Minuten.

»Da klingele ich besser nicht. Ich habe nämlich keine Lust, mit dem unfreundlichen Patron, der dort wohnt, zu sprechen«, verkündete ich missgestimmt und deutete mit dem Kopf auf das Gebäude gegenüber.

Doch im gleichen Augenblick öffnete sich die Haustür, der von mir eben noch Geschmähte trat auf die Straße, hielt in der Bewegung inne und betrachtete mich mit gerunzelter Stirn, als bemerkte er eine Invasionsarmee. Dann zog er die Tür so vehement hinter sich zu, dass sie mit einem lauten Schlag ins Schloss fiel, und stolzierte grußlos an uns vorbei.

»Du solltest das nicht persönlich nehmen. Ich hatte immer den Eindruck, dass alle Engländer mit ihren Nachbarn verfeindet sind«, tröstete mich Violetta.

Höflichkeitshalber verkniff ich mir den Kommentar, dass Italiener hingegen die unangenehme Angewohnheit hatten, sich mit sämtlichen Anwohnern zu verbrüdern, weshalb man keine Minute mehr allein war. Stattdessen steuerte ich das schmucke Haus neben meinem neuen Domizil an, das von einem gepflegten Garten umgeben war. Erwartungsvoll zog ich an dem glänzend polierten Klingelzug neben der zweiflügligen Eingangstür aus Tropenholz. Es wurde so schnell von einem pausbäckigen Mädchen mit dunkler Haut und pechschwarzem Haar geöffnet, dass sie uns durch das Fenster beobachtet haben musste.

»Wir sind die neuen Nachbarn und würden gern kurz mit dem Hausherrn sprechen«, sagte ich vage, da ich nicht wusste, wie er hieß, und händigte meine Visitenkarte aus.

»Mit Mister Ryder?«, fragte das Dienstmädchen. Wie die meisten Inder verwandelte sie die eher spröde englische Sprache in einen schwer verständlichen, abgehackten Singsang.

Am liebsten hätte ich zurückgefragt, ob es mehrere Hausherren gebe, beschränkte mich aber darauf, zustimmend zu nicken.

»Bedaure, der Sahib ist leider außer Haus«, entgegnete das Mädchen knapp und leckte sich dann nervös über die Oberlippe.

Offenbar war sie es nicht gewohnt, dass unangemeldete Besucher einfach vor der Tür standen.

»Könnten wir dann vielleicht mit Mrs. Ryder sprechen?«, erkundigte ich mich mit mühsam aufrechterhaltener Freundlichkeit.

»Wenn Sie bitte einen Augenblick warten möchten. Ich frage die Memsahib«, murmelte das Dienstmädchen, knickste ungeschickt und eilte davon. Nur Sekunden später kehrte sie wieder an die Tür zurück.

»Wenn Sie mir bitten folgen möchten. Die Memsahib empfängt Sie auf der Terrasse«, verkündete sie in einem pompösen Tonfall und nahm meinen Hut in Empfang.

Wenigstens wurden wir trotz unseres Verstoßes gegen die Etikette wie Gäste aus besseren Kreisen und nicht wie Hausierer behandelt.

Der Flur war mit glasierten Kacheln ausgelegt, die in der Mitte eine Arabeske bildeten. Es folgte ein Vestibül, durch das wir in das Speisezimmer gelangten, hinter dem sich wiederum der Salon befand, der von großen Fenstern und der Tür zur Veranda mit Tageslicht versorgt wurde. Beim Durchqueren des Hauses musste ich neidlos zugeben, dass die Räumlichkeiten nicht nur großzügiger, sondern auch wohnlicher eingerichtet waren als die meines Verwandten.

Trotzdem entsprach die Einrichtung überhaupt nicht meinem Geschmack. Es gab einen übermannshohen Vitrinenschrank für Gläser und Flaschen, doch die Regale des Bibliothekszimmers, das wir passierten, füllten nur wenige Dutzend Bücher. Auf dem Kaminsims standen die in Silber gerahmten Lichtbilder eines Mannes in formeller Kleidung und das dreier Knaben vor einem bombastischen Schulgebäude mit giebelbekröntem Portal und gepflegtem Rasen. Die golddurchwirkten Vorhänge waren von schwerer Qualität und verliehen den Räumen eine düstere Atmosphäre. Auf den Fensterbänken blühten lila Veilchen in chinesischen Porzellanübertöpfen und auf jeder anderen freien Fläche standen Nippes-Figürchen, kleine Metallvasen lokaler Produktion und andere völkerkundliche Objekte. Diese überladene Einrichtung hätte bestimmt unserer Hotelwirtin gefallen.

Mrs. Ryder war eine schmächtige Blondine in den späten Dreißigern, die ohne ihre spitze Nase recht hübsch gewesen wäre. Auf einem bequemen Korbstuhl sitzend, erwartete sie uns im Schatten eines Sonnendachs und musterte uns mit neugierigen, blassblauen Augen. Der hellgraue, von silbernen Fäden durchzogene Stoff ihres Kleides ließ mich unweigerlich an einen Elefanten denken, zumal die Hausherrin sich einen mit versilberten Glasperlen bestickten Schal der gleichen Farbe um die Schultern gelegt hatte. Diese unvorteilhafte Aufmachung wurde von einem breitkrempigen Strohhut mit lilafarbenem Band abgerundet.

»Guten Tag, Mrs. Ryder. Es ist sehr freundlich von Ihnen, dass Sie uns empfangen«, begrüßte ich sie, und mein Blick blieb auf meiner Visitenkarte haften, die vor ihr auf einem stabilen Tisch aus Palisander lag. »Mein Name ist David Tristram, und das ist meine Frau Violetta.«

»Sie sind also die neuen Nachbarn!«, rief unsere Gastgeberin überraschend erfreut aus und deutete auf zwei freie Stühle, die weniger bequem als ihr eigener aussahen. »Aber setzen Sie sich doch! Sie trinken doch eine Tasse Tee mit mir?«

Violetta öffnete den Mund, entweder um darauf hinzuweisen, dass sie sich nicht in Simla niederzulassen gedenke, oder um höflich das von ihr nicht besonders geschätzte Heißgetränk abzulehnen. Aber Mrs. Ryder ließ sie nicht zu Wort kommen, sondern beauftragte ihr Dienstmädchen, Tee zuzubereiten.

»Mister Tristram, es freut mich, dass Sie Ihre reizende Gattin nach Indien mitgebracht haben! Es gibt in den Kolonien viel zu wenige Frauen«, bemerkte sie dann, kaum dass wir Platz genommen hatten.

Daher schickten englische Familien auch ihre überzähligen Töchter nach Indien, um sie doch noch unter die Haube zu bekommen, dachte ich belustigt.

»Sie sind sicher der Sohn des armen Edward Tristram?«, fragte die Hausherrin, noch bevor mir eine schicklichere Entgegnung eingefallen war.

Diese Formulierung belustigte mich erneut, denn in der Familie hatte man den verstorbenen Teehändler auch immer als »den armen Edward« bezeichnet – allerdings aus anderen Gründen.

»Nein, er ist ein Vetter eines Onkels«, korrigierte ich und holte schon Luft, um unsere genaue Verwandtschaftsbeziehung innerhalb der väterlichen Linie zu erläutern.

»Dann nennen wir ihn doch der Einfachheit halber Ihren Onkel«, kam mir Mrs. Ryder pragmatisch zuvor und musterte uns erneut, wenn auch diesmal etwas dezenter. »Wir alle haben erwartet, dass die Erben das Anwesen einfach verkaufen lassen. Hätte ich gewusst, dass Sie mit Ihrer Gattin vorbeikommen, hätte ich Mister Tristrams Hausmädchen gebeten, im Haus wohnen zu bleiben und es in gutem Zustand zu halten. Dann hätten Sie gleich einziehen können.«

»Schön haben Sie es hier«, kam ich Violettas möglichem Protest zuvor und machte eine vage Handbewegung in Richtung des großen Gartens, durch dessen dichte Sträucher der kühle Morgenwind wehte.

»Da hätten Sie erst meinen Garten in Middlesex sehen sollen«, seufzte Mrs. Ryder und betrachtete mit skeptischer Miene ein Spalier, an dem hartblättrige Kletterpflanzen emporrankten, bevor sie ihre Aufmerksamkeit wieder uns zuwandte. »Als ich Sie heute Morgen durch das Fenster erblickte, erwog ich, das Mädchen mit ein paar Erfrischungen zu Ihnen zu schicken, aber ich wollte mich nicht aufdrängen. Wissen Sie, der Gentleman in Ihrer Begleitung ...« Mühsam suchte sie nach einer höflichen Formulierung.

»Das ist Mister Sigerson, ein norwegischer Naturforscher, mit dem wir eine Weile zusammen gereist sind«, half Violetta ihr aus der Patsche und gab mir damit gleichzeitig zu verstehen, dass sie unsere gemeinsame Reise mit Holmes als beendet betrachtete. »Sie hätten ruhig bei uns anklopfen können. In Italien hätten die Nachbarn einfach vorbeigeschaut und ihre Hilfe angeboten.«

»Aber wir sind nun einmal in Britisch Indien.« Was auch immer die Hausherrin damit andeuten wollte. »Habe ich Sie eben richtig verstanden, dass Sie Italienerin sind?«, hakte sie dann vorsichtig nach.

Violetta nickte erfreut und präzisierte, dass sie aus dem schönen Florenz komme.

»Dann sind Sie ja schon ganz schön herumgekommen. Wie gefällt es Ihnen in Indien?«, wollte Mrs. Ryder wissen, die offenbar ungewöhnlich neugierig war.

»Bombay hat mir sehr gut gefallen, wenn man von den ewig verstopften Straßen absieht«, entgegnete Violetta diplomatisch. Am Hof des Herrschers von Adipur hatte sie sich hingegen eingesperrt gefühlt.

»Aber gerade das ländliche Indien mit seinen Maharadschas und seinen Elefanten ist doch so romantisch!«, widersprach die Hausherrin vehement. »Wenn es nur nicht so heiß wäre! Hier in den Bergen herrscht ein erträglicheres Klima. Es ist allerdings eine Umstellung, nachdem man in den Tropen gelebt hat. Wenn Sie sich einen Garten anlegen lassen wollen, vergessen Sie die Palmen. Dafür gedeihen die Rhododendren hier fast so prächtig wie zu Hause.«

»Danke für den Ratschlag. Ich wünschte, jeder wäre hier so entgegenkommend«, sagte ich und versuchte einen ironischen Unterton zu vermeiden. »Der Bewohner des gegenüberliegenden Hauses macht ja leider einen recht abweisenden Eindruck. War er mit meinem Onkel zerstritten?« Ich musste mir einen Ruck geben, um den mir kaum bekannten Edward Tristram so zu nennen.

»Nicht, dass ich wüsste«, antwortete Mrs. Ryder, ohne nachzudenken. »Sie haben aber recht, was Mister Tomlinson betrifft. Er ist manchmal etwas abweisend. Doch was soll man von jemandem halten, den man noch nie in der Kirche gesehen hat? Noch nicht einmal an hohen Feiertagen lässt er sich dort blicken.«

»Vielleicht ist er kein Anglikaner«, vermutete Violetta.

»Das sähe ihm ähnlich!«

Endlich brachte die indische Dienerin ein Tablett mit einer Kanne frisch aufgebrühtem Tee, dem Sahnekännchen, der Zuckerdose, drei Tassen und einer Schale mit Orangenkeksen herein. Auf diesen Augenblick hatte ich bereits ungeduldig gewartet, um eine bestimmte Frage zu stellen.

»Sie erwähnten vorhin das Dienstmädchen meines Onkels: Sie wissen nicht zufällig, ob sie inzwischen anderweitig untergekommen ist?«, fragte ich in einem beiläufigen Tonfall. »Wir werden ja wohl nicht ganz ohne Personal auskommen, und das Mädchen ist schon in die Arbeit eingewiesen.«

Zum Glück verstand Violetta, dass ich das nur um der Ermittlungen willen behauptete.

»Das weiß ich leider auch nicht. Sie hat nicht lange für Mister Tristram gearbeitet. Aber als er gestorben ist, hat sie bitterlich geweint. Kurz danach ist sie wohl ausgezogen«, entgegnete die Hausherrin so befremdet, als ob ich eine ungehörige Frage gestellt hätte. »Wenn ich ehrlich bin, so würde ich sie nicht auf der Straße wiedererkennen. Für mich sehen alle einheimischen Dienstboten gleich aus.« Sie zögerte einen Moment. »Obwohl dieses Mädchen besonders hübsch war.«

Mein Blick suchte den der jungen Inderin, die gerade unsere Tassen mit dampfendem, befremdlich hellem Tee füllte. Sofort senkten sich scheu ihre Lider.

»Aber *Sie* haben sie doch sicher etwas besser gekannt?«, sprach ich sie aufs Geratewohl hin an.

Das Mädchen erstarrte in der Bewegung und wurde ganz blass.

»Ich würde sie gern wieder beschäftigen, doch dafür muss ich sie erst einmal finden«, fügte ich beschwichtigend hinzu.

»Ich kannte sie wirklich nur vom Sehen, habe aber nie ein privates Wort mit ihr gewechselt. Ich weiß noch nicht einmal, ob sie von hier war«, stammelte die junge Dienstbotin.

»Aber Sie wissen doch, wie sie heißt?«

»Der Sahib hat sie Elsie genannt, da ihm ihr richtiger Name zu kompliziert war.«

Auch auf Violettas freundliches, aber bestimmtes Drängen hin erinnerte sich das Mädchen nicht daran, wie die Angestellte meines *Onkels* tatsächlich hieß. Zumindest behauptete sie das. Doch ich hatte das ungute Gefühl, dass sie log.

»Wenn Sie sich doch noch daran erinnern sollten, so teilen Sie es mir bitte umgehend mit«, sagte ich, überreichte ihr meine Visitenkarte und nannte den Namen unseres Hotels. Ich erwähnte nicht, dass ich mich erkenntlich zeigen würde, ging aber davon aus, dass das Mädchen mich auch so richtig verstanden hatte. Ein kaum wahrnehmbares Lächeln huschte kurz über ihr Gesicht, bevor ihre Miene wieder versteinerte.

»Gibt es eigentlich in Simla eine Agentur zur Vermittlung von Hausangestellten?«, erkundigte ich mich, als das indische Dienstmädchen das Tablett wieder ins Haus zurückgetragen hatte.

»Ja, aber nur für Gouvernanten, Hausdamen oder Lehrerinnen. Das einheimische Personal wird im Bekanntenkreis weiterempfohlen. Das Mädchen, das Sie eben gesehen haben, ist zum Beispiel die Tochter unserer Köchin, und die wiederum ist mit dem Gärtner einer Majorsgattin verwandt, die ich über meinen Gemahl kenne«, berichtete die Hausherrin, und ich hätte mir dieses komplizierte Beziehungsgeflecht notieren müssen, um es zu behalten.

»Wissen Sie zufällig, wie lange mein Onkel schon in Simla lebte?«, fragte ich, denn noch nicht einmal das wusste ich. Langsam ging mir das Wort Onkel etwas leichter von der Zunge.

Mrs. Ryder griff nach dem Teelöffel, bevor sie antwortete. »Hier in der Straße wohnte er seit über zehn Jahren. Vorher hat er, soweit ich informiert bin, zur Miete bei einem Gewürzhändler gewohnt. Woher er die Mittel für den Erwerb seines Häuschens hatte, weiß keiner«, sagte sie dann und schaufelte dabei zwei Portionen Zucker in ihre Tasse. »Allerdings lebte er sehr sparsam. Doch manchmal warf er mit dem Geld nur so um sich. In der Nachbarschaft munkelte man, er habe nach seiner Militärzeit im Gefängnis gesessen und dass er immer gut bei Kasse gewesen sei, wenn er gerade ein Ding gedreht hatte.«

Empört hob ich an, etwas zur Ehrenrettung meines Verwandten zu sagen. Zwar kannte ich ihn kaum, aber das war eine Frage der Loyalität: In meiner Familie gab es schließlich keine Verbrecher!

»Ich glaube jedoch nicht, dass das stimmt, denn er machte einen recht manierlichen Eindruck«, kam mir unsere Gastgeberin mit einem entschuldigenden Lächeln zuvor. »Aber man macht sich natürlich seine Gedanken. Die Meisten, die freiwillig im Ausland leben, haben einen guten Grund dazu. Oft sind es Gesetzesbrecher, Glücksritter oder Alkoholiker. Andere können sich nach einem Skandal in der Heimat nicht mehr blicken lassen, so wie dieser Lord, der seine Halbschwester verführt hat.«[3]

Violetta schloss kurz ihre braunen Augen und atmete tief durch.

---

[3] Vielleicht sollte das eine Anspielung auf Lord Byron sein.

»Und was hat Ihren Gatten hierher verschlagen?«, konnte ich mich nicht beherrschen zu fragen.

»Er arbeitet bei der Kolonialverwaltung«, gab unsere Gastgeberin ungerührt zurück.

Violetta griff mit spitzen Fingern nach einem Orangenkeks und beäugte ihn skeptisch, bevor sie schließlich ein Stück abbiss. Vorsichtig kaute sie den Bissen und schluckte ihn hinunter, ohne anschließend die Backkünste der Hausherrin zu loben, wie es sich eigentlich gehört hätte.

»Bei uns wurde das Küchenfenster eingeschlagen. Offenbar ist jemand in das Haus eingebrochen. Das kommt doch hoffentlich nicht häufiger in der Nachbarschaft vor?«, fragte ich, nachdem ich an meinem Tee genippt und mit meiner Frau einen beunruhigten Blick gewechselt hatte.

»Durchaus nicht. Wahrscheinlich ist es nur geschehen, weil Ihr Haus offensichtlich leer stand«, beteuerte die Hausherrin so vehement, als ob es um ihren eigenen guten Ruf ginge. »Ich habe mich hier immer sicher gefühlt, aber es schadet nichts, bei Dämmerung die Türen zu schließen, vor allem die Gartentür.«

Der besorgte Klang ihrer Stimme widersprach ihren Worten. Es fehlte nur noch, dass sie uns empfahl, uns einen Wachhund zuzulegen.

»Und wie steht es mit sonstigen Verbrechen? Meine Frau legt großen Wert auf Ruhe und Ordnung«, fragte ich, was mir einen amüsierten Seitenblick Violettas einbrachte.

»Natürlich wird hier ständig geschmuggelt, Sie verstehen schon, das ist die relative Nähe zur tibetischen Grenze«, gab Mrs. Ryder widerstrebend zu, und ich fragte mich, was man wohl nach Tibet schmuggelte. »Aber ansonsten ist das hier eine ausgesprochen ruhige Gegend.«

Wenn das Holmes gehört hätte, wäre er sofort wieder abgereist.

»Das freut mich doch ungemein. Es war nett, mit Ihnen zu plaudern, aber wir wollen Ihre Zeit nicht länger in Anspruch nehmen«, kündigte ich an und Violetta stimmte begeistert zu.

»Mrs. Tristram, es würde mich sehr freuen, wenn Sie recht bald wieder vorbeischauen. Mein Mann ist oft geschäftlich unterwegs, die Jungs besuchen ein Internat in Bristol, und meine Verwandten sind alle in England geblieben, wenn man von einer uralten Tante einmal absieht, die vor Menschengedenken nach Schottland geheiratet hat«, sagte die Hausherrin. »Daher freue ich mich immer über Besuch. Vielleicht können wir ja ab und zu zusammen ausreiten.«

»Es tut mir schrecklich leid, aber ich mache mir nichts aus Pferden«, entgegnete Violetta etwas zu brüsk.

»Sie wissen gar nicht, was Sie versäumen«, verkündete Mrs. Ryder und machte Anstalten, ihre Meinung weitschweifig zu begründen.

»Es hat uns ebenfalls gefreut, Ihre Bekanntschaft zu machen, aber ich habe heute Mittag noch einen wichtigen Termin«, behauptete ich schnell.

Das Dienstmädchen führte uns mit verlegener Miene zur Haustür, was mich derart irritierte, dass ich fast meinen Hut vergaß.

»Welche Laus ist dir eigentlich vorhin über die Leber gelaufen, dass du nicht einmal das Gebäck gelobt hast?«, fragte ich meine Frau, als wir wieder auf der Straße standen.

»Gut, dass du dich so bald verabschiedet hast. Ich hätte ihre Geringschätzung der anderen Bewohner der Kolonien keine Minute länger ertragen. Selbst Schottland scheint ja für sie Ausland zu sein.«

»Du darfst das nicht persönlich nehmen. Wahrscheinlich hat sie schlechte Erfahrungen gemacht«, versuchte ich sie wieder aufzumuntern. »Außerdem langweilt sie sich offenbar zu Tode. Ihre einzige Beschäftigung ist es, einem kleinen Haushalt vorzustehen, dessen Arbeit ohnehin von Dienstboten erledigt wird. Deshalb ist sie so stark an jeglicher Konversation interessiert.«

»Du bringst es noch fertig, dass ich Mitleid mit ihr habe«, entgegnete Violetta halb vorwurfsvoll, halb belustigt.

Dann sprachen wir mit zwei weiteren Nachbarn, bei denen wir ebenfalls mit fadem Tee und Gebäck verköstigt wurden, das jedoch im Gegensatz zu unserem ersten Nachbarschaftsbesuch in beiden Fällen vorzüglich war. Aber niemand hatte jemals mit dem Dienstmädchen meines Verwandten gesprochen, niemand wusste, woher sie gekommen und wohin sie wieder verschwunden war. Das Einzige, was wir über sie herausgefunden hatten, war, dass sie nicht Elsie hieß. Auch sonst hielten sich die neu gewonnenen Erkenntnisse in eng gesteckten Grenzen.

5. Das Lahme Yak

Abseits der Mall ging es nicht mehr so hochherrschaftlich zu wie auf der Hauptgeschäftsstraße. Ich hatte Holmes um halb acht im Empfangsraum unseres Hotels abgeholt, und nun gingen wir an einem hohen Zaun entlang, hinter dem ein Hotel errichtet wurde. Immer wieder mussten wir einen Bogen um einheimische Arbeiter in hellen Gewändern machen, die gerade die Wege ausbesserten. Überhaupt schien die Stadt eine einzige Baustelle zu sein. Auch vor den bereits fertiggestellten Häusern herrschte wilde Betriebsamkeit.

Schließlich fanden wir das von Mister Armbruster beschriebene Gebäude. In seinem Parterre bot ein Eisenhändler seine Ware an, im Souterrain wurde Kohle verkauft, und darüber befanden sich Wohnungen. Unaufmerksame Passanten übersahen wahrscheinlich das an der Schmalseite des Holzbaus angebrachte emaillierte Schild mit der Inschrift *Zum Lahmen Yak*, auf dem ein zotteliges, kamelartiges Tier zu sehen war, das gar nicht den Yaks auf den Postkarten glich.

Mit einem lauten Quietschen ging die Tür des Lokals auf, und wir betraten eine düstere Spelunke, in der es nach kaltem Rauch und schalem Bier roch. Im Schankraum gab es außer einem halben Dutzend Hockern an der Theke nur drei kleine Holztische mit je vier Stühlen. Trotz der fortgeschrittenen Stunde war nur die Hälfte der Plätze besetzt, überwiegend von einfachen Handwerkern, aber es waren keine Inder darunter. Hinter dem Tresen saß der Wirt, ein kleiner Mann, der durch seine zu enge Jacke noch korpulenter wirkte, als er ohnehin war. Seine von Hause aus helle Haut war vom Bierkonsum gerötet und sein aschblondes Haar bereits stark gelichtet.

Ich fand es merkwürdig, dass sich mein Verwandter ein derartiges Lieblingslokal ausgesucht hatte. Entweder er war wirklich äußerst knapp bei Kasse gewesen oder er hatte gemischte Gesellschaft geschätzt, um es höflich auszudrücken.

»Guten Abend, Gentlemen«, begrüßte uns der Kneipenwirt, dessen tiefe Stimme ungewöhnlich klar für einen Mann war, der seine gesamte Zeit in einem verräucherten Raum verbrachte.

Ohne die anderen Gäste eines Blickes zu würdigen, schritt Holmes zur Theke und eröffnete das Gespräch.

»Guten Abend, ich habe gehört, dass Edward Tristram hier verkehrt hat.«

»Er ist ab und zu vorbeigekommen«, relativierte der Wirt diese Feststellung. »Man soll ja nicht schlecht von den Toten sprechen, aber er war nicht gerade mein Lieblingsgast.«

»War er Ihnen zu knauserig?«, fragte Holmes und bestellte für uns zwei Pints.

»Meistens schon«, gab der Mann hinter dem Tresen zu, während er ein röhrenförmiges Glas unter den

Zapfhahn stellte und mit seinen feisten Fingern an dem verchromten Hebel drehte. »Aber kurz vor seinem traurigen Ende hat er eine Lokalrunde ausgegeben und dann verkündet, dass bald für ihn bessere Zeiten anbrechen würden. Als es aber ums Zahlen ging, hat er mir statt Geld die vergoldete Bronzeskulptur eines heidnischen Gottes angeboten. Zuerst habe ich mich gesträubt, weil ich mir nicht vorstellen konnte, wie er auf legalem Weg dazu gekommen sein sollte. Schließlich musste ich sie wohl oder übel annehmen, um nicht leer auszugehen.«

Ob mein Verwandter ein Dieb oder Hehler gewesen sein mochte? Diese Möglichkeit hatte ich nie in Betracht gezogen. Womöglich steckte er mit dem Bergsteiger unter einer Decke, der in besseren Kreisen verkehrte und wusste, wo es etwas zu stehlen gab.

»Jeder andere Wirt hätte genauso gehandelt«, entgegnete Holmes salomonisch. »Ich nehme an, Sie haben die Statuette bereits weiterverkauft?«

Das erste Bier war fertig gezapft, der Wirt platzierte es so schwungvoll vor mir auf die Theke, dass der Inhalt überschwappte, und stellte dann das zweite Glas unter den Hahn.

»Ich brauche schließlich Geld und keinen alten Plunder!«, stieß er verächtlich hervor und strich mit einem Kochlöffel den Schaum von Holmes' Bierglas. »Aber warum fragen Sie? Waren Sie mit ihm befreundet, oder sind Sie von der Polizei?«, erkundigte er sich dann mit argwöhnisch zusammengekniffenen Augen.

»Ich bin ein Verwandter von Edward Tristram und habe sein Haus geerbt«, verkündete ich stolz.

Ehe unser Gesprächspartner etwas entgegnen konnte, wurde die Tür energisch aufgerissen und ein Gast trat ein. Der Neuankömmling war das schiere Gegenteil des Wirts: groß, schlank, mit schnellen Bewegungen und asketischen Gesichtszügen. Sein Bart war früher braun gewesen, wovon aber nur wenige Strähnen in seinem grauen Schopf zeugten. Er trug einen abgewetzten, altmodischen Gehrock, und sein Haar war so wirr, als wäre er in einen Sturm geraten.

Verblüfft starrte ich ihn an, denn er war einer der Männer auf dem Foto, das ich in der Wohnung meines Verwandten gefunden hatte.

»Guten Abend, Mister Roundtree! Eben habe ich an Sie gedacht«, wurde er jovial begrüßt, und mein Herz machte vor Freude einen Sprung.

Der Bergsteiger nahm am Tresen Platz, nickte uns kurz zum Gruß zu und bestellte dann einen Whisky. Aus der Nähe betrachtet, sah er nicht gerade wie jemand aus, der einsame Tempel ausplündert.

»Entschuldigen Sie, dass ich Sie anspreche, aber Sie waren doch ein Freund von Edward Tristram?«, sagte ich zu ihm, während der Wirt ein dickwandiges Schnapsglas so behutsam vor seinen Stammgast stellte, als wäre es äußerst zerbrechlich.

»Er ist viel zu früh von uns gegangen. Ich werde ihn vermissen«, entgegnete der Bergsteiger und nippte an seinem Drink.

»Mein Name ist David Tristram, ein Verwandter Ihres Freundes, und das ist Mister Sven Sigerson, ein Forschungsreisender, der Tibet erkunden möchte«, stellte ich uns vor.

»Sie möchten nach Tibet? Das können Sie vergessen. Das haben, mit Verlaub zu sagen, schon ganz andere versucht und sind nicht weit gekommen. Man duldet dort keine Europäer.«

»Meinten Sie andere Bergsteiger?«, fragte Holmes, aber unser Gegenüber zuckte nur mit den Achseln.

»Bergsteiger, Kaufleute, Missionare und Soldaten.«

»Warum steigen Sie eigentlich auf die Gipfel?«, fragte ich, da mir sinnloser Aktionismus schon immer fremd war.

»Weil sie da sind«, erwiderte unser Gegenüber grinsend.

»Wissen Sie zufällig, wohin Edward Tristram in der Unglücksnacht unterwegs war?«, führte Holmes das Gespräch in ruhigere Bahnen zurück.

»Leider nicht, es war jedenfalls sehr unvernünftig von ihm, sich nicht an die Weisungen seines Arztes zu halten. Mit einem akuten Malariaschub sollte man besser zu Hause bleiben«, entgegnete Mister Roundtree, bevor er sein Glas mit einem Schluck leerte und mich dann interessiert von der Seite musterte. »Sie sind also Edwards Erbe? Darauf sollten wir etwas trinken. Der Wirt hat für solche Anlässe einen alten Cognac unter dem Tresen«, fügte er dann in einem Tonfall hinzu, der darauf schließen ließ, dass nur Schwächlinge keinen Cognac tranken. Als niemand widersprach, bedeutete er dem rundlichen Kneipenwirt, uns das Gewünschte zu kredenzen, was dieser auch unverzüglich tat.

»Wollen wir uns nicht ein wenig abseits setzen?«, schlug Holmes vor und deutete auf den Tisch vor dem einzigen Fenster, der gerade frei geworden war.

Der Bergsteiger zuckte mit den Achseln, was Holmes als Zustimmung betrachtete, und so leerten wir unsere Biergläser und zogen um. Kaum hatten wir auf den für hochgewachsene Engländer viel zu niedrigen Stühlen Platz genommen, begann Mister Roundtree über die vielen Abende zu plaudern, die er mit meinem Verwandten in diesem Lokal verbracht hatte. Holmes lauschte nicht sehr lange seiner nostalgischen Beschwörung der Vergangenheit. Kaum hatte der Wirt unsere Getränke serviert, fragte er unseren Tischgenossen bereits nach dem Einbruch in das Haus seines Freundes.

»Das wundert mich gar nicht«, entgegnete Mister Roundtree. Sein hageres Gesicht wirkte, als hätte er nur wenige Stunden geschlafen, doch seine Augen waren wachsam. »Auch bei mir hat neulich jemand einzubrechen versucht. Das Gitter des Hinterfensters war ganz verbogen. Nach Auskunft des Briefträgers war es ein Hindujunge, vielleicht zwölf oder dreizehn Jahre alt. Vermutlich läuft er überall in der Stadt herum und versucht, etwas zu stehlen. Tagsüber sind leider die Nachbarn unaufmerksam, und manche sperren sogar ihren Wachhund in den Zwinger. Ich kann von Glück sagen, dass der Postbote zufällig vorbeikam.«

»Haben Sie Anzeige erstattet?«, erkundigte sich Holmes und trank einen Schluck Cognac.

»Das habe ich für Zeitverschwendung gehalten. Die finden doch nie und nimmer diesen Bengel. Wahrscheinlich versuchen sie es nicht einmal«, sagte unser Gesprächspartner und fuhr sich durch das zerzauste Haar.

Ich erkundigte mich nicht, ob seine Geringschätzung der Polizei auf persönlichen Erfahrungen beruhe, denn mich beunruhigte noch immer die Vorstellung, Edward Tristram könne ein Verbrecher gewesen sein. »Nach seinen Büchern zu schließen, interessierte sich mein Verwandter Edward sehr für die Kultur der Himalaya-Region. Hatte er eigentlich sonst irgendwelche Hobbys?«, fragte ich vorsichtig.

»Er hat viel Zeit in seiner eigenen Bibliothek und der Stadtbücherei verbracht«, sagte unser Gesprächspartner in einem entschuldigenden Tonfall, als ob es eine Indiskretion sei, die Laster eines Verstorbenen zu erwähnen. »Was haben Sie eigentlich mit dem Haus vor?«, wollte er dann unvermittelt von mir wissen.

»Höchstwahrscheinlich werde ich es verkaufen«, entgegnete ich und wartete vergeblich auf ein Kaufangebot oder wenigstens einen Vorschlag, wie man das am besten bewerkstelligen könne.

Stattdessen stellte der Bergsteiger mir eine völlig unerwartete Frage: »Edward hat erzählt, dass Sie Erfahrung in der Aufklärung von Kriminalfällen haben?«

»Das stimmt. Ich habe Mister Sigerson das eine oder andere Mal dabei assistiert«, gab ich verblüfft zu. »Aber mir ist schleierhaft, woher Edward Tristram das wusste. Ich habe mit meiner Familie immer nur ganz unverbindliche Briefe gewechselt.«

»Das liegt daran, dass er selbst sich mit privaten Ermittlungen ein Zubrot verdient hat«, sagte Holmes mit provozierender Beiläufigkeit.

Diese Nachricht kam so überraschend, dass ich einen Augenblick lang kein Wort herausbekam.

»Das kann man schon daran erkennen, dass er in seinem Tagebuch jedes noch so unbedeutend erscheinende Detail notiert hat«, half Holmes mir auf die Sprünge, was natürlich ein Seitenhieb war, denn er hatte mir in der Vergangenheit bereits wiederholt vorgeworfen, den alltäglichen Dingen nicht die gebührende Aufmerksamkeit zu widmen. »Dazu passt die Beobachtung seiner Nachbarin, dass er trotz seiner gewöhnlichen Sparsamkeit manchmal mit Geld um sich geworfen habe. Das tat er sicher, um an Informationen zu gelangen. Und auch sonst mangelte es im Haus nicht an Hinweisen, dass Ihr Verwandter den Teehandel nur als Tarnung betrieb ...«

Jetzt hatte ich wohl die Antwort auf meine Frage, warum mein doch recht entfernter Verwandter ausgerechnet mir seinen Besitz vermacht hatte, durchfuhr es mich, während Holmes' Erläuterungen an mir vorbeirauschten. Er muss geglaubt haben, ich sei in seine Fußstapfen getreten.

»Hatten Sie eigentlich einen bestimmten Grund, Mister Tristram zu fragen, ob er Detektiv sei?«, wollte Holmes wissen, nachdem er seine Ausführungen beendet hatte.

Unser Gesprächspartner druckste einen Augenblick herum, leerte dann gemächlich sein Cognacglas zur Hälfte, bis er endlich antwortete: »Leider habe ich keine Beweise dafür. Aber ich kann mich des Verdachtes nicht erwehren, dass jemand Edward vorsätzlich in die Berge gelockt hat.«

»Sie meinen, dass er ermordet wurde?«, entfuhr es mir lauter als beabsichtigt, worauf Mister Roundtree fatalistisch mit den Achseln zuckte.

»Ich fürchte, es ist ziemlich gleichgültig, was ich glaube, denn ich habe keinerlei Beweise. Aber vielleicht könnten Sie etwas Licht in diese mysteriöse Angelegenheit bringen?«

Holmes nickte zustimmend, bevor er seinen üblichen Honorarsatz nannte, den Mister Roundtree ohne zu zögern akzeptierte. Ich hätte zu gerne gewusst, wie unser neuer Klient sein Quartier in Simla und seine Reisen in die Berge finanzierte, wagte es jedoch nicht nachzufragen. Die wahrscheinlichste Erklärung war, dass er von Hause aus wohlhabend war. Doch vielleicht war er auch selbst in kriminelle Machenschaften verwickelt.

»Wissen Sie zufällig, ob Ihr Freund kurz vor seinem Tod einen Kriminalfall bearbeitete?«, fragte Holmes.

»Leider sprach er selten über berufliche Dinge. Aber er hat wenige Tage vor seinem Tod vage Andeutungen gemacht und gesagt, es gehe um eine große Sache.« Mister Roundtree senkte die Stimme und schaute sich vorsichtig um, ob jemand unserem Gespräch folgen konnte. »Außerdem hat er den Verdacht geäußert, dass der Wirt sich auch als Hehler betätigt.«

Bei dieser Bemerkung atmete ich so erleichtert auf, dass man es bestimmt noch am Nachbartisch hörte. Nun versuchte auch ich einen Schluck Cognac, der tatsächlich ausgezeichnet war. Holmes hingegen zückte ein funkelnagelneues Notizbuch, schrieb ein paar Zeilen auf die erste Seite und blickte dann wieder zu unserem neuen Klienten auf.

»Kennen Sie jemanden, der Interesse an Edward Tristrams Tod gehabt hat?«, wollte er wissen.

»Mit seiner Herumschnüffelei hat er sich nicht nur Freunde gemacht. Aber ich wüsste niemand Bestimmten«, überlegte der Bergsteiger und fuhr sich erneut über das struppige Haar, das sich jedoch nicht bändigen ließ.

Ich bemerkte, dass seine Hand leicht zitterte, und fragte mich, ob das nur auf den Cognac zurückzuführen sei.

»Sie haben doch sicher Mister Tristram ab und zu besucht?«, fragte Holmes.

»Nicht oft«, gab unser Gegenüber sichtlich verlegen zu. »Edward war etwas eigen, was seine Bücher betraf. Wenn man sich einem Regal auch nur näherte, war er gleich alarmiert. Deshalb haben wir uns meist auf neutralem Boden getroffen.«

»Sie kannten also das Haus von innen«, stellte Holmes erfreut fest. »Ich wäre Ihnen daher sehr verbunden, wenn Sie so freundlich sind, recht bald mit uns das Haus Ihres Freundes aufzusuchen. Vielleicht können Sie feststellen, ob etwas gestohlen oder verändert wurde.«

»Außerdem könnten Sie einen Blick auf das Bücherregal werfen. Ich hatte den Eindruck, dass jemand dort Bücher falsch eingestellt hat«, fügte ich hinzu, um meine Tischgenossen an meine Anwesenheit zu erinnern.

Mister Roundtree sagte so spontan zu, dass sich auch mein letzter Vorbehalt gegen ihn verflüchtigte.

»Ich wollte sowieso noch unter vier Augen mit Ihnen sprechen. Ich könnte zum Beispiel morgen früh um zehn Uhr vorbeikommen«, schlug er mit gesenkter Stimme vor und machte eine vage Geste in den mittlerweile völlig überfüllten Schankraum.

Holmes nickte mit einer Miene, als ob er genau dieses Angebot bereits erwartet hätte. Wir beide leerten unsere Gläser und verließen endlich das verräucherte Lokal, während unser neuer Klient sich nachschenken ließ.

Draußen sog ich gierig die frische Abendluft ein und warf verstohlen einen letzten Blick zurück, bevor ich mich in Bewegung setzte. Doch entgegen meiner Befürchtung stand niemand hinter dem Fenster des Wirtshauses, um uns zu beobachten. Später sollte ich es jedoch noch bedauern, dass ich Mister Roundtree nicht an diesem Abend darauf angesprochen hatte, ob er tatsächlich mit meinem Verwandten Edward Tristram den Yeti zu fotografieren gedacht hatte.

6. Der Kunstsammler

Am nächsten Morgen stand ich zeitig auf, um in aller Ruhe mit meiner Frau zu frühstücken. Ich hatte bei unserer Wirtin außer den üblichen Zutaten auch noch frisches indisches Fladenbrot, Fruchtsaft und Omeletts bestellt, denn mich plagte das schlechte Gewissen, Violetta schon wieder allein zu lassen. Doch zu meinem Befremden schien sie meine erneute Abwesenheit nicht weiter zu bekümmern.

»Du solltest dich vorsichtshalber noch einmal gründlich in deinem Haus umsehen. Vielleicht hat irgendein Maharadscha deinem Onkel ja als Belohnung einen riesengroßen Diamanten geschenkt, den er unter einer Holzdiele versteckt hat«, neckte sie mich, während sie mit der Gabel einen Pilz aufspießte. »Nach den Palästen mancher indischer Herrscher in Simla zu schließen, müssen sie doch nur so im Geld schwimmen.«

Ich wollte gerade etwas erwidern, als ich Holmes sah, der sich mit ernster Miene unserem Tisch näherte. Entweder hatte er bereits vor uns gefrühstückt oder wieder einmal eine Mahlzeit ausfallen lassen.

»Wie ich unseren Reisegefährten kenne, wartest du besser nicht mit dem Mittagessen auf mich«, sagte ich mit gedämpfter Stimme zu Violetta und ahnte nicht, wie recht ich behalten sollte.

»Vielleicht wäre er besser gelaunt, wenn er sich ebenfalls ab und zu ein richtiges Frühstück gönnen würde«, entgegnete meine Frau genauso leise, nahm sich ein Stück Brot und strich zuerst Butter und dann Marmelade darauf.

Holmes setzte sich zu uns, nahm aber nur eine Tasse schwarzen Tee zu sich. Violetta ließ sich nicht stören und knabberte genüsslich an ihrem Brot, während ich mir eine Tasse Kaffee einschenkte und gedankenverloren drei Löffel Zucker hineinschaufelte.

Nachdem ich das allzu süße Getränk zügig getrunken hatte, brachen Holmes und ich auf. Der morgendliche Wind war schneidend kalt, viel kälter als am Vortag. Auf den Gräsern glitzerten noch die Tautropfen, doch die Sonne wärmte schon. In den sonst so geschäftigen Straßen war es ruhig, nur wenige Passanten begegneten uns – und viele Läden waren geschlossen.

Als wir unser neues Haus erreichten, war es erst Viertel vor zehn. Ich fischte aus dem Zeitungsstoß neben der Tür ein neueres Exemplar und ließ mich auf dem Stuhl hinter der Theke nieder. Holmes hatte bereits auf dem einzigen anderen Sitzmöbel, einem Korbstuhl im Kolonialstil, Platz genommen. Nachdem ich einen Artikel über die neue – für jedermann zugängliche – Telefonverbindung zwischen London und Paris gelesen hatte, schlug eine Kirchturmuhr in der Ferne Viertel nach zehn. Das Zehnuhrgeläut musste ich wohl überhört haben. Ungeduldig sprang ich auf, klemmte mir die Zeitung unter den Arm und sah durch das Schaufenster.

Es war weit und breit kein Passant zu sehen. Wenn ich etwas hasste, so waren es unpünktliche Menschen.

Holmes zog seine Taschenuhr hervor, warf einen finsteren Blick auf das Ziffernblatt und steckte sie stirnrunzelnd wieder zurück. Verärgert ließ ich mich auf den Stuhl zurückfallen und schlug die Zeitung wieder auf. Diese neue Telefonleitung mochte für Geschäftsleute und Journalisten praktisch sein. Doch ich für meinen Teil kannte niemanden in Paris und konnte auch kein Französisch sprechen.

Eine weitere Viertelstunde später war unser neuer Bekannter noch immer nicht eingetroffen. Er war nun schon mehr als eine halbe Stunde überfällig. Ich schaute Holmes an, der steif auf der Vorderkante seines Korbstuhls saß, aber erstaunlicherweise nicht rauchte.

»Mister Roundtree wird doch unsere Verabredung nicht vergessen haben?«, wunderte ich mich.

Holmes nickte, aber seine Miene verriet keine Zustimmung. Voller Ungeduld erhob er sich und ging dann im ehemaligen Teegeschäft auf und ab. Ich hingegen lehnte mich auf meinem Stuhl zurück und starrte auf die Risse in der Decke. Plötzlich hörte ich das Poltern von Rädern auf der holprigen Fahrbahn. Aufgeregt fuhr ich von meinem Stuhl hoch, stürzte zum Fenster, sah aber nur einen alten Mann mit einem Handkarren. Von Mister Roundtree fehlte weiterhin jede Spur.

»Vielleicht hat er es sich schlicht anders überlegt«, vermutete ich ratlos.

»Ich glaube nicht, dass er uns versetzt hat. Er war schließlich unser Klient.« Das war mir in meinem Unmut völlig entfallen. »Entweder er wurde aufgehalten. Oder er ist nicht gekommen, weil er nicht in der Lage dazu ist«, murmelte Holmes und blieb abrupt vor mir stehen. Die Beunruhigung stand ihm ins Gesicht geschrieben. »Vielleicht ist er krank, verletzt oder sogar tot.«

»Wir hätten ihn nach seiner Adresse fragen sollen«, bedauerte ich und ging erneut zum Fenster.

»Sie haben einen Hang zum Offensichtlichen«, brummte Holmes und begann wieder im Laden herumzuwandern, was mich noch nervöser machte, als ich es ohnehin schon war.

Daher beschloss ich, im Büro nach Mister Roundtrees Anschrift zu recherchieren.

»Selbstverständlich habe ich gestern bereits nach einem Terminkalender oder einem Adressbuch gesucht«, rief Holmes mir nach, während ich ins Treppenhaus trat.

Ohne große Hoffnung auf Erfolg meiner Bemühungen stieg ich zur Wohnung hoch und nahm vor dem Schreibtisch Platz, auf dem sich teils noch ungeöffnete Briefe stapelten, von denen die meisten wie Rechnungen aussahen. Ich nahm Brief um Brief in die Hand. Doch der gesuchte Absender war leider nicht darunter.

»Wir sollten keine weitere Zeit hier verschwenden«, entschied Holmes, nachdem ich mich wieder zu ihm gesellt hatte.

Bevor wir aufbrachen, schaute ich noch kurz im Haus der Ryders vorbei, musste mich aber mit dem Bescheid begnügen, dass diesmal auch die Memsahib außer Haus sei.

»Jetzt müssen wir uns wohl gedulden, bis heute Abend das *Lahme Yak* öffnet«, fluchte ich vor mich hin, als wir uns auf den Weg ins Stadtzentrum machten.

»Zum Glück ist heute Sonntag und ich gehe davon aus, dass das Lokal bereits vormittags aufmacht«, widersprach Holmes gut gelaunt.

Das war mir bis zu diesem Moment gar nicht bewusst gewesen, denn ich hatte im Urlaub den Überblick über die Wochentage verloren. Jetzt wusste ich wenigstens, warum in der Stadt so wenig Betrieb herrschte.

Ich war erfreut, das *Lahme Yak* geöffnet und obendrein halb leer vorzufinden. Aber das nützte uns leider nicht viel, denn der Wirt betonte nachdrücklich, dass er nichts über den Verbleib von Mister Roundtree wisse, da er seinen Gästen nicht nachspioniere.

»Das hat Ihnen niemand unterstellt«, beteuerte Holmes in einem beschwichtigenden Tonfall. »Aber Sie könnten es doch zufällig mitbekommen haben, wo Mister Roundtree wohnt. Schließlich war er Ihr Stammkunde.«

Und außerdem war Simla nur eine Kleinstadt.

Der Wirt stützte sich mit beiden Händen auf den Tresen auf und schüttelte den Kopf. »Das möchte ich gar nicht wissen. Ich habe mich immer bemüht, Beruf und Familienleben zu trennen«, verkündete er und quälte sich ein Lächeln ab.

Eine derart gestelzte Formulierung aus dem Mund eines Kneipenwirts erstaunte mich. Wer weiß, was ihn nach Indien verschlagen hat, dachte ich und kam mir im gleichen Augenblick vor wie Mrs. Ryder.

»Vielleicht kann Mister Grant Ihnen weiterhelfen. Das ist ein Amerikaner, der die Dörfer in den Bergen besucht, um Volkslieder zu sammeln. Er unternimmt manchmal Exkursionen zusammen mit Mister Roundtree.«

Beim Klang der weiblichen Stimme zuckte ich zusammen. Dann drehte ich mich neugierig um. Hinter uns stand eine kleine, rundliche Frau im Sonntagsstaat, bei der es sich wohl um die Wirtin handelte.

»Und wo finde ich diesen Mister Grant?«, erkundigte sich Holmes.

»Sie hätten ihn noch vor wenigen Minuten in der Kirche antreffen können«, bemerkte die Wirtin spitz.

Offenbar wurde man hier schief angesehen, wenn man kein Kirchgänger war. Zum Glück waren die Mitglieder der englischen Kolonie in Florenz weltoffen und eher dem Lotterleben zugeneigt, was wohl daran lag, dass es sich meist um Künstler und Wissenschaftler handelte und nicht um Beamte, Offiziere und deren Gattinnen. Innerlich gab ich allmählich Violetta recht: Wir sollten uns so schnell wie möglich von dem geerbten Haus trennen.

»Könnten Sie vielleicht die Freundlichkeit besitzen, ihn mir zu beschreiben?«, fragte Holmes merklich gereizt.

Auch meine Nerven waren inzwischen zum Zerreißen gespannt.

»Er ist ein gut gekleideter Vierziger mit tadellosen Manieren«, entgegnete die Wirtin mit einem finsteren Seitenblick auf ihren korpulenten Mann, der gerade ein Bier zapfte.

»Das trifft auf viele unserer Landsleute zu«, brummte Holmes, eine Meinung, die ich nicht unbedingt teilte.

»Nach der Kirche geht er manchmal zur Konkurrenz, ins *Wappen von Wales*«, rief uns der Wirt schlecht gelaunt nach, als wir fast die Tür erreicht hatten.

Mit der Hand auf der Klinke drehte ich mich noch kurz um und bedankte mich für die Auskunft.

Holmes war bereits vorausgeeilt, und ich hatte Mühe, ihn einzuholen. Er kehrte zur Hauptstraße zurück, und wir fragten uns zum *Wappen von Wales* durch. Das Lokal nahm das Erdgeschoss eines adretten Holzhauses mit reich verzierten Balken ein, das sich nahe dem Rathaus befand. Vor dem Eingang stand plaudernd eine Gruppe von schwarz gekleideten Männern. Hinter ihnen spielte eine Kinderschar lautstark mit einem alten Lederball.

»Guten Morgen, Gentlemen«, sagte Holmes, lüftete den Hut und schaute suchend in die Runde. »Wir suchen Mister Grant. Wissen Sie zufällig, wo ich ihn finden kann?«

»Das bin ich. Wer möchte das wissen?«, antwortete ein mittelgroßer, forsch dreinblickender Mann mit streng gescheiteltem, dunkelbraunem Haar. Er war mir auf den ersten Blick unsympathisch, was nicht nur an seinem breiten amerikanischen Akzent lag.

»Mein Name ist Mister Sven Sigerson, und das ist Mister David Tristram. Wir müssen dringend mit Mister Roundtree sprechen. Wissen Sie zufällig, wo er wohnt?«, fragte Holmes und betrachtete sein Gegenüber mit der Miene eines Ornithologen, dem ein besonders ausgefallener Vogel vor das Fernglas gekommen ist.

»In der Unterstadt. Dort ist es zwar billiger, aber ansonsten … Sie wissen ja!«

Ich wusste es nicht, konnte mir aber lebhaft vorstellen, welche Zustände dort herrschten. Bevor Holmes nach der genauen Adresse fragen konnte, beschrieb der Amerikaner bereits mit militärischer Präzision den Weg zur Behausung des Bergsteigers.

Holmes stürmte sofort mit einem flüchtigen Gruß davon, ohne sich Notizen zu machen, und ich verfluchte innerlich das Verbot, mit dem Wagen durch die Oberstadt zu fahren.

Nach einem strammen Fußmarsch erreichten wir endlich ein labyrinthisches Gewirr ineinander verschachtelter, traditioneller Häuser, in dem es von Anbauten und Terrassen nur so wimmelte. Ich hatte bisher Holmes' Tempo halbwegs mithalten können. Doch nun blieb ich einen Augenblick stehen, um wieder zu Atem zu kommen, und schaute mich staunend um. Es war, als ob eine wohlgeordnete europäische Stadt mit adretten Häusern und gefegten Bürgersteigen unvermittelt in eine chaotische, völlig überbevölkerte indische Ansiedlung überging. Wenn man hier überfallen wurde, zuckte die Polizei wahrscheinlich nur mit den Schultern.

Trotz Holmes' ausgezeichnetem Orientierungssinn kostete es selbst ihn einige Mühe, das Haus des Bergsteigers zu finden. Unterwegs stieg uns der penetrante Geruch von Ochsen und Schafen in die Nase, und die Wege starrten vor Schmutz. Holmes ging voran und wich dabei mit nachtwandlerischer Sicherheit Hindernissen wie Tierexkrementen, bettelnden Kindern und vor den Läden aufgebauter Ware aus. Wir passierten Tischler, Kesselflicker und Schmiede, aber auch Besenbinder, Kerzenzieher, Seifensieder und andere exotische Gewerbe. Schließlich blieb Holmes vor einem Durchgang zwischen zwei elenden Behausungen stehen. Er führte in einen Innenhof, in dem ein halbes Dutzend halb nackter Kinder spielte. Am Ende des Hofs befand sich ein zweistöckiges Gebäude, das wie die Nachbarhäuser in traditioneller Bauweise errichtet war. Auf den zweiten Blick bemerkte man jedoch typisch englische Schiebefenster mit Gardinen.

Ein magerer, weiß gekleideter Diener öffnete auf mein Pochen. Mit seiner sonnengebräunten Haut sah er wie ein Nepalese aus.

»Guten Tag, Gentlemen. Darf ich fragen, ob Sie angemeldet sind?«, fragte der Diener überhöflich, nachdem wir ihm unsere Visitenkarten überreicht hatten.

Holmes verneinte, versicherte aber, die Zeit des Hausherrn nicht lang in Anspruch zu nehmen.

»Wenn die Gentlemen bitte einen Augenblick warten möchten«, erwiderte der Diener stocksteif.

»Er ist also noch im Haus«, sagte ich irritiert, als er davongeeilt war.

»Oder sein Diener hat nicht mitbekommen, dass er es verlassen hat«, entgegnete Holmes, streng logisch wie immer.

In diesem Moment kehrte der dunkelhäutige Diener bereits an die Haustür zurück.

»Der Sahib empfängt Sie im Bibliothekszimmer«, verkündete er zu meiner großen Erleichterung. Um ehrlich zu sein, hatte ich nicht mehr erwartet, unseren Klienten jemals lebend wiederzusehen.

Wir folgten dem stoisch wirkenden Diener eine steile Treppe hinauf durch einige kleine Räume bis in ein helles, quadratisches Zimmer. Unterwegs betrachtete ich staunend die gediegene Einrichtung. Ich hatte erwartet, dass die Wohnräume eines Bergsteigers mit Gemälden von Bergmassiven, ausgestopften Murmeltieren und Fotos von Gipfelstürmern dekoriert seien. Aber es gab nichts dergleichen, nur eine große Landkarte des Himalaya wies auf das Steckenpferd des Hausherrn hin. An einigen Stellen steckten schwarze Fähnchen, vermutlich Berge, die er bestiegen hatte.

Im sogenannten Bibliothekszimmer stand Mister Roundtree mit dem Rücken zur Tür vor einem riesigen Glasschrank, der die gesamte Wand einnahm. Darin wurden Statuetten von buddhistischen und hinduistischen Göttern, tibetische Gebetsmühlen, Donnerkeile, Masken und Waffen zur Schau gestellt. Der Hausherr war gerade damit beschäftigt, nacheinander die Gegenstände zum Entstauben in die Hand zu nehmen, und ich fand es erstaunlich, dass er das Putzen nicht dem Personal überließ.

»Mister Roundtree, das sind die beiden Gentlemen, die Sie sprechen wollten«, gab der nepalesische Diener bekannt, und der hochgewachsene Mann wandte sich langsam zu uns um.

Ich wollte ihn begrüßen, doch die Worte blieben mir vor Schreck im Halse stecken, denn ich blickte in das freundliche Gesicht eines Fremden, der mindestens zwanzig Jahre jünger war als der Bergsteiger, den wir am Vortag getroffen hatten, der ihm aber ansonsten verblüffend ähnlich sah. Er war elegant gekleidet und trug einen Ehering, der ihm etwas zu weit war.

»Sie sind doch nicht …«, stammelte ich hilflos, und die eben noch heitere Miene des jungen Mannes verfinsterte sich.

»Sie wollten sicher mit meinem Vater Elliot Roundtree sprechen?«, fragte er, sichtlich enttäuscht. »Ich bin sein jüngster Sohn James Roundtree.«

»Wir waren um zehn Uhr mit Ihrem Vater im Haus seines verstorbenen Freundes Edward Tristram verabredet«, erklärte Holmes.

»Als ich Ihre Visitenkarten sah, dachte mir schon, dass einer von Ihnen ein Verwandter Edwards ist«, sagte unser Gesprächspartner ohne große Begeisterung. »Sie müssen meinen Vater irgendwie verfehlt haben. Er hat jedenfalls um fünf nach neun das Haus verlassen.«

Langsam verstand ich gar nichts mehr. Ich musste wohl gedankenverloren auf die Vitrine gestarrt haben, denn der junge Mister Roundtree interpretierte meine reglose Körperhaltung falsch.

»Mein Vater hat bei seinen Bergtouren viele abgelegene Dörfer und Klöster besucht, und irgendwann hat er begonnen, dort Kunstgegenstände zu erwerben. Inzwischen ist er ein allseits bekannter Sammler primitiver Kunst. Er vermittelt die Objekte an europäische Sammler und an Museen«, verkündete er stolz.

Das war sicher ein sehr lohnendes Geschäft. Man speiste die Einheimischen mit ein paar Glasperlen ab und verkaufte die Kunstwerke dann teuer ins Ausland, wo asiatische Kunst gerade Mode war.

Holmes trat an das Regal heran, und ich stellte mich neben ihn. Auf einem Brett mit Dutzenden von kleinen Figuren glänzte im Staub eine Stelle. Etwas hatte vor Kurzem dort gestanden, wie ich vermutete, eine mittelgroße Statuette. Bevor ich etwas sagen konnte, räusperte sich der Diener leise und zog damit unsere Aufmerksamkeit auf sich.

»Entschuldigen Sie, Gentlemen, dass ich Sie anspreche, aber heute Morgen hat ein Botenjunge eine Nachricht für den Sahib abgeliefert, und direkt danach hat er das Haus verlassen«, gab er bekannt, und ich fühlte mich, als hätte mir jemand einen Schlag in den Magen versetzt.

Holmes wirkte, als ob er gleich laut losfluchen würde, doch es gelang ihm gerade noch, die Contenance zu wahren.

»Könnte es sein, dass diese Nachricht irgendwo herumliegt, zum Beispiel auf dem Schreibtisch?«, fragte er den Sohn des Hausherrn, dessen Blick daraufhin zu dem Diener wanderte.

»Bedaure, Sir. Aber ich fürchte, der Sahib hat den Zettel in seine Jackentasche gesteckt.«

Erst jetzt schien der junge Mister Roundtree die volle Tragweite dieser neuen Wendung zu verstehen. Alle Farbe wich aus seinem ohnehin schon blassen Gesicht, und er starrte Holmes an.

»Sie waren es nicht, der die Nachricht gesandt hat?«

»Nein, wir haben am vereinbarten Treffpunkt auf ihn gewartet. Aber das muss nichts bedeuten. Vielleicht hat er unsere Verabredung wegen dieser unerwarteten Botschaft einfach vergessen«, versuchte Holmes ihn zu beruhigen. »Ich wäre Ihnen jedenfalls sehr verbunden, wenn Sie mich umgehend informieren, sobald Ihr Vater zurückkehrt. Wir wohnen im *Prince Albert Hotel*.«

Dann verließen wir beunruhigt das Haus unseres Klienten. Mittlerweile war es bereits ein Uhr, ein idealer Zeitpunkt für ein Mittagessen.

»Was machen wir jetzt?«, fragte ich trotzdem anstandshalber.

»Ich schaue im Krankenhaus, in den Gastwirtschaften und im Polizeirevier vorbei. Aber vorher sollten wir besser an der Rezeption unseres Hotels vorsprechen, ob unser Klient uns vielleicht doch eine Nachricht hinterlassen hat«, sagte Holmes finster. »Mehr können wir momentan nicht tun.«

Wahrscheinlich wollte er sich selbst mit seiner optimistischen Behauptung überzeugen, und auch ich fühlte mich auf dem Rückweg elend.

7. Der Ausflug

Als wir die Empfangshalle betraten und unsere Wirtin uns erblickte, breitete sich auf ihrem Gesicht ein Strahlen aus. Wie sie uns bereits am ersten Tag unseres Aufenthalts in Simla erzählt hatte, führte sie den Betrieb allein, da ihr Mann drei Jahre zuvor gestorben war. Mittlerweile fragte ich mich, ob sie jemals schlief, denn sie hielt zu jeder Uhrzeit an der Rezeption die Stellung.

»Mister Sigerson, haben Sie eine Heiratsanzeige aufgegeben?«, fragte sie ganz aufgeregt und beugte sich über den Tisch, um uns genauer betrachten zu können. Mir war zuvor gar nicht aufgefallen, dass sie kurzsichtig war.

Holmes blieb abrupt stehen und starrte sie einen Augenblick lang konsterniert an. »Wie kommen Sie denn auf *diese* Idee?«, entfuhr es ihm dann. In seiner Stimme lag blankes Entsetzen.

»Anne von der Zeitung sagt, dass bei ihr ein ganzer Sack voller Briefe für Sie wartet«, flötete die Wirtin mindestens eine Oktave höher als gewöhnlich.

»Woher weiß sie denn, dass die Sendungen für mich sind? Ich habe schließlich unter einer Chiffre annonciert?«, beschwerte sich Holmes und verschränkte die Arme vor der Brust.

Auch ich war erstaunt, denn er hatte mit keinem Wort erwähnt, dass er eine Anzeige aufgegeben hatte.

»Sie fragt mich immer nach meinen Gästen, und sie hat Sie nach meiner Beschreibung wiedererkannt.«

Diese Schilderung hätte ich zu gern gehört.

»Nicht, dass es Sie etwas anginge, aber in der Anzeige frage ich, ob jemand mir Auskunft über den Verbleib eines bestimmten Dienstmädchens geben kann«, erklärte Holmes kopfschüttelnd, und das Strahlen der Wirtin erlosch vor Enttäuschung.

Doch sie fing sich schnell wieder und berichtete stolz, dass demnächst ein leibhaftiger Lord bei ihr absteigen werde. Sie wäre bestimmt begeistert gewesen, wenn sie gewusst hätte, dass sie mit Mister Sherlock Holmes bereits eine derartige Berühmtheit beherbergte.

»Dann will ich mir doch meine Post einmal ansehen«, sagte der Meisterdetektiv und eilte davon.

Einige Sekunden lang blieb ich unschlüssig im Eingangsbereich stehen, dann machte ich einen Abstecher auf unser Hotelzimmer. Doch ich traf Violetta dort nicht an, und sie hatte mir auch keine Nachricht hinterlassen. Das war nicht gerade mein Glückstag.

Es dauerte noch fast eine Stunde, bis meine Frau endlich wieder zurückkehrte. Ich saß gerade auf der Terrasse des Hotels, wo ich einen Imbiss zu mir genommen hatte, als eine Rikscha vor dem Eingang hielt. Violetta stieg aus, drückte dem Fahrer ein paar Münzen in die Hand, und ich winkte ihr zu. Sie winkte zurück, aber ich sah schon aus der Ferne, dass sie blass und angespannt aussah.

»Wo bist du die ganze Zeit gewesen?«, fragte ich besorgt, nachdem sie erschöpft neben mir Platz genommen hatte.

»Mrs. Ryder hat mich eingeladen, den Tag mit ihr zu verbringen«, begann sie.

So brüsk, wie Violetta die Gemahlin des Beamten behandelt hatte, fand ich es erstaunlich, dass Mrs. Ryder noch immer Wert auf ihre Gesellschaft legte. Es musste doch in ihrer Nachbarschaft noch weitere unterbeschäftigte Gattinnen geben. »Ich denke, du konntest sie nicht leiden?«, fragte ich erstaunt.

»Ich dachte, besser als gar keine Gesellschaft. Außerdem hoffte ich, dass sie mir doch etwas Aufschlussreiches über deinen Onkel erzählen könnte.«

Kein Wunder, dass meine Frau so mitgenommen wirkte.

»Sie Arme, Sie sehen ja schrecklich aus! Am besten Sie trinken einen Tee mit viel Zucker. Das weckt die Lebensgeister«, sagte die Wirtin, die wie aus dem Nichts aufgetaucht war, und ich erschrak.

»Bringen Sie mir lieber einen Portwein«, entgegnete Violetta, obwohl sie gewöhnlich dergleichen nur abends trank.

»Für mich bitte das Gleiche«, sagte ich automatisch und blickte meine Frau fragend an.

»Sie wollte mich schon wieder zu einem Ausritt animieren. Doch ich habe sie dazu überredet, lieber einen Ausflug zum *Jakkhu*-Tempel zu unternehmen. Er befindet sich auf dem höchsten Punkt der Stadt, und ich war neugierig auf den Blick über die Stadt.«

»Ich hoffe, Mister Ryder hat euch begleitet?«, erkundigte ich mich besorgt, denn langsam hielt ich Simla für ein gefährliches Pflaster, in dem selbst gestandene Männer am helllichten Tag spurlos verschwanden.

»Nein, er hat mit einem Arbeitskollegen Golf gespielt.«

Am heiligen Sonntag? Er schien seine Frau ja schmählich zu vernachlässigen.

»Leider bestand Mrs. Ryder, sie heißt übrigens mit Vornamen Mary, darauf, zuerst ein *kleines* Picknick zu machen.« Violetta ahmte die distinguierte Sprechweise ihrer neuen Bekannten so gut nach, dass ich schmunzeln musste. »Wir haben uns also mit dem Wagen zum *Prospekt Hill* fahren lassen. Für meinen Geschmack war es viel zu frisch, um sich auf dem Boden niederzulassen, und außerdem gab es nur kalten Tee und Gurkensandwich. Danach sind wir endlich zum Tempel gewandert. Oben angelangt, musste ich erfahren, dass man nur am frühen Morgen die vielgerühmte atemberaubende Aussicht hat. Später ziehen meist Wolken auf – und so war es auch heute.«

»Du kannst sie dir ja ein andermal morgens anschauen«, entgegnete ich irritiert, denn es war gar nicht die Art meiner Frau, sich über derartige Kleinigkeiten aufzuregen.

Violetta seufzte, sagte aber nichts, denn die Wirtin trat an den Tisch und kredenzte mit vorwurfsvoller Miene die beiden Drinks. Meine Frau nippte an ihrem Glas, wartete, bis die Hotelwirtin wieder gegangen war, und beugte sich dann vor, damit uns niemand belauschte.

Doch ich bemerkte das erst, als sie sich räusperte, denn meine Gedanken waren abgeschweift. Die Sorge, dass Mister Roundtree etwas zugestoßen sein mochte, ließ mir keine Ruhe. Nur widerstrebend konzentrierte ich mich auf den zweiten Teil der Schilderung des Ausflugs der beiden Frauen.

»Oben hat Mrs. Ryder den Hindu-Tempel besucht, während ich lieber ein paar Schritte auf einem halb überwachsenen Pfad geschlendert bin. Plötzlich sah ich etwas Dunkles vor mir liegen. Ich hielt es für einen Baumstamm und bog das hohe Gras auseinander.« Violetta stockte und trank einen Schluck, bevor sie weitersprach. Unwillkürlich wurde ich von einer unguten Vorahnung ergriffen. »Doch es war ein Mann im dunklen Anzug, der auf dem Boden lag«, sagte sie dann so leise, dass ihre Stimme kaum mehr als ein Flüstern war. »Ich trat zu ihm, um zu sehen, ob man etwas für ihn tun konnte. Aber als ich mich herunterbeugte, sah ich das ganze Blut und begriff, dass man ihm die Kehle durchgeschnitten hatte. Aber im Grunde wusste ich von Anfang an, dass er tot war.«

Der Bergsteiger, durchfuhr es mich, und trotz des milden Wetters begann ich zu frieren. Das konnte nicht sein. Es musste irgendein alter Mann sein, der sich bei einer Bergwanderung übernommen hatte. Am Wochenende waren dort oben doch bestimmt Scharen von Ausflüglern unterwegs, versuchte ich mich selbst vom Gegenteil zu überzeugen. Aber es gelang mir nicht recht.

»Wie sah er aus?«, fragte ich, obwohl ich nicht sicher war, ob ich die Antwort wirklich hören wollte.

»Es war ein großer magerer Europäer mit unordentlichen Haaren«, entgegnete sie und schloss die Augen, wie um das Bild des Toten abzuschütteln.

»Das ist unser Klient, Mister Roundtree, auf den wir heute Morgen vergeblich gewartet haben«, entfuhr es mir entsetzt.

Bis zu diesem Augenblick hatte ich mich innerlich gegen die Vorstellung gewehrt, dass er tot sein könnte, so gesund und unternehmungslustig, wie er noch am Vortag war. Mir schien, als lastete ein Fluch auf meiner Familie. Zuerst starb mein Verwandter unter mysteriösen Umständen und dann auch noch sein Freund, der uns helfen wollte, diesen ungeklärten Todesfall zu untersuchen.

»Du kanntest ihn?«, fragte Violetta und schlug sich erschrocken mit der Hand auf den Mund.

Erschüttert leerte ich mein Portweinglas. Dann erzählte ich mit knappen Worten, wie wir den halben Vormittag mit Warten vertrödelt und dann einen ergebnislosen Gewaltmarsch in die Unterstadt hinter uns gebracht hatten. Als ich meinen Bericht beendet hatte, schüttelte meine Frau mit skeptischer Miene den Kopf.

»Manchmal habe ich den Eindruck, dass überall dort Verbrechen begangen werden, wohin Mister Holmes uns begleitet«, bemerkt sie in einem Tonfall, als ob das eine besonders verwerfliche Eigenschaft wäre, und schaute kurz in ihr halb leeres Glas.

»Du hättest uns sofort aufsuchen sollen, um uns zu informieren«, ermahnte ich meine Frau so freundlich wie möglich.

»Ich wusste ja nicht, dass du ihn kanntest. Außerdem war ich ja leider nicht allein. Daher habe ich den Tempelwächter verständigt. Dann hat Mrs. Ryder mich ins Polizeirevier in der Stadt geschleift. Mein Gesicht war bestimmt kreidebleich, und ich fühlte mich, als müsste ich mich übergeben. Trotzdem hat man mir nichts zu trinken angeboten, sondern ich wurde eingehend von einem Inspektor befragt und musste dann ein Protokoll unterschreiben. Ich bin wirklich froh, dass ich nicht mehr unter dem Namen Mrs. Sigerson reise, denn ich musste bei der Polizei meine Papiere vorzeigen – das wäre sonst peinlich geworden. Man hat mich übrigens gebeten, in den nächsten Tagen die Stadt nicht zu verlassen. Aber das hatte ich eigentlich auch nicht vor. Langsam finde ich Gefallen an der Gegend.«

Wohl eher an den Bewohnern der Stadt, auch wenn sie die Polizei riefen, was eine Italienerin nur im äußersten Notfall tat. In ihrer Heimat wurde man schweigsam, wenn die Carabinieri auftauchten.

Meine Vermutung wurde sogleich durch Violettas eigene Worte bestätigt. Zuerst schaute sie sich vorsichtig nach der Wirtin um. Als sie sich vergewissert hatte, dass sie uns nicht hören konnte, entspannte sich ihre Haltung.

»Mrs. Ryder hat mich gefragt, warum wir nicht in unser Haus ziehen«, sagte sie mit unterdrückter Stimme. »Eigentlich hat sie recht. Wir würden die Hotelrechnung sparen, und ich hätte Gesellschaft, wenn du wieder einmal den ganzen Tag mit Holmes unterwegs bist.«

Angestrengt suchte ich nach Gegenargumenten, denn ich konnte ja wohl kaum anführen, dass ich das Haus unheimlich fand. Violetta trank noch immer ihren Port in ganz kleinen Schlucken, während sie auf meine Antwort wartete. Ich wollte gerade behaupten, dass Holmes diesen Plan bestimmt nicht gutheißen würde, als ich unvermittelt seine sonore Stimme hinter mir hörte. Warum mussten sich an diesem Tag nur alle anschleichen und mich erschrecken?

»Das halte ich für eine ausgezeichnete Idee«, sagte er zu meiner nicht geringen Überraschung. »Wenn Sie eine feste Adresse in Simla vorweisen können, wird man Ihnen gegenüber bestimmt viel gesprächiger sein.«

Holmes ließ sich uns gegenüber nieder, griff automatisch in seine Jackentasche, besann sich dann aber, dass es sich nicht gehörte, in Anwesenheit einer Dame zu rauchen, und zog seine Hand wieder hervor.

»Von mir aus. Wenigstens sind wir dann die neugierige Wirtin los«, seufzte ich und fragte mich im gleichen Augenblick, ob wir sie nicht gegen eine mindestens genauso neugierige Nachbarin eintauschten.

Violetta strich sich eine Strähne aus dem Gesicht und lächelte matt. Der bevorstehende Umzug schien ihre Lebensgeister wieder geweckt zu haben.

»Um es bewohnbar zu machen, muss das Haus aber zuerst gründlich geputzt werden«, verkündete sie und schaute mich an, als ob das meine Aufgabe wäre.

»Sie haben die freie Wahl zwischen all diesen Dienstboten«, gab Holmes bekannt und zog ein Bündel Briefe aus der Innentasche seiner Jacke. Mit der triumphalen Miene eines Zauberkünstlers legte er die Schreiben wie einen Fächer auf den Tisch. »Ich habe ja vorhin bei der Zeitung die Antworten auf meine *Heiratsanzeige* abgeholt. Leider enthielten die Antwortschreiben keinen einzigen Hinweis auf Mister Edward Tristrams Hausangestellte. Aber zweiundvierzig Einheimische haben mir ihre Töchter und Schwestern als Dienstmädchen angeboten und elf wollten sie mir sogar als Geliebte vermitteln. Ich habe den Stoß schon gesichtet und die meiner Meinung nach geeigneten Kandidatinnen für Ihren Haushalt ausgewählt.«

Was wohl hieß, dass Holmes bereits vorher die gleiche Idee wie Mrs. Ryder gehabt hatte.

»Wollen Sie nicht das Bibliothekszimmer in unserem neuen Heim beziehen? Wir könnten dort ein Bett aufstellen lassen«, schlug Violetta zu meiner Überraschung vor – und Holmes willigte ohne zu zögern ein.

Auch ich war mit dieser Lösung zufrieden, denn es beruhigte mich ungemein, einen zweiten Mann im Haus zu haben. Wer konnte wissen, ob der Einbrecher nicht doch zurückkehrte.

»Leider konnte ich den Tod unseres Klienten nicht verhindern, aber ich werde nicht ruhen, bis ich seinen Mörder der Gerichtsbarkeit überantwortet habe. Daher sollten wir keine Zeit mehr auf dieser Terrasse verschwenden, sondern den Unglücksort selbst in Augenschein nehmen«, verkündete Holmes finster und schaute auf seine Taschenuhr.

»Sie haben schon davon gehört?«, entfuhr es mir erstaunt.

Die Entscheidung, in das unheimliche Haus meines Verwandten zu ziehen, hatte mich derart in Anspruch genommen, dass ich Mister Roundtrees vorzeitiges Ableben völlig aus dem Sinn verloren hatte.

»Der ganze Ort spricht über nichts anderes«, entgegnete Holmes und trommelte ungeduldig mit den Fingern auf der Tischplatte aus dunklem Holz. »Ich habe schon die unmöglichsten Gerüchte vernommen, von der Vermutung, er habe sich zu Tode gesoffen, bis zur Behauptung, der Yeti habe ihn umgebracht. Den Vogel hat aber diese ›Anne von der Zeitung‹ abgeschossen, als sie mir aufgeregt berichtete, es habe zwei Tote gegeben, einen Mann und eine Frau.«

»Ich glaube, dass er von dem gleichen Täter umgebracht wurde wie Edward Tristram, so wie sich die Todesumstände ähneln«, bemerkte ich nachdenklich. »Schließlich hat man beide in die Berge gelockt.«

»Aber dem Toten, den ich gefunden habe, hat man die Kehle durchgeschnitten«, wandte meine Frau ein, und erneut wich alle Farbe aus ihrem Gesicht.

»Viele Verbrecher bleiben ihrer Methode treu. Das wird ihnen oft zum Verhängnis«, murmelte Holmes gedankenverloren und schaute Violetta nachdenklich an. »Könnten Sie mir bitte mitteilen, wie der mit dem Mordfall betraute Ermittler hieß und wie er aussieht?«, fragte er sie, und meine Frau überlegte einen Augenblick lang.

Das Nachdenken lenkte sie von der schrecklichen Erinnerung ab, denn Violettas Wangen röteten sich wieder ein wenig. »Ohne seinen Schnurrbart wäre er ein gut aussehender Mann, und er hatte einen französisch klingenden Namen ... Inspektor Laville, nein, das war es nicht ...«

»Doch wohl nicht Inspektor Lestrade?«, fragte Holmes so konsterniert, wie er noch nicht einmal über die Frage nach der Heiratsannonce war.

»Nein, ganz bestimmt nicht.« Violetta fuhr sich mit der Zunge über die Lippen und dachte kurz nach. »Inspektor Melville!«, erklärte sie dann.

Holmes nickte sichtlich erleichtert, richtete sich auf seinem Stuhl kerzengerade auf und sah mich an. »Jetzt sollten wir uns aber endlich den Tatort ansehen«, forderte er mich auf, erhob sich und verabschiedete sich von Violetta.

Es erstaunte mich, dass er sich nicht einmal die genaue Stelle beschreiben ließ, an der die Leiche gefunden worden war. Bevor ich jedoch diese Frage stellen konnte, war Holmes schon auf dem Weg nach draußen. Also verabschiedete ich mich ebenfalls von meiner Frau, die bereits damit beschäftigt war, die Bewerbungsschreiben einzusammeln, die Holmes achtlos auf dem Tisch hatte liegen lassen, und hoffte, dass sie während meiner Abwesenheit eine Hausgehilfin auswählte, denn ich wusste nicht, nach welchen Kriterien ich eine solche Entscheidung hätte treffen sollen.

8. Der Tempel

Der *Jakkhu*-Tempel erhob sich in fast achttausend Fuß Höhe auf einem mit Fichten, Pinien, Eichen und Rhododendren bestandenen Hügel. Um dorthin zu gelangen, musste man einen steilen Pfad erklimmen, der direkt hinter der anglikanischen *Christ Church* begann. Als wir die Kirche passierten, erklangen vom Turm vier dumpfe Schläge und verhallten sofort wieder im Straßengewirr. Der hinduistische Tempel, den wir besuchen wollten, war dem für seine Kraft und Treue bekannten affengestaltigen Gott Hanuman geweiht, dem General des Affenheers aus dem Epos *Ramayana*. Einer Legende zufolge rastete er dort oben auf der Suche nach einem bestimmten Kraut, das allein seinen Freund Lakshmana retten konnte. Nachdem er es gefunden hatte, flog er mit einer derartigen Vehemenz vom Hügel los, dass die Bergspitze verloren ging und nur noch ein Fußabdruck Hanumans übrig blieb. Genau an dieser Stelle wurde ihm ein Tempel errichtet.[4]

---

[4] Seit 2010 erhebt sich dahinter eine vergoldete Hanuman-Statue, die mit 33 Meter Höhe noch größer als die monumentale Christus-Statue in Rio de Janeiro ist.

Unser Weg führte zwischen hohen Bäumen hindurch, und die Luft roch angenehm nach Fichten- und Piniennadeln. Trotzdem war der Spaziergang alles andere als idyllisch. Immer wieder sprangen die im Wald lebenden kleinen Affen von den Bäumen und belästigten uns. Sie versuchten unsere Hüte zu entwenden und griffen in unsere Jacken- und Hosentaschen, wohl auf der Suche nach etwas Essbarem. Es waren so viele, dass es uns einfach nicht gelang, sie zu verscheuchen.

Ich fragte mich, warum sich Violetta nicht über ihre Aufdringlichkeit beschwert hatte. Das konnte nur an dem Schock liegen, den ihr der grausige Anblick der Leiche versetzt hatte.

»Unsere Wirtin hat erzählt, dass man die Affen deshalb nicht von hier vertreibt, weil der Tempel Hanuman geweiht ist. Generationen von Pilgern haben daraufhin die Tiere derart verwöhnt, dass sie nun zu einer regelrechten Landplage geworden sind«, sagte ich zu Holmes, während ich ein besonders freches Exemplar mit dem Ellbogen abwehrte.

»Sie sind nicht nur lästig, sondern sie werden auch alle Spuren vernichtet haben, die die Polizei uns übrig gelassen hat.«

Dieser Kommentar war typisch für Holmes, der alles mit den Augen des Kriminalisten sah.

Auf halber Strecke kamen uns drei junge Inder entgegen. Ihre knielangen, weißen Gewänder und roten Kappen leuchteten uns entgegen. Ihre muskulösen Arme und Schultern zeigten, dass sie körperlich arbeiten, und ich verdächtigte sie einen Augenblick lang, Räuber zu sein. Doch unsere Wege kreuzten sich, ohne dass sie Notiz von uns nahmen. Bewundernd bemerkte ich, dass sie Stecken mit sich führten, mit denen sie die allgegenwärtigen Affen abwehrten.

Je mehr wir an Höhe gewannen, umso frecher wurden die Affen. Nach einem dreißigminütigen Aufstieg erreichten wir schließlich ein Tor aus hellem Stein, hinter dem man bereits den *Jakkhu*-Tempel sah. Er war ein schlichtes Gebäude, das sich deutlich von den indischen Tempeln unterschied, die ich bisher gesehen hatte, es glich eher einer norwegischen Stabkirche: Wie bei einem Wohnhaus war die mit einfachen geometrischen Mustern bemalte Tempelfront durch Dachschrägen beschnitten. Über dem Eingangsbereich erhob sich turmartig eine hohe, sich zu einer Spitze verjüngende Holzkonstruktion. Ein weiterer, ebenfalls mit einem schrägen Dach gedeckter Flügel schloss sich seitlich an. Wahrscheinlich waren die Dächer der meisten Gebäude in Simla wegen der hier herrschenden schneereichen Winter so steil.

Neben dem Eingang war ein fetter Hindu postiert, der dafür sorgte, dass die Besucher vor dem Betreten des Kultbaus die Schuhe auszogen. Sie wurden für ein geringes Entgelt von einem Jungen bewacht, nach der Familienähnlichkeit zu schließen ein Verwandter des Wächters. Die beiden ignorierten die Affen, die hier in besonders großer Anzahl herumlungerten, um die Besucher um Nahrungsmittel anzubetteln.

Ich drehte mich um und bewunderte einen Moment lang die Aussicht, die sich mir bot. Der Himmel war wieder etwas aufgeklart, und die typischen Fachwerkgebäude von Simla lagen wie Puppenhäuser unter mir. In der

Ferne konnte man sogar die Silhouette der benachbarten Stadt Sanjauli erkennen. Die Gipfel des Hochgebirges waren hingegen noch immer von Wolken verhangen.

Im Gegensatz zu mir hatte Holmes keine Sekunde mit der Bewunderung der Aussicht verschwendet, sondern war bereits zu dem korpulenten Wärter geschritten. Ich gab mir einen Ruck und gesellte mich zu ihm, damit mir nichts entging. Aus dem Innenraum des Tempels drang der beißende Geruch von Räucherstäbchen, den die Affen wohl nicht schätzten, denn sie überschritten nicht die Schwelle des Tempels. Vielleicht hielt sie aber auch die im Innenraum herrschende Dunkelheit zurück.

»Entschuldigen Sie, hier oben ist doch heute Morgen ein Mann gestorben. Haben Sie zufällig etwas davon mitbekommen?«, sprach Holmes den Wächter höflich an, der ihn missmutig taxierte, bevor er die Frage beantwortete.

»Was für eine seltsame Frage! Hier war die ganze Zeit der Teufel los. Zwei Engländerinnen haben im Wald einen toten Briten gefunden. Daraufhin hat die Polizei alles abgesperrt und uns Fragen gestellt«, entgegnete er dann in akzeptablem Englisch und runzelte die Stirn. »Immer, wenn etwas passiert, ist angeblich ein Inder dran schuld. Am liebsten hätten sie mich wohl verhaftet. Aber jeder kann bezeugen, dass ich meinen Posten den ganzen Morgen nicht verlassen habe.«

Nach dieser empörten Erklärung wandte er uns demonstrativ den Rücken zu und redete in einer für uns unverständlichen Sprache mit einem weißhaarigen, vom Alter gebeugten Pilger, der soeben angekommen war. Schwer atmend von dem anstrengenden Aufstieg machte sich der alte Inder daran, umständlich die einfachen

Sandalen auszuziehen. Durch das dünne Baumwollgewand konnte man seinen ausgemergelten Oberkörper sehen, und es fehlten ihm bereits mehrere Zähne. Bevor der Alte barfuß den Schrein betrat, betätigte er eine kleine Bronzeglocke an der Außenwand des Tempels.

Holmes war neben dem Eingang stehen geblieben und hatte die Szenerie ungeduldig beobachtet. Nun räusperte er sich, was aber nicht den erwünschten Effekt hatte. Der beleibte Wächter zeigte uns noch immer die kalte Schulter.

»Hat Mister Roundtree, so hieß der Tote, heute Morgen den Tempel betreten?«, erkundigte sich Holmes dennoch.

Langsam drehte sich der Wärter um und musterte uns erneut, diesmal etwas weniger grimmig. »Er hat ihn dieses Mal keines Blickes gewürdigt«, entgegnete er finster. »Doch letztes Jahr hat er sich alles angeschaut und viele Fragen gestellt. Er hat so getan, als ob er sich für die Verehrung des Affengottes interessiert. Aber er wollte nicht einmal etwas Kleingeld für die Glücksglocke ausgeben.«

Das war also die Funktion der kleinen Messingglocke, die der Alte betätigt hatte.

»Der letzte Pilger wurde aber nicht zur Kasse gebeten«, protestierte ich.

»Nur die Touristen müssen zahlen. Für die Gläubigen ist es natürlich gratis«, sagte der Wärter und kratzte sich hinter dem Ohr.

»Wie lange hält die Wirkung dieser Glücksglocke eigentlich an?«, fragte ich belustigt.

»Mindestens drei Tage, aber nur, wenn man daran glaubt.«

Ich dachte an den armen Mister Roundtree, den das Glück ganz plötzlich verlassen hatte, kramte meine Börse heraus und gab dem Wächter ein paar Kupfermünzen. Das konnte wohl nichts schaden, dachte ich, während ich am Klöppel zog.

»Sie können mir doch bestimmt die genaue Unglücksstelle zeigen«, sagte Holmes zu dem dicken Inder, gab ihm ebenfalls eine Münze, verzichtete aber auf das Läuten.

»Ich weiß, dass es mich nichts angeht, aber warum interessiert Sie das?«, fragte unser Gesprächspartner, nachdem er das Geld mit gleichmütiger Miene eingesäckelt und dem Jungen bedeutet hatte, dass er ihn kurz vertreten solle.

Am liebsten hätte ich ihm beigepflichtet, dass ihn das wirklich nichts anging.

»Er war ein Freund von uns«, behauptete Holmes, verschwieg aber, dass wir private Ermittler waren.

Der Wärter brummte etwas in der Landessprache, wohl was er von dem verstorbenen Bergsteiger hielt oder nach welchen Kriterien er sich seine eigenen Freunde aussuchte. Dann setzte er sich schwerfällig mit seinen kräftigen Beinen in Bewegung. Ich verstand noch immer nicht recht, dass Holmes nicht Violetta gebeten hatte, uns an den Tatort zu begleiten. Entweder er wollte das meiner ohnehin schon recht mitgenommenen Frau ersparen, oder er meinte aus ihrer Schilderung bereits alles Wichtige erfahren zu haben.

Kaum hatte der dicke Inder mit watschelnden Schritten den Tempel hinter sich gelassen, blieb er plötzlich so abrupt stehen, dass ich fast in ihn hineingelaufen wäre.

»Da war es«, sagte er und deutete auf einen von Unkraut, Sträuchern und Baumschösslingen fast überwucherten Pfad. Ohne ein weiteres Wort zu verlieren, stapfte der Wächter dann wieder zurück zum Tempel des Affengottes.

Bestürzt betrachtete ich die vor mir liegende Wegstrecke. Nur ein dunkler Fleck erinnerte noch daran, dass hier vor wenigen Stunden ein Mensch gestorben war. Einige Sekunden lang starrte ich stumm den Blutfleck an und fragte mich, wer ein Interesse daran gehabt haben könnte, unseren Klienten zu ermorden.

Als ich den Blick wieder hob, war Holmes in die Hocke gegangen und betrachtete das Erdreich durch seine Lupe.

»Wahrscheinlich hat Mister Roundtree sich im Tempel nach Waren für seinen Antiquitätenhandel umgesehen. Vielleicht hat ihn der Wärter für dieses Sakrileg bei seinem nächsten Besuch umgebracht«, überlegte ich halb im Scherz.

»Für einen derartigen Kraftakt ist er viel zu korpulent und zu lethargisch. Die wenigen Schritte bis hierher haben schon seinen Blutdruck gefährlich ansteigen lassen, wie man an seinem hochroten Kopf sehen konnte«, widersprach Holmes und begutachtete dann jeden Inch des Pfades und der angrenzenden Vegetation.

Nach einer halben Stunde hatte er offenbar seine Untersuchung abgeschlossen, denn er zückte sein Notizbuch und notierte ein paar Zeilen.

Als er sich zum Gehen wandte, fragte ich mich, ob uns der Besuch des Tatorts irgendwelche neuen Erkenntnisse gebracht hatte.

»Ich nehme an, wir suchen jetzt das Polizeirevier auf?«, erkundigte ich mich, und Holmes nickte geistesabwesend.

Wir passierten den Tempel, ohne dass der fette Wärter die geringste Notiz von uns nahm, und machten uns dann an den Abstieg. Ein paar Minuten schritt ich schweigend den Hang hinab und hielt dabei meinen Hut fest, damit die Affen ihn mir nicht vom Kopf reißen konnten. Dann siegte die Neugier.

»Haben Sie sich vorhin ein Bild von dem Tathergang machen können?«, fragte ich und wagte selbst eine Hypothese. »Ist Mister Roundtree vom Weg abgekommen und in der Einsamkeit einem Tunichtgut über den Weg gelaufen?«

»Ganz bestimmt nicht. Als Bergsteiger kannte er die Umgebung von Simla wie seine Westentasche. Entweder es gab zwei Täter, von denen einer mit Mister Roundtree spazieren gegangen ist, während der andere im Gebüsch gelauert hat, oder der Mörder hat ihm genau die Stelle als Treffpunkt genannt, an der er ihn dann umgebracht hat«, sagte Holmes, bevor er seine Aufmerksamkeit einem besonders dreisten Affen zuwenden musste, der fast sein Notizbuch ergattert hätte. »Die abgerissenen Zweige und das niedergetrampelte Gras zeigen, dass wir nach einem mittelgroßen Mann mit europäischem Schuhwerk suchen«, fügte er noch hinzu, als der kleine Angreifer in die Flucht geschlagen war.

»Das trifft wohl für so gut wie jeden Landsmann zu«, seufzte ich, denn ich hatte auf brauchbarere Ergebnisse gehofft.

»Und für viele einheimische Bedienstete«, ergänzte Holmes trocken.

Der Rückweg kam mir viel kürzer als der Aufstieg vor, wohl weil es bergab ging und weil ich inzwischen seelisch auf die Affenbanden vorbereitet war. Trotz aller Eile erreichten wir aber das Stadtzentrum zu einer Uhrzeit, zu der wir in den meisten Ländern nur einen Notdienst auf der Wache angetroffen hätten.

Das Polizeirevier, ein lang gestreckter, zweigeschossiger Bau mit leicht vorspringendem, von einem Dreiecksgiebel bekrönten Mitteltrakt, war eines der beeindruckendsten Gebäude von ganz Simla. Das Erdgeschoss war aus dunkelgrauen Quadern gebaut, während die obere Etage in Fachwerk errichtet war. Mit seinem riesigen, halbrund abgeschlossenen Eingang sah der Bau jedoch eher wie ein Bahnhof als ein Polizeirevier aus.

Am Empfang saß ein behäbiger Wachtmeister mit schlecht sitzender Uniform, deren Messingknöpfe längst stumpf geworden waren.

»Womit kann ich dienen?«, fragte er träge.

»Mein Name ist Sven Sigerson. Ich würde gern mit Inspektor Melville sprechen«, gab Holmes ohne weitere Umschweife bekannt.

»Darf ich fragen, worum es geht?«

Der Polizist wirkte alarmiert, als befürchtete er, dass wir ihn um seinen Feierabend bringen könnten.

»Um ein Verbrechen«, entgegnete Holmes, worauf der Wachtmeister sich endlich erhob und schwerfällig im Gebäude verschwand. Wenige Minuten später kehrte er genauso träge zurück.

»Inspektor Melville erwartet Sie in seinem Büro. Es befindet sich hinten im Gang, die dritte Tür von links«, sagte er zu meinem nicht geringen Erstaunen.

Als wir eintraten, musterte der Inspektor uns wie Eindringlinge. Er war ein kleiner, nervöser Kettenraucher mit dünnrandiger Nickelbrille, dessen schlecht rasiertes Gesicht einen mürrischen Eindruck erweckte. Holmes nahm ohne weitere Aufforderung auf einem bequemen, weich gepolsterten Stuhl Platz, und ich tat es ihm gleich, nur dass ich mit einem einfachen, ungepolsterten Sitzmöbel vorliebnehmen musste.

»Ich habe schon von Ihnen gehört«, verkündete der Inspektor und streckte seine Hand aus, die Holmes zögerlich ergriff.

Die Polizei hatte sein Inkognito gelüftet, durchfuhr es mich. Doch wahrscheinlicher war, dass man Inspektor Melville von einem norwegischen Naturforscher berichtet hatte, der sich in Bombay in die Angelegenheiten der Polizei eingemischt hatte.

»Was möchten Sie wissen?«, fragte unser Gegenüber, bereits ein klein wenig besser gestimmt.

»Alles, was Sie über den Mord an Mister Roundtree wissen«, entgegnete Holmes und stellte endlich auch mich vor.

Ich sah, wie der Inspektor beim Klang meines Namens unmerklich zusammenzuckte. »Meine Frau hat vor wenigen Stunden den Toten in der Nähe des *Jakkhu*-Tempels gefunden«, bestätigte ich seinen Verdacht.

»Wir waren mit dem unglücklichen Mister Roundtree verabredet und haben uns schon gewundert, warum er nicht erschienen ist«, ergänzte Holmes, und mir wurde leicht mulmig zumute, denn mir war dieses zufällige Zusammentreffen vorher gar nicht bewusst gewesen.

»Und was kann *ich* für Sie tun?«, fragte er Inspektor nach, während er ungeduldig mit einem Bleistift auf seinem mit grünem Leder überzogenen Schreibtisch herumtrommelte, was mich an Holmes erinnerte.

»Leider habe ich den Leichnam nicht gesehen …«, bedauerte dieser.

»Sie haben nicht viel versäumt«, unterbrach Inspektor Melville mit einem sarkastischen Unterton und blickte mich an. »Vielleicht hätten Sie Mrs. Tristram besser zum Tempel begleiten sollen. Zwei junge Frauen sollten nicht allein durch die Wildnis wandern.«

»Was den Besuch betrifft, so haben wir ihn soeben nachgeholt. Man hat von dort oben eine beeindruckende Aussicht«, erwiderte Holmes, der sich nicht provozieren ließ. »Aber um zu dem Verbrechen zurückzukehren. Könnten Sie vielleicht die Freundlichkeit besitzen, mir mitzuteilen, ob sie die Tatwaffe kennen?«

»Weshalb interessiert Sie das?«, fragte der Inspektor und rückte seine Brille zurecht, um dann betont grimmig durch die Gläser zu schauen.

»Wie Sie offenbar bereits wissen, sind wir private Ermittler, und Mister Roundtree war unser Klient«, sagte Holmes finster. Er war es gewohnt, selbst die Fragen zu stellen, doch kam er diesmal nicht so recht zum Zuge.

»Das hat uns in Simla gerade noch gefehlt: Laien, die in unserer Arbeit herumpfuschen«, brummte Inspektor Melville, ohne sich danach zu erkundigen, in welcher Angelegenheit wir für den Verstorbenen tätig waren, und verdrehte die Augen. »Aber ich will kein Unmensch sein und schaue in meinen Unterlagen nach.«

Widerwillig wischte er ein paar Aschereste von Tisch, griff nach einer Aktenmappe, öffnete sie und zog ein Blatt Papier heraus. Wahrscheinlich wollte er uns mit seiner Umständlichkeit auf Distanz halten, denn ich konnte mir nicht vorstellen, dass er die Details der Bluttat schon wieder vergessen hatte. Vermutlich waren Kapitalverbrechen in Simla äußerst selten.

»Es war eine sehr scharfe, leicht gebogene Klinge. Ich würde sagen: ein Gurkha-Messer«, verkündete er schließlich gönnerhaft. »Mister Roundtree war sofort tot. Er hat bestimmt nicht gelitten.«

Ich nahm an, dass er das immer behauptete, auch wenn es nicht stimmte.

»Dann war der Mörder ein Einheimischer?«, entfuhr es mir erstaunt, denn dieser Gedanke war mir zuvor noch nicht in den Sinn gekommen.

»Nicht unbedingt. Derartige Waffen kann man hier überall kaufen, denn sie erfreuen sich bei unseren Landsleuten großer Beliebtheit als Souvenirs«, widersprach der Inspektor und schob nochmals seine Nickelbrille die Nase hoch.

»Haben Sie eigentlich auch Edward Tristrams Tod untersucht?«, wollte ich wissen.

»Der Teehändler?«, fragte Inspektor Melville, und ich nickte.

»Ich bin erst vor vier Wochen hierher versetzt worden«, begann er, und ich hätte ihn am liebsten gefragt, ob es sich um eine Strafversetzung handelte. »Aber wie ich den Akten entnahm, ist er eines natürlichen Todes gestorben. Das ist natürlich kein Trost für seine arme Familie.«

»Ich bin seine arme Familie«, erinnerte ich ihn, da er beim Sprechen nur Holmes ansah. »Ich habe diese Frage gestellt, weil Edward Tristram ebenfalls unter seltsamen Umständen in den Bergen gestorben ist. Außerdem war er mit Mister Roundtree befreundet«, fügte ich hinzu, erhielt jedoch keine Entgegnung.

Holmes erhob sich von seinem bequemen Stuhl und gab damit das Zeichen zum Aufbruch. Er bedankte sich für die Freundlichkeit, unsere Fragen beantwortet zu haben, und verabschiedete sich.

»Dann wünsche ich Ihnen noch einen schönen Urlaub!«, rief der Inspektor uns nach. »Ich hoffe in nächster Zeit kein Mitglied der Familie Tristram an einem Tatort anzutreffen, weder tot noch lebendig.«

Als ich die Eingangstür wütend hinter mir zuzog, wehte ein kühler Wind von den Bergen her. Die Dämmerung hatte bereits eingesetzt, die Straßen im Ortszentrum leerten sich, und auch wir machten uns auf den Heimweg.

9. Der Umzug

Während meiner Abwesenheit hatte Violetta eine resolute Inderin namens Uma als Wirtschafterin eingestellt. Sie benötigten einen ganzen Tag, um in unserem geerbten Anwesen wenigstens dem gröbsten Schmutz zu Leibe zu rücken. Zum Glück hatte Uma auch ihre beiden verheirateten Töchter eingespannt, sonst hätten wir uns noch viel länger gedulden müssen. Als ich am folgenden Morgen nach dem Rechten sah, kam mir unsere neue Perle sogleich entgegen. Sie war um die vierzig, trug ein schlichtes, graues Kleid und auf dem Kopf ein weißes Häubchen, das ihre Haut noch dunkler wirken ließ.

»Schön, dass Sie zufällig vorbeikommen, Mister Tristram«, begrüßte sie mich. Ich hatte ihr nämlich verboten, mich *Sahib* zu nennen. »Wir haben auf dem Dachboden etwas gefunden, das Sie sich vielleicht ansehen sollten.«

Während ich ihr auf den Speicher folgte, überlegte ich, worum es sich wohl handeln mochte. Vielleicht war es – wie Violetta bereits scherzhaft gehofft hatte – eine Schatulle mit Goldmünzen, mit denen ein Maharadscha oder Nizam[5] meinen verstorbenen Ver-

[5] So hießen die muslimischen Herrscher.

wandten entlohnt haben mochte. Oder sollte es gar eine Fotografie sein, die den Yeti zeigte und die Edward Tristram posthum berühmt machen würde? Ich wäre allerdings auch schon für das Verzeichnis seiner Klienten dankbar gewesen.

»Dahinten ist es«, sagte die Inderin und deutete ins Halbdunkel, wo unter der Dachschräge ein mittelgroßer, rechteckiger Gegenstand lag, der bei meinem letzten Besuch wohl von der an den Leinen hängenden Wäsche verdeckt gewesen war. Im Näherkommen stellte ich fest, dass es ein alter, abgewetzter Koffer war, auf dessen Deckel so viele farbige Aufkleber von Hotels geklebt waren, dass das Leder nur noch an wenigen Stellen frei lag. Ich wollte etwas zu Uma sagen, hörte aber, wie sie bereits mit schweren Schritten die Treppe wieder hinabstieg.

Neugierig schleppte ich den Koffer in das Dienstbotenzimmer und ließ ihn auf die Tagesdecke fallen. Eine Staubwolke explodierte in mein Gesicht, und ich musste niesen. Vielleicht hätte ich das Gepäckstück doch nicht aufs Bett werfen sollen. Gut, dass die neue Bewohnerin des Raums das nicht gesehen hatte!

Behutsam öffnete ich die Schnallen der beiden Gurte, die den Koffer umgaben. Ich zögerte einen Augenblick, dann klappte ich den Deckel auf. Das Innere war mit strapazierfähigem Tuch gefüttert, wie es in den Kolonien oft verwendet wurde. Ohne große Erwartungen sichtete ich den Inhalt, der aus einem Stoß Unterwäsche, zwei ausgebeulten Hosen aus festem Stoff, drei bequemen Hemden, einem halben Dutzend gestrickten Socken, einem Wollschal und einem Paar hellbraunen, abgetragenen Schnürstiefeln bestand. Ganz unten lagen ein Revolver, mehrere Bögen Briefpapier mit passenden Umschlägen, ein ramponierter Tropenhelm und eine sandfarbene, gefütterte Jacke. Sie könnte sich als nützlich erweisen, denn ich besaß keine strapazierfähige Kleidung, die für eine Expedition in die Berge tauglich war. Ich schlüpfte aus meinem eigenen Jackett und zog das aus dem Koffer über, welches mir aber leider viel zu weit war.

Mit skeptischen Blicken musterte ich mein Spiegelbild, denn die Jacke stand mir nicht besonders gut. Als ich meine Schultern straffte, um imposanter zu wirken, bemerkte ich, dass der Stoff an der Brust spannte. Da war irgendein Widerstand! Ich betastete die Jacke und fand eine verdeckte Innentasche. Vorsichtig griff ich hinein und zog ein Notizbuch heraus. Sein roter Ledereinband war abgegriffen und der marmorierte Buchschnitt an mehreren Stellen verwaschen. Vielleicht enthielten die Aufzeichnungen einen Hinweis darauf, was ihr Verfasser in den Bergen zu schaffen hatte. Mit vor Ungeduld zitternden Fingern schlug ich das Notizbuch auf und sah, dass die Schrift der Eintragungen winzig war. Um sie zu entziffern, kniff ich die Augen zusammen und studierte den Text auf der ersten Seite, aber zu meiner grenzenlosen Enttäuschung konnte ich ihn nicht lesen. Er war in der nachlässigen Handschrift verfasst, die ich schon von der Beschriftung der Fotografie her kannte, doch die Worte ergaben einfach keinen Sinn. Ich blätterte weiter, konnte aber zu meinem Bedauern auch die folgenden Seiten nicht entziffern. Der Text war offenbar in einer mir unbekannten

Sprache oder in einer Geheimschrift verfasst. Vielleicht würde Holmes mir weiterhelfen können, dachte ich, streifte wieder meinen eigenen Gehrock über und verstaute das Notizbuch in der Innentasche. Dann holte ich den Revolver aus dem Koffer, leerte dessen Trommel und steckte Waffe und Munition voneinander getrennt in unterschiedliche Jackentaschen.

Nachdem ich den Koffer wieder zurückgestellt und die Tagesdecke an der Dachluke ausgeschüttelt hatte, wollte ich gerade das Haus verlassen, als sich die Wohnungstür öffnete. Beladen mit kleinen Schachteln in bunten Farben, kam mir meine Frau in der Diele entgegen.

»Du gehst schon wieder?«, fragte sie enttäuscht, wohl in der Annahme, dass ich mich vor der Arbeit drücken wolle.

»Ich schaue nur schnell im Hotel vorbei«, sagte ich und zeigte Violetta meinen Fund, den ich von Holmes begutachten lassen wollte, worauf sie mich sichtlich enttäuscht, aber kampflos ziehen ließ.

Unterwegs überlegte ich, was mein verstorbener Verwandter in das Buch notiert haben könnte und warum der Text verschlüsselt war. Die wahrscheinlichste Erklärung schien mir, dass er ein Tagebuch geführt hatte und verhindern wollte, dass jemand anderes es las. Aber was mochte drinstehen? Hoffentlich nicht nur seine Versuche, den Yeti aufzuspüren. Doch mit etwas Glück erfuhren wir womöglich bald, ob Edward Tristram gerade einen Kriminalfall bearbeitet hatte.

Zu meiner Erleichterung hing Holmes' Zimmerschlüssel nicht am Schlüsselbrett hinter der Rezeption des *Prince Albert Hotels,* und deshalb hielt der Detektiv sich vermutlich gerade in seinem Zimmer auf. Andernfalls hätte ich die meist gut informierte Wirtin nach seinem Verbleib fragen müssen.

»Möchten Sie einen Tee aufs Zimmer gebracht haben?«, rief sie mir nach, als ich zwei Stufen auf einmal nehmend die Treppen hinaufstürmte.

»Nein danke, machen Sie sich keine Mühe! Ich bleibe nicht lange«, rief ich zurück.

Mittlerweile war ich froh, bald der ständigen Observierung der neugierigen Matrone zu entkommen. Die anderen Gäste hingegen begrüßten wahrscheinlich Holmes' bevorstehenden Auszug, denn er malträtierte gerade wieder einmal seine Geige. Diese Darbietung war bestimmt im gesamten, ohnehin schlecht isolierten Holzgebäude zu hören. Erst als ich anklopfte, verstummten die schluchzenden, melancholischen Klänge.

»Treten Sie ein, Mister Tristram«, rief Holmes, der mich offenbar am Schritt erkannte hatte.

Voller Tatendrang riss ich die Tür auf, blieb aber sogleich schockiert auf der Schwelle stehen. Bekanntlich war Holmes die Unordentlichkeit in Person, doch ich hätte nicht gedacht, dass man ein derartiges Chaos in so kurzer Zeit und mit so wenigen Gegenständen anrichten konnte. Auf dem Bett lagen schmutzige Rindenstücke, ein Stapel Tageszeitungen und einige Schachteln, die wohl neu gesammelte Aschenproben einheimischer Zigaretten enthielten. Eine Vase mit Rosendekor stand auf dem Fußboden und diente als Aschenbecher, während ein Paar Schuhe auf dem Fensterbrett abgestellt waren. Auf dem Stuhl türmte sich der gesamte Inhalt des großen, schweren Koffers, wobei einige Kleidungsstücke bereits den Gesetzen der Schwerkraft gefolgt waren und auf dem Boden herumlagen. Die Tür des Kleiderschranks stand offen, sodass man sehen konnte, dass sich nur ein Stapel Briefe darin befand – wie ich vermutete die Antworten auf die Zeitungsanzeige. Vielleicht hätte Violetta Holmes doch kein Quartier in unserem neuen Heim anbieten sollen. Das Bibliothekszimmer würde nie wieder dasselbe sein.

»Was gibt es Neues?«, fragte Holmes, der einen purpurfarbenen Morgenmantel trug und gerade seine Geige in den Kasten packte.

Ich gab mir einen Ruck, trat in das Hotelzimmer und ging zum Bett, wo ich Zeitungen und Pappschachteln beiseiteschob und Platz nahm. Mit knappen Worten berichtete ich dann von meinem Fund, stand wieder auf und überreichte Holmes das Notizbuch.

»Das ist unverzeihlich! Zuerst entgeht mir die Gefahr, in der unser Klient schwebte, und dann übersehe ich noch einen Koffer, nur weil mich Wäsche nicht weiter interessiert«, klagte er sich an und lehnte sich mit dem Rücken an die geblümte Tapete.

Selbst der für gewöhnlich so unbeirrbare Holmes hatte Augenblicke, in denen er an sich selbst zweifelte, doch sie hielten selten lange an. Ganz behutsam öffnete er den Quartband und betrachtete mit gerunzelter Stirn den Text der ersten Seite.

»Das ist Tibetisch. Wie es der Zufall will, habe ich mir inzwischen Grundkenntnisse dieser Sprache angeeignet, da ich vorhabe, mich mit dem Dalai Lama zu treffen«, gab er – wieder ganz der Alte – ohne falsche Bescheidenheit bekannt.

»Edward Tristram hat auf Tibetisch geschrieben?«, wiederholte ich in ungläubigem Staunen.

»Ja, wenn auch fehlerhaft und mit europäischen Buchstaben«, bestätigte Holmes.

Das verhieß nichts Gutes. Wahrscheinlich wollte mein verstorbener Verwandter die Sprache erlernen und hatte daher Sutren abgeschrieben.

Holmes legte das Büchlein kurz auf dem Kleiderschrank ab, nahm dann die Kleidung vom Stuhl mit dem unvermeidlichen Blumendekor und stapelte sie auf den Koffer, der hinter der Tür auf dem Boden lag. Dann ließ er sich auf das Sitzmöbel sinken und studierte jede einzelne Seite des Manuskripts.

»Und wovon handeln die Aufzeichnungen? Sind es religiöse Texte?«, erkundigte ich mich nach einer Weile.

»Es scheint ein Tagebuch zu sein. Es wurde im Mai 1889 begonnen, und für fast jeden Tag gibt es ein paar Zeilen«, sagte Holmes, den Blick auf den Text gesenkt, und bestätigte damit meine kühnste Erwartung. »Leider fehlt der letzte Eintrag. Er wurde mit einer scharfen Klinge herausgeschnitten, höchstwahrscheinlich mit einem Rasiermesser. Dazu passt das Messer im Bad Ihres neuen Heims.«

»Ob das der Einbrecher war?«, vermutete ich.

»Dieser hätte wohl gleich das ganze Tagebuch entwendet. Wahrscheinlich hat der Verfasser des Manuskripts selbst die Seite vernichtet«, widersprach Holmes kopfschüttelnd.

Er hatte sich aufgerichtet und saß in seinem roten Hausmantel auf dem Stuhl, als würde er Hof halten.

»Dann kann es die banalsten Gründe haben wie zum Beispiel einen Tintenfleck«, überlegte ich, aber Holmes hörte schon nicht mehr zu, sondern studierte erneut mit zusammengekniffenen Augen die Buchstabenfolgen.

»Und was steht in dem Tagebuch?«, fragte ich, verärgert, ihm wieder einmal alles einzeln aus der Nase ziehen zu müssen.

»Soweit ich bisher feststellen konnte, nur ganz alltägliche Dinge wie die Beschreibung des Wetters und der Mahlzeiten«, musste ich hören. »Trotzdem verdient das Buch eine genauere Betrachtung«, fügte Holmes gut gelaunt hinzu. »Da Ihr Verwandter sich die Mühe gemacht hatte, den Text zu verschlüsseln, könnte mehr dahinterstecken, als es den Anschein hat. Ich wäre Ihnen daher sehr verbunden, wenn ich es noch ein paar Tage behalten könnte.«

»Selbstverständlich«, willigte ich frustriert ein und wollte mich schon erheben.

»Ich habe in der Zwischenzeit alle einigermaßen sachlichen Informationen gesammelt, die ich über den Yeti in Erfahrung bringen konnte«, sagte Holmes zu meinem Erstaunen und begann die Tatsachen an den Fingern abzuzählen: »Der Schneemensch ist ein zotteliges Wesen, das in etwa menschliche Größe hat. Er scheint wie wir auf zwei Beinen zu gehen und kann wohl nicht sprechen. Jedenfalls hat noch nie jemand behauptet, sich mit einem Yeti unterhalten zu haben.«

»Zumindest für einen Europäer würde sich das auch schwierig gestalten, denn der Schneemensch würde bestimmt nur tibetisch oder nepalesisch sprechen«, wandte ich belustigt ein, was Holmes jedoch nicht kommentierte.

»Nur ganz selten ist ein Yeti gesichtet worden. Meist wird nur von seinen Fußspuren und seiner Stimme berichtet«, fuhr er nüchtern fort. »Immer, wenn man der Sache nachgegangen ist, hat es sich als etwas anderes entpuppt, zum Beispiel ein Bär oder ein Schneeleopard. Das Geheul des Yeti soll aber äußerst menschlich klingen, wie man mir versichert hat.«

»Sie sprechen immer in der Einzahl. Sollten die Schneemenschen wirklich existieren, so müsste es doch auch weibliche Exemplare und Kinder geben«, schlug ich vor.

»Wahrscheinlich kann man die beiden Geschlechter auf den ersten Blick nicht unterscheiden«, erwiderte Holmes, merklich befremdet über meine Bemerkung. »Aber Sie haben nicht unrecht, rein logisch betrachtet, müsste es auch Yetikinder und -frauen geben, auch wenn sie noch niemals gesichtet worden sind.«

Zum wiederholten Mal überlegte ich, ob Edward Tristram und sein Freund, der Bergsteiger, wirklich an den Yeti geglaubt hatten. »Das erste Lichtbild eines Schneemenschen würde seinen Fotografen weltberühmt machen«, sagte ich schließlich, ein Gedanke, der mir bereits einige Stunden zuvor gekommen war.

»Es wäre fast so sensationell wie das Foto einer Elfe«, stimmte Holmes zu, bevor sein Blick sich wieder auf das Tagebuch senkte.

Ich verabschiedete mich, verließ das unordentliche Hotelzimmer und machte mich auf den Rückweg in unser zukünftiges Domizil. Unterwegs überlegte ich, ob mein Verwandter vielleicht das Tagebuch nur geführt hatte, um seine Sprachkenntnisse zu verbessern. Doch warum hatte er überhaupt unter allen Sprachen dieser Welt ausgerechnet Tibetisch gelernt? Da kein Europäer das geheimnisvolle Land besuchen durfte, war das eigentlich die reinste Zeitverschwendung. Oder sollte er – ebenso wie Holmes – geplant haben, das Verbot zu umgehen? Aber zu welchem Zweck? Aus privater Neugier? Oder im Auftrag eines Klienten? Plötzlich fiel mir Mrs. Ryders Bemerkung ein, dass mein verstorbener Verwandter nicht zur Kirche ging. Oder hatte sie vielleicht den unfreundlichen Nachbarn gemeint? Leider konnte ich mich nicht mehr daran erinnern. Trotzdem erwog ich kurz, ob mein Verwandter zum tantrischen Buddhismus übergetreten war und Tibetisch gelernt hatte, um die heiligen Texte seines neuen Glaubens lesen zu können. Doch nach allem, was ich von ihm gehört hatte, konnte ich mir das nicht so recht vorstellen.

Als ich in unser neues Heim zurückkehrte, ging dort noch immer alles drunter und drüber, weshalb ich mit Violetta in der Stadt speiste und erst spät ins Hotel zurückkehrte.

Leider brauchten wir noch einen weiteren Tag, um die Einrichtung nach unseren Bedürfnissen zu vervollständigen, ein Bett für das Bibliothekszimmer zu besorgen, die Speisekammer zu füllen und einen Glaser aufzutreiben, der das zerbrochene Küchenfenster reparierte.

Nachdem endlich alles gerichtet war, speisten Violetta und ich ein letztes Mal im Hotel, denn ich hoffte, Holmes im Speisesaal anzutreffen. Aber leider schauten wir uns vergeblich nach ihm um. Man setzte uns eine Art *Shephard's Pie* vor, den ich ohne besondere Aufmerksamkeit vertilgte. In Gedanken war ich noch immer bei dem rätselhaften Tagebuch.

Nachdem ich den letzten Bissen in mich hineingeschaufelt hatte, betrat Holmes doch noch den Speisesaal. Er hatte einen braunen Aktendeckel in der Hand und sah noch abgespannter aus, als ich mich fühlte. Mein Blick suchte den meiner Frau, und erst in diesem Moment bemerkte ich, dass sie den Pie kaum angerührt hatte.

»Unser Haus ist bezugsfertig«, sagte ich stolz, nachdem Holmes an unserem Tisch Platz genommen und ebenfalls das Tagesgericht bestellt hatte.

»Ich weiß. Daher habe ich bereits meine Sachen gepackt und meine Rechnung beglichen«, entgegnete er und überreichte mir den Aktendeckel.

Neugierig klappte ich die Mappe auf und sah, dass sie einige mit Holmes' akkurater Handschrift beschriebene Briefbögen des *Prince Albert Hotels* enthielt. Noch bevor ich mir ein Bild von dem darauf notierten Text gemacht hatte, servierte die Wirtin schon Holmes' Abendessen, wobei sie jeden Blickkontakt mit ihm vermied. Wahrscheinlich hatte sie den Pie bereits am frühen Abend vorgekocht und wärmte bei Bedarf die einzelnen Portionen nur auf.

»Ich dachte, es interessiert Sie bestimmt, was Ihr Verwandter notiert hat, auch wenn es an Banalität kaum zu überbieten ist«, sagte Holmes, nachdem die Hotelwirtin wieder zum Empfang geeilt war, und machte sich mit großem Appetit über seinen *Shephard's Pie* her.

Ich war hin- und hergerissen zwischen dem Bedürfnis, mir zu verbitten, dass so von meinem verstorbenen

Verwandten gesprochen wurde, und dem Drang, die Aufzeichnungen augenblicklich zu lesen. Doch um des lieben Friedens willen verzichtete ich auf beides und begab mich ebenfalls zur Rezeption, um bei der noch immer sichtlich konsternierten Wirtin für Logis und Bewirtung zu zahlen. Bei ihrem verhärmten Gesicht beschlich mich das schlechte Gewissen, die arme Witwe ihrer Einnahmequelle beraubt zu haben, doch es verging mir sofort wieder, als ich an die kitschige Einrichtung und das schlechte Essen des von ihr geführten Hauses dachte.

Schließlich ließen wir das Gepäck in unser Haus transportieren, wo Holmes sich in die Bibliothek zurückzog und seine Pfeife stopfte. Er hatte auf der Mall einen Rauchwarenladen gefunden und sich vorsorglich einen großen Tabakvorrat zugelegt.

»Jetzt schaue ich mir doch endlich das Tagebuch an«, sagte ich zu Violetta, die bereits Anstalten machte, zu Bett zu gehen.

Erschöpft streckte ich mich auf dem Sofa im Salon aus und öffnete den Aktendeckel. Still war es im Haus, und auch von der Straße her war kein Laut zu vernehmen. Das hatte ich seit meiner Ankunft im hektischen Indien kaum jemals erlebt.

Montag an drei Kunden Darjeeling verkauft, zu Mittag Irish Stew, abends lang im Lahmen Yak gesessen, lautete die erste Eintragung, und in diesem Stil ging es weiter. Ab und zu war von Fußabdrücken oder regelrechten Spuren eines Yeti die Rede, die stets in Richtung Tibet führten. Aber nur wenige reale Personen wurden erwähnt und dann auch nur mit ihren Initialen genannt. E. R. war sicher der Bergsteiger, aber wer mochte dieser R. R.

sein? Wahrscheinlich wohl ein anderes Mitglied der Familie Roundtree. Außerdem gab es noch einen gewissen R. S. Das einzig Verbindende war, dass jedes Mal ein R auftauchte.

Enttäuscht ließ ich die Aufzeichnungen sinken und schaute auf die Standuhr in der Ecke. Es war schon fast Mitternacht. Holmes hatte leider nicht übertrieben, was den Erkenntnisgewinn aus den Aufzeichnungen betraf. Mit schweren Lidern klappte ich die Mappe zu, öffnete sie aber sogleich wieder und überflog den restlichen Text. Der vorletzte Eintrag ließ mich unvermittelt aufhorchen: *Mir bleibt wohl nichts anderes übrig, als Mister Grant zu fragen, ob er mir einen Führer vermitteln kann, der mich nach Tibet schmuggelt. Wenn er Nein sagt, ist meine Mission gescheitert.*

Diese mysteriöse Mission war dem Verfasser dieser Zeilen so wichtig gewesen, dass er eine exotische Fremdsprache erlernt hatte. Ob sein Ziel wohl die Aufspürung des Yeti war? Es wurmte mich unsäglich, dass wir vielleicht nie erfahren würden, wer Edward Tristram diesen unheilvollen Auftrag erteilt hatte.

10. Das Begräbnis

Trotz meiner nächtlichen Lektüre stand ich nächsten Morgen früh auf, um zu verhindern, dass Holmes unbemerkt aus dem Haus schlüpfte. Ich fand ihn in der Küche, wo er sich von unserer Haushälterin trockenen Toast und Tee servieren ließ.

»Für mich bitte gebratene Eier mit Speck«, sagte ich und nahm am anderen Ende des kleinen Tisches Platz.

»Ob mein verstorbener Verwandter tatsächlich diesen Mister Grant gefragt hat, ob dieser ihn über die tibetische Grenze schleusen kann?«, fragte ich.

»Es gibt nur eine Möglichkeit, das herauszufinden, nämlich mit ihm zu sprechen«, entgegnete Holmes und schnitt ein mundgerechtes Stück von seinem Toastbrot ab. »Aber heute Morgen haben wir dafür leider keine Zeit. Mister Roundtree wird um zehn Uhr beerdigt, und ich würde gern der Bestattungszeremonie beiwohnen.«

»Es ist doch seltsam, dass Mister Grant bei seinem vollen Namen genannt wird, obwohl für alle anderen Personen nur die Initialen verwendet werden«, überlegte ich.

»Verübeln Sie mir bitte nicht diese Bemerkung, aber Mister Edward Tristram scheint ein recht unsystematischer Mensch gewesen zu sein, wie man schon an der Anordnung seiner Bibliothek sehen kann. Doch in diesem Fall müssen wir ihm dankbar sein, dass ihm dieser Schnitzer unterlaufen ist. Sonst hätten wir gar keinen Ansatzpunkt für unsere Nachforschungen«, entgegnete Holmes, nachdem er den Bissen hinuntergeschluckt hatte.

Ich hatte bisher die verstellten Bücher für das Werk des Einbrechers gehalten. In diesem Augenblick waren meine Eier mit Speck fertig zubereitet, und das Gespräch versiegte, weil wir beide hastig unser Frühstück herunterschlangen.

Als wir später ins Freie traten, blies uns ein kühler Luftzug ins Gesicht, und es roch nach Regen. Offenbar war das Wetter über Nacht umgeschlagen, wie es in den Bergen häufig geschieht.

Der Friedhof befand sich auf einem mit Nadelbäumen bestandenen Hang über der größeren der beiden Brauereien, die Simla mit dem englischen Nationalgetränk versorgten. Ein scharfer Wind wehte zwischen Baumstämmen und Grabsteinen hindurch und ließ die Blätter rauschen. Die Luft roch nach Erde, Kiefernnadeln und Harz, und man hätte sich wie auf einem europäischen Waldfriedhof gefühlt, wenn nicht auch hier Affenbanden auf den Bäumen herumgetollt hätten.

Es hatten sich bereits knapp zwanzig, überwiegend ältere Menschen in schwarzer Kleidung auf dem mit prächtigen Familiengräbern bestandenen Hauptweg versammelt und warteten auf den Trauerzug.

Holmes verbarg sich hinter dem Stamm einer Zeder, sodass er die Trauergäste beobachten konnte, aber selbst nicht gesehen wurde. Von seinem Versteck aus musterte er jeden Einzelnen von ihnen, sagte aber nichts.

»Meinen Sie, der Mörder taucht hier auf?«, fragte ich leise, denn bisher hatte ich eigentlich gedacht, er wolle aus Pietät der Bestattung beiwohnen.

»Ich möchte mir ein allgemeines Bild machen«, entgegnete Holmes, ohne den Blick von den Wartenden abzuwenden.

Ich beschloss, in der verbleibenden Zeit nach Edward Tristrams Grab zu suchen, und huschte eilig davon. Erst als ich außer Sichtweite der anderen Gäste war, verlangsamte ich meine Schritte. Nachdem ich eine Weile vergeblich aufwendige Monumente mit üppigem Blumenschmuck abgeschritten hatte, sprang plötzlich ein Affe über den Weg und sah mich mit seinen intelligenten Augen an. Als ich ihm nachschaute, entdeckte ich vor dem Zaun einen einfachen Grabstein mit dem Namen meines Verwandten.

Er befand sich inmitten einer Reihe von schmalen Parzellen, wohl die letzten Ruhestätten der Armen. Hier wuchsen keine Zierpflanzen, und die Blumen auf den Gräbern waren längst welk. Anscheinend gab es auf dem Friedhof überhaupt keinen Gärtner.

Wie viele Menschen wohl am Begräbnis meines Verwandten teilgenommen hatten? Oder eher: wie wenige? Vielleicht waren es nur das Dienstmädchen, der nun ebenfalls verstorbene Bergsteiger und der Wirt des *Lahmen Yak* gewesen, den ich vorhin auch unter den Gästen der heutigen Bestattung ausgemacht hatte. Ich blieb einen Augenblick lang nachdenklich stehen und schaute dann über die Schulter zurück.

Zu meinem Schrecken bemerkte ich, dass ein Zug schwarz gekleideter Menschen sich dem Friedhofseingang näherte. Hastig huschte ich im Schatten der Bäume zurück und gesellte mich unauffällig zu Holmes, der zwischen den Gruppen untergetaucht war, in die die Menge sich aufgeteilt hatte. Der Leichenzug war nur noch wenige Yards entfernt, und die Totengräber hatten sich inzwischen steif und mit unbeteiligter Miene neben dem Grab aufgestellt.

Hinter dem Sarg schritten James Roundtree in einem schwarzen, viel zu weiten Anzug, in dem er wie ein Konfirmand wirkte, und an seiner Seite eine hagere Blondine mit kantigem Gesicht, die gar nichts Weibliches an sich hatte. Der Wirt trat als Erster aus der Gruppe der Wartenden heraus und streckte dem Sohn seines Stammkunden seine feiste Hand mit wenigen Worten des Bedauerns entgegen. Einige Männer, meist fortgeschrittenen Alters, schlossen sich mit gefasster Miene seinem Vorbild an, darunter auch Mister Grant. In Italien hätte man einander umarmt und Tränen vergossen.

»Sie kennen offenbar auch den jungen Mister Roundtree recht gut«, sagte Holmes zu dem Wirt, als dieser zufällig an uns vorbeiging.

»Leider gehört er nicht zu meinen Kunden, aber das kann ja noch werden. Jedenfalls spricht man überall nur gut über ihn«, entgegnete er jovial.

»Das macht ihn erst recht verdächtig«, murmelte ich so leise, dass es niemand hören konnte.

Plötzlich fuhr eine Kutsche mit so großer Geschwindigkeit vor dem Friedhofsportal vor, dass zwei Spaziergänger erst im letzten Augenblick die Gefahr erkannten und laut fluchend zur Seite sprangen. Sie bremste scharf ab, der Schlag wurde aufgerissen, und Mister Armbruster stieg eilig aus. Hatte er nicht uns gegenüber den Verstorbenen abfällig als Sonderling bezeichnet? Der Anwalt schritt auf die Hinterbliebenen zu, bevor er dann betroffen die Hände sämtlicher Umstehenden schüttelte. Ich fragte mich, ob er sich um ein öffentliches Amt bewarb.

Mit missbilligender Miene gab der Pfarrer ein Zeichen, und die Totengräber ließen den Sarg hinab. Kränze wurden abgelegt und Blumen ins offene Grab geworfen. Dann sprach der Geistliche ein paar Worte, die ich aber auf diese Entfernung nicht verstehen konnte. Der Wind war stärker geworden und schob schwarze Wolken vor sich her. Er ließ die Haare der Gäste flattern, die ihre Hüte festhalten mussten und ihre Krägen hochschlugen. Zum Glück war die religiöse Zeremonie erstaunlich schnell beendet, und die Menge löste sich sogleich auf.

Während des allgemeinen Aufbruchs traf James Roundtrees Blick zufällig den meinen, und seine Miene verfinsterte sich.

»Mister Tristram! Ich hätte nicht gedacht, dass Sie sich auch noch erdreisten, hier zu erscheinen und noch nicht einmal Blumen mitzubringen! Wenn Ihr Verwandter meinen Vater nicht in seine Machenschaften verwickelt hätte, wäre er noch am Leben«, fuhr er mich an, und ich meinte mich verhört zu haben, denn ich hatte keine Ahnung, worauf er anspielte.

»James! Du wirst doch auf dem Friedhof keinen Skandal verursachen«, zischte seine Gattin und legte ihm beschwichtigend die Hand auf den Arm.

»Was für Machenschaften?«, fragte ich empört, die junge Mrs. Roundtree geflissentlich ignorierend.

»Tun Sie doch nicht so unschuldig! Meinen Sie, ich weiß nicht, was man über ihn erzählt hat?«, fragte mein Gegenüber und musterte mich feindselig von Kopf bis Fuß, bevor er seine Aufmerksamkeit Holmes zuwandte. Sein Blick hatte noch immer etwas Unverschämtes. Offenbar hatte er auch vor Holmes keinen Respekt, obwohl dieser die meisten Menschen einschüchterte. »Sie wollten doch neulich nur in meinem Haus herumspionieren. In Wahrheit wussten Sie längst, dass mein Vater tot war«, schleuderte er uns entgegen.

»James, ich bitte dich!«, sagte die junge Mrs. Roundtree mit einer Stimme, die sich zu überschlagen drohte.

Mit einem giftigen Seitenblick auf mich nahm sie ihren Mann beim Arm und zerrte ihn davon. Nach einigen Schritten wandte sich dieser nochmals um.

»Wie so oft fällt der Apfel nicht weit vom Stamm!«, schleuderte er mir entgegen, bevor er hoch erhobenen Hauptes davonschritt.

Kopfschüttelnd rückte ich meinen Hut zurecht, den der Wind mir fast in den Nacken geschoben hatte. »Ich weiß wirklich nicht, welche Laus ihm über die Leber gelaufen ist«, beschwerte ich mich dann lautstark.

»Das war höchst aufschlussreich«, sagte Holmes in einem Tonfall, als sähe er eine Theorie bestätigt.

Ich hingegen tappte weiterhin im Dunkeln, aber wahrscheinlich hatte Holmes irgendwelche Dinge beobachtet, die mir entgangen waren.

Die ersten Regentropfen fielen, und wir machten uns schleunigst auf den Weg ins Zentrum. Wir erreichten gerade noch das nächste Teehaus, bevor ein heftiges Gewitter ausbrach.

11. Mister Grant

Nach dem Ende des Sturzregens marschierten wir über das nasse Pflaster zum *Wappen von Wales.* Wir hatten Mister Grant bereits einmal vor der Tür dieses Lokals angetroffen, weshalb wir hofften, dass er auch heute dort speiste. Während man das *Lahme Yak* in England einen Pub genannt hätte, so war das *Wappen von Wales* ein gediegenes Restaurant, wo mit Handschuhen serviert wurde. Die korrekt gekleideten Gäste unterhielten sich mit gedämpfter Stimme, und man wurde auch nicht vom Wirt persönlich begrüßt, sondern von einem schnurrbärtigen Inder im weißen Anzug, der einen ebenfalls blütenweißen Turban trug.

»Guten Tag, meine Herren, Sie sind zu zweit?«, erkundigte er sich höflich mit einer angedeuteten Verbeugung.

»Wir hofften, Mister Grant hier anzutreffen«, verkündete Holmes und schaute sich suchend im Lokal um, doch der Amerikaner war nicht unter den Gästen. »Wir werden ihn doch hoffentlich nicht verpasst haben?«

»Bedaure, mein Herr, aber ich habe nicht das Vergnügen, den Gentleman zu kennen«, entgegnete der Kellner ohne Anteilnahme in der Stimme und schlug uns einen Tisch in der dunkelsten Ecke vor, worauf ich erklärte, lieber am Fenster sitzen zu wollen.

In Italien hätte man den Ober mit einem Trinkgeld davon überzeugen müssen, dass nicht alle Fensterplätze bereits reserviert waren. Aber der Inder kam unentgeltlich meinem Wunsch nach und brachte sogleich die Speisekarten. Wahrscheinlich war der Koch ein Mohammedaner, denn man bot nur Rind- und Lammfleisch an, aber keine Gerichte vom Schwein. Nach einem flüchtigen Blick auf die »Spezialitäten des Hauses« wählte Holmes ein Roastbeef, während ich mich erst nach mehrmaliger Lektüre der Karte für Lammkeule entschied.

Wie immer, wenn man vorhat, längere Zeit in einem Lokal zu verweilen, wurde unser Essen bereits wenige Minuten später serviert. Nur an Tagen, an denen man es eilig hat, dauert es lange. Ohne Hast verzehrten wir unsere Gerichte, die nicht ganz so gut waren, wie die gepfefferten Preise erhoffen ließen.

Kauend schaute ich hinaus und stutzte. War dieser kleine, dunkel gekleidete Mann nicht erst vor wenigen Minuten schon einmal vorbeigeschlendert? Doch vielleicht täuschte ich mich auch, denn er hatte ein richtiges Allerweltsgesicht. Vielleicht hatte der Mann sich aber auch schlicht verlaufen und irrte auf der Mall herum. Eine Viertelstunde später hatte ich erneut den Eindruck, ihn in der Menschenmenge auszumachen, die nach dem Regen aus allen Löchern gekrochen war. Doch so angestrengt ich auch auf die Straße starrte, Mister Grant ging nicht zufällig draußen vorbei, geschweige denn, dass er sein angebliches Stammlokal betrat.

Als die leeren Teller abgeräumt wurden, zündete Holmes eine Zigarette an und bestellte dann erst die Rechnung.

»Sollte Mister Grant doch noch vorbeikommen, richten Sie ihm bitte aus, dass Mister Sven Sigerson mit ihm sprechen möchte«, sagte er dem Kellner, als dieser wieder an den Tisch trat, und überreichte ihm eine Visitenkarte, auf der handschriftlich unsere neue Anschrift notiert war. »Sie kennen Ihn bestimmt«, fügte er mit Nachdruck hinzu, bevor der Inder wieder das Gegenteil behaupten konnte, und beschrieb, wie Mister Grant aussah. »Er ist ein mittelgroßer, äußerst selbstbewusster Amerikaner mit akkurat gescheiteltem, braunem Haar.«

»Er ist Amerikaner?«, vergewisserte sich der Kellner entsetzt. Das Wort kam ihm so schwer über die Lippen, als ob es ein gotteslästerlicher Fluch wäre.

Ich habe immer wieder festgestellt, dass manche Dienstboten versnobter als ihre Arbeitgeber waren. Doch das hier übertraf den üblichen Dünkel.

»Ja, den meinen wir«, bestätigte ich erfreut.

»Er speist hier nur sonntags«, verkündete der Ober ungerührt, worauf ich entschied, ihm kein Trinkgeld zu geben.

Holmes drückte seine kaum gerauchte Zigarette wieder aus, erhob sich und ließ sich ohne ein Wort seinen Hut aushändigen.

»Ich habe keine Lust, bis zum Wochenende zu warten«, sagte ich schlecht gelaunt, nachdem wir auf die Straße getreten waren.

»Wir können im Augenblick nichts tun, als uns umzuschauen, ob wir ihn zufällig treffen. Zum Glück ist das Stadtzentrum ja nicht groß«, brummte Holmes.

Ich gab unserer Suche keine großen Erfolgsaussichten. Bestimmt war Mister Grant gerade irgendwo im Hinterland unterwegs und hatte keine Zeit, müßig durch die Stadt zu flanieren, doch ich hatte keine bessere Idee. Lustlos spazierte ich mit Holmes über die lange, leicht gebogene Mall, wo wir zahlreiche Läden und Lokale vergeblich abklapperten. Ohne dass ich einen bestimmten Grund hätte angeben können, fühlte ich mich noch immer beobachtet. Wir erreichten einen *Scandal Point* genannten kleinen Platz, in dem sich Mall und Ridge vereinigten. Er war zu seinem Spitznamen gekommen, weil sich angeblich hier die Tochter eines hohen Beamten in einen indischen Prinzen verliebt hatte, mit dem sie später durchgebrannt sein soll.

Hier kam uns der letzte Mensch entgegen, dem ich gerade begegnen wollte, nämlich die Hotelwirtin des *Prince Albert*. Mit beleidigter Miene schleppte sie einen schweren Korb mit Gemüse und versuchte geflissentlich, uns zu ignorieren. Doch Holmes ließ sich nicht so schnell abschütteln und schnitt ihr den Weg ab.

»Kennen Sie zufällig Mister Grant?«, erkundigte er sich, nachdem er sie betont höflich begrüßt hatte.

»Der ist jedenfalls noch nie in meinem Hotel abgestiegen«, entgegnete die Dame noch immer indigniert und betrachtete uns dann mit gerunzelter Stirn. »Ich habe den Eindruck, dass Sie ständig jemanden suchen.«

»Ja, das stimmt. Außer Mister Grant suchen wir noch einen Mörder, ein untergetauchtes Hausmädchen, einen Botenjungen und den letzten Klienten meines verstorben Verwandten Edward«, erläuterte ich amüsiert, bevor wir ohne weitere Erklärung unseren Weg fortsetzten.

Verfolgt von den Blicken der dicklichen Wirtin, schauten wir uns auf dem Ridge um, der zu jeder Tageszeit gut besucht war. Langsam hatte ich den Eindruck, dass nur die Einheimischen in Simla einer geregelten Beschäftigung nachgingen.

Schließlich landeten wir eher zufällig im südlich des Zentrums gelegenen Basarviertel. Kleine Geschäfte und wackelige Buden reihten sich hier aneinander, in denen keine englischen Luxusgüter, sondern lokale Waren lautstark angepriesen wurden. Das Angebot reichte von Pfauenfedern bis hin zu Gewürzen, Teppichen, Kaschmirschals, bronzenen Armreifen und dem filigranen Silberschmuck, für den Simla bei den Indern bekannt war. Alles war äußerst farbenfreudig: Die bemalten Holzbuden, die ausgestellten Waren und die Kleidung der Verkäufer. Plötzlich hatte ich erneut den Eindruck, dass sich ein Augenpaar in der Menge versteckte, das uns beobachtete, und blickte beunruhigt über die Schulter. Mir fiel jedoch niemand auf, der sich verdächtig verhielt, und auch der unscheinbare Mann von heute Mittag schien endlich sein Ziel gefunden zu haben. Ich sah ihn jedenfalls nie wieder.

»Das hat doch alles keinen Sinn. Wir finden ihn hier nicht«, erklärte ich und wollte mich schon zum Gehen wenden.

Doch anstatt zu antworten, deutete Holmes nach vorn mitten in den Trubel.

»Da ist er. Wie ich bereits vermutet habe, betreibt er auch im Ort kulturgeschichtliche Studien«, sagte der Meisterdetektiv, und nun sah auch ich Mister Grant vor einem Stand mit bunten Kopfbedeckungen stehen. Er trug zwar denselben Anzug wie bei unserer letzten Begegnung, hatte sich aber in der Zwischenzeit sein Haar radikal scheren lassen. Es war so kurz, dass man seine Farbe kaum feststellen konnte.

»Und deshalb kauft er sich jetzt einen Hut«, überlegte ich.

»Sie heißen Tapi und kommen aus Kullu«, präzisierte Holmes, während wir zügig auf die Marktbude zugingen. Er verblüffte mich oft mit seinen erstaunlichen Spezialkenntnissen, während er hingegen Tatsachen, die nichts zu seinen Ermittlungen beitragen konnten, einfach ignorierte.

»Guten Tag, Mister Grant. Ich weiß nicht, ob Sie sich an uns erinnern, aber wir hatten am Sonntag das Vergnügen, Ihre Bekanntschaft zu machen«, sagte Holmes, als wir den Stand mit den Tapis erreicht hatten.

Holmes' Stimme schien den Amerikaner aus einem Traum gerissen zu haben, denn er schaute uns einen Augenblick lang perplex an. Als er uns schließlich erkannte, entspannte sich seine eben noch verkrampfte Haltung. »Sie sind doch der norwegische Forschungsreisende, der den armen Mister Roundtree gesucht hat«, vergewisserte er sich in seinem abscheulichen amerikanischen Tonfall, an den ich mich wohl nie gewöhnen werde.

Offenbar tratschte man in Simla schon über uns, denn Holmes hatte bei unserer letzten Begegnung nicht erwähnt, dass er mit einem norwegischen Pass reiste.

»Ja, der bin ich. Wie Sie ja bereits erfahren haben, war er zu diesem Zeitpunkt aber schon tot«, bestätigte Holmes.

»Schreckliche Sache!«, pflichtete Mister Grant ihm bei.

»Inzwischen liegen uns private Aufzeichnungen vor, die jedoch mehr Fragen aufwerfen als beantworten«, sagte Holmes, ohne den Verfasser dieser Aufzeichnungen beim Namen zu nennen, und beäugte den jungen Inder hinter dem Stand, der uns seinerseits neugierig musterte.

Mister Grants Gesicht nahm einen sensationsgierigen Ausdruck an, als erwartete er ungeheuerliche Enthüllungen.

»Lassen Sie uns lieber ein paar Schritte gehen. Sonst versucht der Junge noch, Ihnen sein Kunsthandwerk anzudrehen«, schlug er vor und wandte sich zum Gehen.

»Die Volkskunst scheint hier das wichtigste Gewerbe zu sein«, sagte ich und betrachtete die dichten Ladenreihen.

»Abgesehen von der Gastronomie und der Versorgung von Regierungsbeamten und Soldaten«, entgegnete unser Gesprächspartner, der seine Schritte in Richtung Ridge lenkte.

Am übernächsten Stand erweckten dicht gewebte Kaschmir-Schals meine Aufmerksamkeit. Sofort dachte ich an meine Frau, da sie so leicht fror.

»Einen Augenblick bitte«, sagte ich und blieb vor der Auslage stehen.

Nachdem ich alle Farben und Muster gesichtet hatte, wählte ich einen grünen Schal aus, der sicher gut zu Violettas braunen Augen passte. Als ich meine Geldbörse öffnete, fiel mir eine Münze zu Boden. Um sie aufzuheben, bückte ich mich und verspürte im gleichen Moment von hinten einen Lufthauch, der durchaus von einer Kugel oder einem Bolzen herrühren konnte. Mister Roundtrees Mörder. Er hat mich nur verfehlt, weil ich mich gebückt habe, durchfuhr es mich. Rasch erhob ich mich und drehte mich um, doch hinter mir stand niemand. Keiner der Händler und Kunden schien von mir Notiz zu nehmen. Ich war nur ein Fußgänger von vielen.

»Hier herrscht immer ein schreckliches Gedränge«, sagte Mister Grant, der meine Reaktion falsch interpretierte.

Das war sicher nur ein Rüpel, der mich fast angerempelt hätte, versuchte ich mir zur Beruhigung meiner angespannten Nerven einzureden.

»Höchste Zeit, endlich diesen Fall abzuschließen«, murmelte Holmes besorgt, bevor er sich dem sichtlich ungeduldigen Amerikaner anschloss. »Mister Edward Tristram hat Sie doch kurz vor seinem Tod gefragt, ob Sie ihm einen Führer vermitteln könnten, der ihn über die Grenze nach Tibet schmuggelt«, behauptete er unterwegs und schaute unser Gegenüber forschend von der Seite an.

Auch ich war gespannt auf Mister Grants Reaktion, aber er blickte nur einige Sekunden lang kühl zurück. Alles in seinem Gesicht strahlte Selbstgefälligkeit aus.

»Leider konnte ich Mister Edward Tristram nur einige allgemeine Ratschläge geben. Er hätte sich besser an Elliot Roundtree wenden sollen«, sagte er, und plötzlich misstrauisch fuhr er fort: »Doch wahrscheinlich hat er das zuvor bereits getan, und selbst seinem guten Bekannten gefiel die Sache nicht. Auch ich will lieber gar nicht wissen, was ein Teehändler wie Mister Tristram in Tibet zu schaffen hatte.«

»Was hatten Sie eigentlich gegen Mister Roundtree?«, fragte Holmes mit einer Beiläufigkeit, die völlig im Kontrast zu seinen harten Worten stand.

»Ich habe nicht gesagt, dass ich etwas gegen ihn habe«, erklärte unser Gesprächspartner wenig überzeugend.

»Es war trotzdem nicht zu überhören«, insistierte Holmes.

»Er war ein Betrüger, ein Mensch, der die Erforschung der Bergwelt in Misskredit brachte. Er war begabt, aber ein windiger Bursche, der Mitglied in allen möglichen mehr oder weniger okkulten Gesellschaften war.«

»Hatte Mister Roundtree außer Ihnen noch andere Feinde?«, erkundigte sich Holmes seelenruhig.

Mister Grant sog die Luft geräuschvoll ein, bevor er widerwillig antwortete. »Ich konnte ihn nicht leiden. Aber deshalb habe ich ihn noch lange nicht umgebracht. Dank seiner umgänglichen Art kam er mit den meisten Menschen aus. Doch bei seinen Geschäften hat er sich bestimmt jede Menge Feinde gemacht.«

»Und wie steht es mit Edward Tristram? Hatte der ebenfalls Feinde?«, fragte Holmes, und ich hielt gespannt den Atem an.

»Ich habe immer geargwöhnt, dass der Geheimdienst ihn auf seiner Gehaltsliste hat, denn er schien anderen nachzuspionieren«, sagte Mister Grant mit einem skeptischen Seitenblick auf mich. »Dabei weiß hier doch sowieso jeder alles über jeden.«

»Er war als privater Ermittler tätig«, stellte ich empört klar.

»Das kann heutzutage gefährlich sein. Leicht stochert man in einem Wespennest oder gerät zwischen die Fronten. Auch Sie sollten Ihr Glück nicht zu sehr strapazieren«, war die unfreundliche Antwort, oder sollte das gar eine Drohung sein?

»Meinen Sie, dass Mister Edward Tristram untersucht hat, woher Mister Roundtree seine Ware bezogen hat?«, fragte Holmes unbeirrt weiter, und ich hätte gern gewusst, ob das nur ein Schuss ins Blaue war.

»Woher soll ich das wissen? Aber wenn Sie mich fragen, so wird es schon stimmen. Bergsteiger sind überhaupt meist Menschen, die vor sich selbst davonlaufen«, sagte Mister Grant und schmunzelte in sich hinein, wohl weil er seine Vermutung bestätigt sah.

»Und was hat Sie hierher verschlagen?«, entfuhr es mir, was mir einen tadelnden Blick von Holmes einbrachte.

»Der Wissenschaft müssen manchmal Opfer gebracht werden. Ich interessiere mich nun einmal für Volkstänze. Vor allem bei den Festen wie Phulaich oder Khyang finde ich reichlich Anschauungsmaterial. Dann schmückt man nicht nur die Schreine mit Blüten, sondern es wird auch getanzt«, gab der Amerikaner humorlos zurück.

Ich habe schon oft beobachtet, dass gewöhnlich wortkarge Menschen richtig gesprächig werden, wenn es um ihren Beruf oder ihr Steckenpferd geht.

»Kennen Sie eigentlich Mister Roundtrees Geschäftspraktiken nur vom Hörensagen, oder haben Sie sich selbst ein Bild davon gemacht?«, hakte Holmes weiter nach, während er eine Gruppe von Kolonialbeamten musterte, als wären sie samt und sonders Tatverdächtige.

»Ich habe ihn schon in aller Frühe mit großen Paketen in die Berge aufbrechen sehen. Er hat wohl Waren in Richtung Grenze transportiert. Böse Zungen behaupten, dass er zu einer Schlepperbande gehörte«, entgegnete Mister Grant.

Im gleichen Augenblick blieb sein Blick auf einem uns entgegenkommenden korrekt gekleideten Ehepaar mit einer etwa achtzehn Jahre alten Tochter haften, und er hob lächelnd seinen Hut, um die Damen zu grüßen. Plötzlich wurde mir bewusst, wie exponiert ich auf der Ridge war. Weniger Läden und Verkaufsbuden hieß auch weniger Deckung, nicht nur für einen potenziellen Angreifer, sondern auch für Holmes und mich.

»Glauben Sie, dass auch der junge Mister Roundtree in die Geschäfte verwickelt ist?«, erkundigte sich Holmes, als unsere Landsleute wieder außer Hörweite waren.

»Davon gehe ich aus. Ein Offizier hat bessere Möglichkeiten, Grenzposten und Zöllner zu schmieren, als ein Zivilist«, sagte Mister Grant in einem Tonfall, als ob ihm der Gedanke erst in diesem Augenblick gekommen wäre. »Aber andererseits wirkt der junge Mann auf mich nicht besonders helle.«

Holmes nickte, als wäre seine Lieblingstheorie bestätigt worden, und schien keine weiteren Fragen mehr zu haben.

Doch ich hatte noch etwas auf dem Herzen. »Hat Mister Roundtree jemals über seine Suche nach dem Yeti gesprochen?«, konnte ich mich nicht beherrschen zu fragen.

»Niemals. Man hat ihn manchmal damit aufgezogen. Dann hat er vorgegeben, sich nur Mister Tristram zuliebe darauf eingelassen zu haben. Wenn man hingegen mit Ihrem Verwandten sprach, behauptete dieser, dass es sich umgekehrt verhalte und dass die Jagd nach dem Yeti Mister Roundtrees fixe Idee sei. Aber ich glaube, sie waren beide ganz versessen darauf, den Yeti aufzuspüren«, erzählte der Amerikaner belustigt.

Mit diesem Satz schien für ihn das Gespräch beendet zu sein. Ohne unnötig Zeit mit Höflichkeitsfloskeln zu verschwenden, tippte er sich an den Hut, murmelte etwas von einem dringenden Termin und machte kehrt.

»Ein schrecklicher Mensch«, machte ich meiner Empörung Luft, nachdem wir um die nächste Ecke gebogen waren. »Es scheint ihm Vergnügen zu bereiten, sich innerlich wie im Schaukelstuhl zurückzulehnen und amüsiert dabei zuzuschauen, wie andere sich die Köpfe einschlagen.«

»Er ist etwas eindimensional. Aber ich glaube nicht, dass er sich mit der Rolle des Zuschauers begnügt«, entgegnete Holmes rätselhaft wie immer, bevor auch wir uns auf den Rückweg machten.

12. Der Besuch

David brachte mir vom Basar einen schönen und wunderbar wärmenden Kaschmirschal mit. Er legte ihn mir um die Schultern, und ich tänzelte durch die Diele, um mich im Spiegel zu betrachten. David nannte mich seine Maharani, und ich lächelte ihn an. Erst in diesem Augenblick bemerkte ich, wie angespannt und nervös er wirkte. Leider rückte er aber nicht damit heraus, was ihn so beunruhigte, und ich ließ die Sache auf sich bewenden. Ich wollte gerade den Schal in mein Zimmer bringen, als Holmes mich ansprach.

»Sie haben doch neulich den Wunsch geäußert, uns bei den Ermittlungen zu helfen«, sagte er mit der gewinnenden Art, die er gerade uns Frauen gegenüber an den Tag legen konnte, wenn es seinen Zwecken diente, und auf die auch ich immer wieder hereinfiel.

»Mit dem größten Vergnügen«, entgegnete ich hocherfreut. »Auf Dauer ist dieser ewige Kaffeeklatsch doch recht langweilig.«

Dass ich meine Familie vermisste, die ich in Florenz zurückgelassen hatte, band ich Holmes lieber nicht unter die Nase, denn er hätte es noch weniger als David verstanden.

»Die Roundtrees geben nächste Woche einen Empfang. Nach dem Eklat auf dem Friedhof können Ihr Gatte und ich

uns dort auf keinen Fall blicken lassen. Aber Sie kennt man bisher noch nicht, und Ihre Nachbarin kann Ihnen doch bestimmt eine Einladung verschaffen«, erläuterte der Detektiv, und ich bereute sogleich, blind meine Hilfe zugesagt zu haben.

»Eigentlich habe ich noch immer genug von dem Empfang bei Konsul McGregor in Bombay«, beschwerte ich mich. »Zuerst langweilte ich mich halb zu Tode, und dann wurde auch noch ein Diener umgebracht.«

»Da Langweile in der Regel nicht tödlich ist, sind derartige gesellschaftliche Ereignisse zwar meist eine schreckliche Zeitverschwendung, aber es kommt dabei niemand zu Tode«, wandte Holmes ein und grübelte dann einige Sekunden lang nach. Zumindest versuchte er, mir gegenüber diesen Eindruck zu erwecken, denn ich glaube im Nachhinein, dass er den Besuch des Empfangs nur vorgeschlagen hatte, um mir seinen eigentlichen Plan schmackhaft zu machen. »Wenn Ihnen das lieber ist, könnten Sie auch einfach Mister Roundtree einen Besuch abstatten«, schlug er dann mit argloser Miene vor.

»Zu welchem Zweck?«, fragte ich irritiert, denn eigentlich pflegte ich keine fremden Herren zu besuchen.

»Sie müssen nichts Ungesetzliches oder Unmoralisches tun, sondern nur eine Kunstliebhaberin spielen, die sich für die Waren seines Vaters interessiert. Am besten, Sie lassen sich unter Ihrem Mädchennamen anmelden.«

»Es ist nur eine Frage der Zeit, bis er mich irgendwo zusammen mit David sieht«, gab ich zu bedenken.

»Dann sagen Sie einfach wahrheitsgemäß, dass Sie befürchtet hatten, er würde keine Mrs. Tristram empfangen.«

»Und was genau soll ich bei meinem Besuch herausfinden?«

Offenbar zeigte meine Frage Holmes, dass er mich fast umgestimmt hatte, denn er schlug sogleich einen geschäftsmäßigen Tonfall an. »Aus welchen Dörfern oder Klöstern genau die Ware seines Vaters stammt und ob der Verwandte Ihres Gatten ihm bei der Beschaffung der Kunstgegenstände behilflich war.«

»Von mir aus, das hört sich ja nicht besonders kompliziert an«, willigte ich ein.

»Vielleicht erfahren Sie ja sogar, warum der verstorbene Verwandte Ihres Gatten nach Tibet fahren wollte.«

Ich hatte zwar keine Ahnung, wie ich unauffällig das Gespräch auf diese Thematik lenken könnte, versprach aber dennoch, mein Bestes zu tun.

Nach einer unruhigen Nacht, in der ich mehrfach kurz davor war, David zu wecken und ihm zu erklären, dass ich es mir anders überlegt hatte, bestieg ich am nächsten Morgen mit gemischten Gefühlen eine Rikscha, die mich nach Holmes' Anweisungen in die dicht bevölkerte Unterstadt von Simla brachte. Unterwegs vertrieb ich mir die Langeweile, indem ich minutiös die richtigen Worte für meinen Auftritt zusammensuchte. Nach einer guten halben Stunde endete die Fahrt unvermittelt in einer mit Unrat übersäten Gasse, und der Fahrer, ein drahtiger Hindu mit intelligenten Augen, bedeutete mir, dass wir unser Ziel erreicht hatten. Beim Anblick der verwahrlosten Gegend wäre ich am liebsten gar nicht erst ausgestiegen, sondern gleich wieder zurückgefahren.

»Bitte warten Sie hier auf mich, egal wie lange es dauert«, trug ich dem Fahrer auf. Um ganz sicherzugehen, dass er sich an meine Weisung hielt, gab ich ihm noch kein Trinkgeld, geschweige denn das Entgelt für die Passage.

Befremdet zupfte ich mir einige Haarsträhnen zurecht, die während der Fahrt durcheinandergeraten waren, und raffte meinen Rock, um ihn in der Gosse nicht zu verschmutzen, bevor ich mit einem leisen Seufzer ausstieg. Leicht beklommen schritt ich dann durch das Portal und betrat einen kleinen Innenhof, der ebenfalls einen heruntergekommenen Eindruck machte. Begafft von dreckigen Straßenkindern durchquerte ich hocherhobenen Hauptes den Hof und gelangte zu einem Haus mit frisch lackierter Tür.

Inständig hoffte ich, dass man auf mein zaghaftes Pochen nicht reagierte, denn ich wäre gern so schnell wie möglich wieder verschwunden. Aber meine frommen Wünsche wurden leider nicht erhört: Ein arrogant dreinblickender Nepalese in frisch gewaschener Kleidung öffnete sogleich die Haustür. Hinter ihm konnte ich eine weiß getünchte Wand sehen, an der ein Teppich hing, dessen Muster ein Tigerfell imitierte.

Als ich behauptete, eine Kundin zu sein, hatte ich das ungute Gefühl, dass der dunkelhäutige Diener mir nicht glaubte. Doch er ließ mich trotzdem in das Vorzimmer eintreten. Ich konnte nur hoffen, dass sein Herr leichtgläubiger war.

»Der Sahib empfängt sie in seiner Sammlung«, verkündete der Diener nach einer kurzen Rücksprache mit Mister Roundtree.

In den Räumen, die ich durchquerte, verdunkelten Vollvorhänge aus braunem Tuch die ohnehin schon kleinen Fenster, ein Trauerritus, den ich aus Italien kannte, nicht aber die Sitte, Tisch- und Stuhlbeine mit schwarzen Schleifen zu versehen. Ich sagte mir, dass in diesem Trauerhaus in nächster Zeit bestimmt keine Empfänge gegeben wurden, und begriff schlagartig, dass Holmes mich wieder einmal reingelegt hatte.

Der Hausherr stand in einem quadratischen Raum vor einer riesigen Vitrine, in der seine Sammlung untergebracht *war. Mit gemischten Gefühlen bestaunte ich heidnische Idole, liturgisches Gerät obskurer Kulte, finster grinsende, gehörnte Masken und gefährlich aussehende Dolche. Als ich beim Näherkommen eine menschliche Schädelkalotte sah, fragte ich mich endgültig, was das für ein Mensch sei, der dergleichen in seinem Heim aufbewahrte.*

»Guten Morgen, Miss Boldoni«, begrüßte mich Mister Roundtree, und ich fand, dass er genauso unscheinbar wirkte, wie David ihn beschrieben hatte. Seine Kleidung war korrekt, aber fantasielos, und in seinem ansonsten noch fast jugendlichen Gesicht hatten sich in den Mundwinkeln bereits Falten gebildet, die von einer gewohnheitsmäßig kritischen Laune zeugten.

»Mrs.«, verbesserte ich, um zu signalisieren, dass ich eine anständige Ehefrau sei, wiederholte aber den Nachnamen nicht, denn Mrs. Boldoni waren meine Mutter und meine Großmutter. »Mister Roundtree, ich möchte Ihnen mein aufrichtiges Beileid zu Ihrem Verlust aussprechen. Es ist sehr freundlich von Ihnen, mich in dieser schweren Zeit dennoch zu empfangen«, kondolierte ich dann, obwohl der Hausherr nicht besonders betrübt wirkte.

»Mein Vater hätte bestimmt gewollt, dass ich mich jetzt um seine Sammlung kümmere.«

Vermutlich wollte der Sohn sie eher meistbietend verhökern.

»Schön haben Sie es hier«, sagte ich und schaute mich mit vorgetäuschter Bewunderung um.

Mein Blick blieb auf einem eleganten, kleinen Schreibtisch haften, der neben dem Fenster stand und mich geradezu magisch anzog, da seine Schreibplatte mit Papierstößen bedeckt war. Über dem Büromöbel hing eine großformatige, gerahmte

Fotografie, die eine Gruppe von fünf Soldaten in Galauniform zeigte – in deren Mitte James Roundtree.

»Oh, Sie waren Offizier?«, fragte ich, um von meinem Interesse an den Schriftdokumenten abzulenken.

»Ich bin es noch immer. In Simla bin ich nur auf Urlaub«, war die militärisch knappe Antwort.

»Das hat wahrscheinlich in Ihrer Familie Tradition?«, vermutete ich, um das Foto genauer betrachten zu können.

»Bei den Roundtrees studiert der Älteste Jura, der Zweite wird Pfarrer, und der Dritte schlägt die Offizierslaufbahn ein«, verkündete der Hausherr in dem eisigen Tonfall, in dem man bei Gericht das Vorstrafenregister eines Delinquenten verliest. »Mein Vater hatte das Glück, der Älteste zu sein.«

Und trotzdem hatte es ihn ans Ende der Welt verschlagen.

»Wie ich bereits Ihrem Diener sagte, würde ich gern einige Bronzen erwerben, und man hat mir empfohlen, mich an Sie zu wenden«, kam ich zur Sache und gab mir Mühe, den richtigen Tonfall zu treffen, nicht zu forsch, aber auch nicht zu schüchtern.

»Wenn ich vielleicht nachfragen darf, wer Ihnen diesen freundlichen Ratschlag gegeben hat?«, fragte mein Gegenüber sichtlich alarmiert und musterte mich verstohlen.

»Der Gentleman wollte nicht namentlich genannt werden«, erklärte ich durchaus wahrheitsgemäß. »Aber ich kann Ihnen versichern, dass er nicht für das Finanzamt arbeitet.«

Das Gespräch hatte sich in eine Richtung entwickelt, die mir gar nicht gefiel. Um ihm eine andere Wendung zu geben, setzte ich mein freundlichstes Lächeln auf und betrachtete den Inhalt der Vitrine. Eine bunt bemalte Maske schien mich hämisch anzugrinsen, und die Waffen waren mir auch nicht geheuer. Schließlich deutete ich auf die Statuette eines anmutigen, jungen Mannes, der unter einem Baum saß und Flöte spielte.

»Diese Bronzefigur gefällt mir recht gut. Wissen Sie zufällig, wo Ihr Vater sie erstanden hat?«

Der Hausherr machte eine wegwerfende Handbewegung.

»Fragen Sie mich etwas Leichteres. Bedauerlicherweise hat mein Vater kein Buch über seine Erwerbungen geführt. Die meisten Stücke hat er während seiner Exkursionen in kleinen Bergnestern oder abgelegenen Klöstern gekauft und mit der Zeit dann seinen Lebensunterhalt mit dem Weiterverkauf der Kunstwerke bestritten.«

Diese Schilderung klang nicht gerade so, als ob der Sohn großes Interesse am Gewerbe seines Vaters gehabt hätte. Um ehrlich zu sein, konnte ich es ihm nicht verdenken.

»Er wird sich bestimmt gefreut haben, dass Sie ganz in seiner Nähe stationiert sind«, bemerkte ich, noch immer die Statuette betrachtend.

»Es verhielt sich umgekehrt. Ich habe mich wegen des hohen Solds nach Indien versetzen lassen. Als mein Vater erfuhr, dass es mich nach Simla verschlagen hat, beauftragte er mich, hier für ihn ein möglichst preiswertes Haus zu kaufen. Vorher ist er zum Bergsteigen in die Alpen gefahren«, erläuterte der Hausherr mit unbeteiligter Miene. »Aber genug über mich geplaudert! Besitzen Sie bereits nepalesische Bronzen?«, erkundigte er sich dann, was ich verneinte, damit er mir keine peinlichen Fragen stellen konnte.

»Bevor Sie sich einen Krishna zulegen, sollten Sie lieber Ihre Sammlung mit einem Bodhisattva beginnen«, schlug er vor, dachte einen Augenblick lang nach und deutete dann auf die mittelgroße Darstellung einer halb nackten Frau, die im Schneidersitz auf einem reich verzierten Sockel hock-

te. »Da Sie eine Frau sind, wäre aber auch eine grüne Tara passend.«

»Ich wusste gar nicht, dass es hier auch Göttinnen gibt«, wunderte ich mich, während ich die anstößige Figur skeptisch beäugte.

»Taras sind keine Göttinnen, sondern weibliche transzendente Bodhisattvas«, verbesserte mich der Sohn des verstorbenen Sammlers, eifrig bemühte, mich mit möglichst vielen unverständlichen Fachausdrücken zu beeindrucken. »Ansonsten gibt es selbstverständlich in Indien weibliche Gottheiten. Sie kennen doch sicher Kali, die Schwarze?«, fragte er, als ob das Gegenteil eine unverzeihliche Bildungslücke wäre.

Wieder musste ich verneinen, was mein Gesprächspartner weidlich ausnutzte, indem er zu einem längeren Exkurs ausholte: »Kali ist die furchtbare Erscheinungsform der großen Göttin und versinnbildlicht die zerstörerische Kraft. Durch ihre Verehrung hoffen die Gläubigen, ihren Feinden Schaden zuzufügen. Übrigens hieß Simla früher Shyamala, nach einer Inkarnation der Göttin Kali. Es gibt sogar in der Nähe des Scandal Points einen Kalibari genannten Hindutempel, der ihr geweiht ist. Er ist im Stil einer bengalischen Hütte errichtet, und sein Kultbild zeigt Kali als Shyamala. Die grüne Tara hingegen wird als Beschützerin vor sämtlichen Gefahren verehrt. Es kann daher nicht schaden, eine Skulptur von ihr im Hause zu haben«, schloss er seinen Vortrag.

Wahrscheinlich verdankte er diese Spezialkenntnisse den Ausführungen seines Vaters, doch er trug sie im Tonfall eines glühenden Anhängers vor.

»Madonna!«, entfuhr es mir, ehe ich es verhindern konnte. Zu Hause hätte man sich bekreuzigt. »Sie glauben doch wohl *nicht allen Ernstes an diese …«, mühsam verkniff ich mir das Wort heidnischen, »Götter?«*

Bevor ich meine unbedachte Äußerung wenigstens etwas abmildern konnte, trat der geschniegelte, dunkelhaarige Diener ein und flüsterte seinem Herrn etwas ins Ohr.

»Mrs. Boldoni, Sie werden mich einen Augenblick entschuldigen. Kann Ihnen vielleicht mein Diener die Wartezeit mit einem Tee verkürzen?«, fragte der junge Mister Roundtree in einem pompösen Tonfall.

»Danke, aber ich möchte Ihnen keine Umstände bereiten«, behauptete ich, doch in Wahrheit konnte ich dem englischen Nationalgetränk nichts abgewinnen. Anfangs hatte ich gehofft, mich mit der Zeit daran zu gewöhnen, doch mit jedem Tag in der Fremde, an dem ich das fade Getränk vorgesetzt bekam, wuchs meine Sehnsucht nach einem richtigen, starken Kaffee.

»Sie können sich ja in der Zwischenzeit in Ruhe meine Ware anschauen«, schlug Mister Roundtree gönnerhaft vor, bevor sein Gesicht einen argwöhnischen Ausdruck annahm.

Demonstrativ betrachtete er meinen farbenfrohen, mit Elefanten und Wasserbüffeln bedruckten Stoffbeutel, den ich mir in Bombay auf dem Basar zugelegt hatte, und warf dann einen raschen Blick auf den Schrank mit den Kunstwerken, wohl um sich jedes einzelne Stück einzuprägen.

Die empörende Erkenntnis, dass er mich für eine potenzielle Diebin hielt, nahm mir die letzten Skrupel. So schnell es mein bodenlanges Kleid zuließ, eilte ich zum Schreibtisch, auf dem leider keine Briefe oder Dokumente, sondern nur Stapel von unbeschriebenem Briefpapier, Landkarten der Umgebung und Zeitungen geschichtet waren. Ganz vorsichtig, um bloß kein Geräusch zu verursachen, öffnete ich eine schmale Schubla-

de, in der sich eine Handvoll Münzen befand. In der nächsten Lade fand ich sorgsam ausgeschnittene Zeitungsartikel über Kricket-Spiele und vermeintliche Sichtungen des Yeti. Ohne große Erwartungen zog ich eine weitere Schublade auf – und mir stockte vor Aufregung der Atem, als ich einen Terminkalender mit Adressverzeichnis erblickte.

Während ich danach griff, bemerkte ich, dass meine Hand vor Angst, entdeckt zu werden, zitterte. Ehe ich das Büchlein auch nur aufgeschlagen hatte, wurde die Türklinke heruntergedrückt, und ich erschrak halb zu Tode. Ohne groß nachzudenken, ließ ich mit der rechten Hand den Kalender in meinen Stoffbeutel gleiten, während ich mit dem linken Oberschenkel die Schublade zustieß. Ich schaffte es gerade noch, das Fenster zu erreichen, bevor der Hausherr eintrat.

»Sie werden doch sicher dieses wunderbare Haus behalten?«, flötete ich, während ich vorgab, die Aussicht auf die Oberstadt zu bewundern.

»Nur solange ich noch in Indien diene. Meine Gattin möchte dann in die Heimat zurückkehren. Wenigstens ist das Klima in den Bergen fast wie in England, auch wenn die Winter hier ungemütlich kalt werden können.«

Auf einmal schien der eben noch so leichte Beutel mehrere Zentner zu wiegen. Mühsam beherrschte ich mich, ihn nicht krampfhaft an den Körper zu drücken. Höchste Zeit zu verschwinden! Nervös zog ich meine kleine, goldene Uhr aus der Tasche meines Kleides, klappte den Deckel hoch, schaute auf das Ziffernblatt und gab vor zu erschrecken.

»Herrje, schon so spät! So leid es mir tut, ich muss den Kauf der Statuette auf ein andermal verschieben. Schließlich kann ich unmöglich Lady Waterfield warten lassen!«, lamentierte ich und tat mein Bestes, die Arglose zu spielen.

Der Hausherr musste unbemerkt einen Klingelzug betätigt haben, denn der Diener trat ein. Oder hatte er mit dem Ohr an der Tür gelauscht? Ich konnte nur hoffen, dass er mich nicht durch das Schlüsselloch beobachtet hatte.

Diese Vorstellung versetzte mich in Panik, und ich verabschiedete mich etwas zu hastig. Um diesen Fehler wieder wettzumachen, schritt ich dann langsam und würdevoll zur Tür, die mir noch immer der Diener versperrte.

»Einen Moment noch, Mrs. Boldoni«, sagte James Roundtree, und ich brauchte meine gesamte Willenskraft, um nicht zusammenzuzucken.

Mein Herz schlug so laut, dass der Hausherr es quer durch den Raum hören musste, und ich fühlte mich wie eine verurteilte Verbrecherin auf dem Weg zum Schafott. Da ich kaum durch das Fenster fliehen konnte, wandte ich mich notgedrungen um und sah Mister Roundtree schuldbewusst an.

»Eine attraktive Frau wie Sie sollte nicht allein durch die Unterstadt gehen«, sagte er, und ich schloss kurz die Augen, damit er mir meine Erleichterung nicht ansah.

»Vielen Dank für den wohlgemeinten Ratschlag, aber meine Rikscha wartet draußen auf der Straße auf mich«, entgegnete ich und drehte mich wieder um.

Endlich trat mir der Diener aus dem Weg, und ich konnte das Haus ungehindert mit meiner Beute verlassen. Erst als die Tür hinter mir ins Schloss fiel, glaubte ich, dass ich es tatsächlich geschafft hatte. Im gleichen Moment wurde mir schlagartig bewusst, dass ich es versäumt hatte, mich nach dem verstorbenen Edward Tristram zu erkundigen.

13. Der Terminkalender

Als Violetta um elf Uhr zurückkehrte, sprühten ihre Augen vor guter Laune. Kaum hatte sie auf ihrem neuen Lieblingsplatz, dem bequemen Sofa im Salon, Platz genommen, sprudelte sie los: »Schauen Sie, was ich hier habe, den Terminkalender des Verstorbenen!« Strahlend hielt sie ein in dunkelgrünes Leder gebundenes Büchlein hoch.

Holmes, der mit neugieriger Miene neben dem Sofa stand, nahm es ihr sofort aus der Hand und schlug es auf, während ich mich neugierig hinter ihm postierte, um mitlesen zu können.

Leider waren im Kalenderteil nur ganz wenige Angaben notiert. Auch die ersten Seiten des Adressverzeichnisses waren leer, erst in der Mitte waren mit fahriger Handschrift einige Namen zwischen die Zeilen gekritzelt.

»Wie hast du denn den guten Mister Roundtree dazu gebracht, dir den Kalender seines Vaters zu überlassen?«, erkundigte ich mich, nachdem Holmes das Büchlein durchgeblättert hatte.

»Er war so leichtsinnig, mich im Salon allein zu lassen«, entgegnete Violetta leicht verlegen.

»Du hast ihn einfach gestohlen?«, entfuhr es mir erschrocken. »Hoffentlich fällt Mister Roundtree nicht auf, dass der Kalender seit deinem Besuch verschwunden ist.«

Ohne etwas zu erwidern, nestelte meine Frau nervös an ihrer dünnen Goldkette herum, und mein Blick wanderte wieder zu Holmes, der ihr schon oft mit schlechtem Vorbild vorangegangen war. In diesem Fall ging ich sogar davon aus, dass er Violetta angestiftet hatte.

Der Meisterdetektiv hatte inzwischen entspannt auf einem Sessel Platz genommen und schaute ganz arglos drein. »Sie hat es nur ausgeliehen. Ich werde es seinem rechtmäßigen Besitzer zurückerstatten«, verbesserte er mich schmunzelnd.

Meiner Frau fehlten einen Augenblick lang die Worte, was wirklich nicht oft vorkam. Dann begann sie, von ihrem Besuch im Haus des verstorbenen Bergsteigers zu berichten. »Wussten Sie, dass Mister Roundtree Junior Offizier ist?«, fragte sie, nachdem sie geendet hatte.

Ich verneinte, während Holmes mich in einem tadelnden Tonfall darauf hinwies, dass der junge Mister Roundtree an der linken Hand einen Ring trug, in den der Name seines Regiments eingraviert war.

»Ich habe einen Tee für Sie aufgebrüht«, verkündete unsere Haushälterin stolz, als sie in diesem Moment den Salon mit einem Tablett betrat.

Während Uma die Tassen auf den Tisch stellte und uns gemächlich einschenkte, verstummte das Gespräch. Als die Inderin den Raum wieder verlassen hatte, beschäftigte sich Holmes bereits wieder mit dem Adressbuch und hatte die Welt um sich herum vergessen. Er gab nur ab und zu ein verächtliches Schnauben von sich, was befürchten ließ, dass Violettas Diebesgut uns auch nicht weiterhalf. Ich konnte Holmes' schlechte Laune gut nachvollziehen, denn mir ging es genauso.

Das war der frustrierendste Fall, den wir jemals bearbeitet hatten. Inzwischen bezweifelte ich, dass die genaueren Todesumstände meines Verwandten Edward nach all den Monaten überhaupt noch aufzuklären waren, und Elliot Roundtree hatte sich wahrscheinlich schlicht von einem Wahnsinnigen umbringen lassen, was allerdings nicht erklärt hätte, warum man den Bergsteiger zum *Jukkhu*-Tempel bestellt hatte. Da wir nicht einmal wussten, wer den Botenjungen geschickt hatte, würden wir wohl niemals erfahren, ob ein Zusammenhang mit dem Mord bestand. Mein Blick wanderte zu Violetta, die lustlos im Morgenblatt herumblätterte, das ich während ihrer Abwesenheit bereits gelesen hatte. Darin wurde die These vertreten, dass Mister Roundtree von einem Nepalesen ermordet worden sei, was einer Kriegserklärung an England gleichkam.

Gelangweilt schlürfte ich meinen Tee in mich hinein und grübelte über unseren Fall nach, gelangte aber noch immer zu keinen neuen Einsichten. Bald drang aus der Küche der köstliche Geruch indischer Gewürze, von dem mir das Wasser im Mund zusammenlief, was mich vom Nachdenken abhielt. Außerdem ließ mir der Gedanke an das gestohlene Büchlein noch immer keine Ruhe.

»Wann genau wollen Sie eigentlich den Kalender zurückgeben?«, erkundigte ich mich nach einer Weile, um klarzustellen, dass ich die Sache nicht auf sich beruhen ließ.

»Morgen, wenn Mister Roundtree uns besuchen kommt.« Holmes äußerte diese ungeheuerliche Ankündigung ganz beiläufig.

Ich hatte gerade die Teetasse an den Mund geführt und war im Begriff, den letzten Schluck zu trinken, sodass ich mich beinahe verschluckt hätte.

Auch Violetta schrak von ihrer Lektüre hoch. »Er kommt uns besuchen?«, entfuhr es ihr in einem Tonfall, als hätte sich der Leibhaftige angekündigt, dessen Namen man besser nicht in den Mund nahm. Ich bemerkte, dass ihr Tee längst kalt geworden war, und nahm mir vor, Uma mitzuteilen, nicht mehr ungebeten meiner Frau Tee aufzutischen.

»Ja, das wird er. Ich habe ihm nämlich einen Brief geschrieben und ihn darin gebeten, morgen hier vorbeizuschauen.«

»Ich bezweifle ja stark, dass er dieser Einladung Folge leistet, so unfreundlich, wie er mich auf dem Friedhof behandelt hat«, stellte ich kopfschüttelnd fest, nachdem ich die Tasse geleert und sie wieder abgesetzt hatte.

»Da kennen Sie aber die menschliche Neugier schlecht. Ich habe mich so vage ausgedrückt, dass er der Aufforderung bestimmt nachkommen wird«, widersprach Holmes.

In diesem Augenblick wurde die Tür geöffnet, und Umas dunkles Gesicht erschien im Türspalt.

»Es ist angerichtet«, verkündete sie strahlend und mit sanfter Stimme.

»Wenn dieser Mister Roundtree mich sieht, begreift er, dass ich ihn unter falschem Namen besucht habe«, beschwerte sich Violetta, während sie sich erhob.

»Wenn es Ihnen nichts ausmacht, könnten Sie ja vielleicht solange bei Mrs. Ryder vorbeischauen«, schlug Holmes unverfroren vor, ohne auch nur den Kopf von seiner Lektüre zu heben, und meine Frau nickte sprachlos.

»Das wird wohl das Beste sein«, bestätigte ich, stand ebenfalls auf und schaute Holmes fragend an, da er keine Anstalten machte, sich uns anzuschließen.

»Sie werden mich entschuldigen, aber ich möchte meine Geistesarbeit nicht wegen einer schnöden Nahrungsaufnahme unterbrechen«, sagte er zerstreut.

Unsere Haushälterin stand noch immer in der Tür und riss die Augen entsetzt auf.

»Nehmen Sie das nicht persönlich. Aber Sie werden sich wohl daran gewöhnen müssen, dass Mister Sigerson manchmal die Mahlzeiten ausfallen lässt«, sagte ich zu ihr und begleitete Violetta in das Esszimmer, wo Uma das dritte Gedeck vom Tisch nahm.

Edward, mein verstorbener Verwandter, hätte seinen eigenen Speiseraum wahrscheinlich nicht wiedererkannt, so proper sah er aus. Licht strömte durch die frisch geputzten Fenster, kein Staubkorn lag auf den Flächen, die Tischdecke und die Servietten waren gewaschen und gestärkt, das Besteck poliert und der Parkettboden so gut gewienert, dass man sich fast darin spiegelte.

Violetta nahm an einem Ende der Tafel Platz und ich an dem anderen, da unsere Haushälterin hier eingedeckt hatte. Wir saßen so weit voneinander entfernt, dass ich die Stimme heben musste, um mit meiner Frau zu sprechen, und ich fragte mich, warum mein verstorbener Verwandter einen derart langen Tisch besessen hatte, obwohl er angeblich nur selten Besuch bekam.

Kaum hatten wir uns gesetzt, servierte uns Uma als Vorspeise eine appetitlich dampfende Mulligatawny-Suppe[6], dann ein etwas zu scharf gewürztes Lamm-Curry und als Nachtisch köstliches Mandel-Sorbet, das mich wieder mit dem Curry versöhnte. Nachdem wir in aller Ruhe gespeist hatten, lobte ich unsere Haushälterin, damit sie wusste, dass meine Frau und ich durchaus die indische Küche zu schätzen wussten, bat sie aber, sich mit den Gewürzen etwas zurückzuhalten.

Dann schaute ich in den Salon, um zu sehen, wie weit Holmes mit seiner Arbeit gekommen war. Ich fand ihn noch immer über den Terminkalender gebeugt auf dem gleichen Sessel sitzend und nahm ihm gegenüber Platz. »Haben Sie etwas herausgefunden?«, erkundigte ich mich.

»Zum Glück war Elliot Roundtree nicht so ein Geheimniskrämer wie Ihr Verwandter Edward Tristram«, begann Holmes, und ich hätte ihn fast aufgefordert, sich an die eigene Nase zu fassen, bevor er andere Menschen so titulierte. »Viele Kontakte schien er ja leider nicht besessen zu haben. Da gibt es die Anschriften seiner Brüder und die der älteren Söhne in England, eines Vetters im kanadischen Halifax und der Name einer

[6] Eine Curry-Hühner-Suppe nach indischem Rezept, die seit dem späten 19. Jahrhundert ein fester Bestandteil der britischen Küche ist.

Dame, bei der es sich wohl um eine ehemalige Gouvernante handelt. Auch in Simla ist er offenbar dem Gesellschaftsleben ferngeblieben, aber wenigstens hat er Mister Grants Anschrift notiert, und wir wissen nun, dass dieser mit Vornamen Stanley heißt.«

Diese Information brachte uns bestimmt ein ganzes Stück weiter, dachte ich sarkastisch.

Holmes machte eine Pause, die mich vermuten ließ, dass nun etwas Wichtiges folgen würde. »Der einzige für die Lösung unseres Falls brauchbare neue Anhaltspunkt ist, dass Mister Roundtree vor drei Wochen einen gewissen Roy Singh in Rampur besucht hat. Ich glaube, ich habe schon von ihm gehört. Er ist ein in der ganzen Region Simla bekannter Pandit«, verkündete er schließlich.

»Der Bergsteiger hat mit einem Banditen verkehrt?«, vergewisserte ich mich befremdet.

»Nein, mit einem Pandit, so heißen indische Gelehrte«, erklärte Holmes mit einem nachsichtigen Lächeln.

»Und er wohnt in einem Kaff namens Rampur? Wo es nicht überall Gelehrte gibt«, wunderte ich mich. »Aber vielleicht verdient er dort sein Geld damit, indem er Europäern bei der Suche nach dem Yeti hilft.«

»Das ist durchaus möglich. Rampur ist übrigens die Hauptstadt des Fürstentums Baschahr[7], des größten der achtundzwanzig Hügelstaaten in der Umgebung von Simla, die unter britischer Herrschaft stehen«, dozierte Holmes, der mich wieder einmal durch sein profundes Wissen verblüffte. »Ich habe vor, Roy Singh übermorgen dort aufzusuchen. Doch dafür müssen natürlich

[7] Die Region heißt heute Kinnaur.

noch einige Vorbereitungen getroffen werden. Vor allem werde ich dem Gelehrten ein Kabel schicken, um unser Eintreffen anzukündigen. Außerdem müssen wir einen Wagen besorgen und Proviant einkaufen.«

Zu meiner Erleichterung hatte Holmes in der Mehrzahl gesprochen, denn es gab in der Ermittlungsarbeit kaum etwas Spannenderes als das Befragen eines neuen Zeugen.

»Führt unsere Fahrt in Richtung Tibet?«, erkundigte ich mich voller Abenteuerlust.

Holmes bejahte und erhob sich ebenfalls gut gelaunt vom Sofa. Wenn er nichts hatte, mit dem er sich geistig auseinandersetzen konnte, brütete er manchmal tagelang melancholisch vor sich hin. Doch kaum witterte er eine neue Fährte, war er wie ausgewechselt.

»Ich komme mit!«, verkündete ich und schloss mich an.

In der Diele kam uns Violetta mit einer Blumenvase in der Hand entgegen. Wahrscheinlich hatte Mrs. Ryder meiner Frau die dazugehörigen Blumen geschenkt, so üppig wie es im Garten gegenüber grünte. Auf unserer winzigen Parzelle hingegen wuchs noch immer nur Unkraut. Violetta liebte zwar Blumengestecke, hielt aber nicht viel von der Gartenarbeit.

»Da du offenbar schon wieder in die Stadt gehst, könntest du vielleicht etwas Tee mitbringen. Ich hätte niemals vermutet, dass er so reißenden Absatz findet«, sagte sie, praktisch veranlagt wie immer.

»Vielleicht hätte der Testamentsvollstrecker doch nicht die ganze Ware verkaufen sollen«, murmelte ich vor mich hin, denn es erschien mir absurd, dass uns im

Haus eines ehemaligen Teehändlers ausgerechnet der Tee ausgegangen war. Außerdem dachte ich, dass für die Einkäufe unsere Haushälterin zuständig sei.

Als ich mich von meiner Frau verabschiedete, streifte mein Blick zufällig Holmes' schmales Gesicht, dem man wieder einmal deutlich ansah, wie froh er darüber war, nicht verheiratet zu sein.

»Dieser Roy Singh ist doch bestimmt der ominöse R. S. aus dem Tagebuch«, fiel mir draußen plötzlich ein.

»Es besteht eine gewisse Wahrscheinlichkeit, dass er es ist«, dämpfte Holmes aber sofort meine Freude über diese Erkenntnis.

Wir waren den ganzen Nachmittag mit Besorgungen und Vorbereitungen beschäftigt, bis alles geregelt war. Doch je konkreter die Planung wurde, desto klarer stellte sich heraus, dass es sich nicht um einen Tagesausflug, sondern um eine mehrtägige Reise handeln würde. Zum Glück nahm Violetta diese Neuigkeiten erstaunlich gelassen auf.

14. Der Gegenbesuch

Im Gegensatz zu seinem Vater ließ uns James Roundtree nicht warten. Pünktlich um fünf Uhr stand er vor unserer Tür.

»Ich hätte nicht gedacht, dass ich jemals freiwillig die Schwelle dieses Hauses überschreiten würde«, sagte er mit dünner, gepresster Stimme, nachdem er eingetreten war.

»Sie waren also noch nie hier?« Enttäuschung schwang in Holmes' Worten mit. Er machte einen Schritt zur Seite und ließ unserem Gast den Vortritt.

Uma nahm dessen Hut entgegen und ging voran in den Salon.

»Selbstverständlich nicht!«, betonte der Sohn des Bergsteigers, als ob das eine ungeheuerliche Unterstellung wäre.

Im Vorbeigehen taxierte er die Einrichtung mit dem kritischen Blick eines Maklers, der bezweifelte, dass unser Haus einen nennenswerten Verkaufswert hatte. Auch der Salon schien, nach seiner kritischen Miene zu schließen, seine Gnade nicht zu finden. »Wovon wollen Sie eigentlich den Unterhalt des Hauses bestreiten? Planen Sie, den Teehandel wiederaufzunehmen?«, fragte er schließlich.

»Das Gleiche wollte ich Sie auch schon fragen. Werden Sie den Kunsthandel Ihres Vaters weiterführen?«, konterte ich, und unser Gast schaute mich verblüfft an.

»Ich werde versuchen, so viel wie möglich zu veräußern, schließlich hat Vater dafür viel Geld ausgegeben. Aber spätestens, wenn ich Indien wieder verlasse, gebe ich dieses Geschäft auf«, gab er dann bekannt.

»Es ist wirklich bedauerlich, dass Sie Ihren Vater nie bei einem seiner Besuche in Mister Tristrams Haus begleitet haben«, verkündete Holmes, nachdem wir uns auf Sesseln und Sofa niedergelassen hatten, und ich fragte mich, ob er das ernsthaft für möglich gehalten hatte. »Eigentlich hoffte ich, dass Sie mir darüber Auskunft geben können, ob im Haus irgendetwas fehlt. Kurz vor dem Tod des Vorbesitzers wurde nämlich hier eingebrochen.«

»Kaum zu glauben«, entgegnete unser Gast, der offenbar gar keine Manieren besaß, und ließ seinen abschätzigen Blick nochmals über das Mobiliar schweifen.

»Ich teile Ihre Meinung, dass es in Simla lohnendere Anwesen für einen Ganoven gibt, zum Beispiel die Paläste, die einige Maharadschas sich hier errichten ließen«, stimmte Holmes zu. »Der Einbrecher suchte also etwas Bestimmtes. Sie haben keine Idee, was das sein könnte?«

»Woher soll ich denn das wissen? Ich bin nur der Sohn seines verstorbenen Freundes«, gab Mister Roundtree unwirsch zurück und schaute zur Tür, wohl auf der Suche nach einem Dienstboten, der ihm eine Erfrischung servierte.

Auch ich fragte mich, warum Uma unseren Gast nicht bewirtete, wie sich das gehört hätte. Wieder ein Punkt, den ich meiner geistigen Mängelliste hinzufügte. Später erfuhr ich allerdings, dass die Haushälterin diesmal keine Schuld traf. Violetta hatte ihr aufgetragen, uns nicht zu stören.

»Kann ich Ihnen etwas zu trinken anbieten? Vielleicht einen Whisky?«, fragte ich, da auch Holmes seine Pflichten als eigentlicher Gastgeber schmählich vernachlässigte.

Wenn wir Glück hatten, lockerte der Alkohol unserem wenig gesprächigen Besucher ein wenig die Zunge.

Ohne eine Antwort abzuwarten, erhob ich mich und ging zum Schrank, in dem ich einen guten Maltwhisky deponiert hatte. Ich holte die Flasche und drei Gläser heraus, stellte sie auf den Tisch und goss uns ein.

»Sie haben auf dem Friedhof angedeutet, dass eine Art ›Geschäftsbeziehung‹ zwischen Ihrem Vater und Mister Edward Tristram existierte. Stand sie in Zusammenhang mit dem Kunsthandel Ihres Vaters oder mit der Ermittlertätigkeit seines Freundes?«, erkundigte sich Holmes harmlos und lehnte sich auf seinem Sessel zurück.

Der Offizier schüttelte unwillig den Kopf und wirkte, als wäre er kurz davor, beleidigt abzurauschen.

»Ich bin gekommen, weil ich dachte, dass Sie Informationen für mich haben, und stattdessen wollen Sie von mir Dinge wissen, von denen ich keine Ahnung habe«, polterte er los.

Ich an seiner Stelle hätte mich schon viel früher beschwert.

»Vielleicht könnten wir ja unseren Kenntnisstand der ›Dinge‹ austauschen«, schlug Holmes arglos vor.

»Warum interessieren Sie sich überhaupt für den Mord an meinem Vater? Doch bestimmt, weil die Polizei Mister Tristram oder gar Sie selbst der Tat verdächtigt?«, fragte er, uns finster musternd.

»Ich bin privater Ermittler, Mister Tristram ist mein Assistent, und Ihr verstorbener Vater hat uns einen Auftrag erteilt«, sagte Holmes, ohne auf die unverschämte Unterstellung einzugehen.

»Das wusste ich nicht«, entfuhr es unserem Gast, und ich hätte am liebsten entgegnet, dass es wahrscheinlich eine Menge gab, was er nicht wusste.

»Ihr Vater hatte nämlich den Verdacht, sein Freund Edward Tristram sei ermordet worden. Jetzt ist er selbst eines gewaltsamen Todes gestorben, und ich bin davon überzeugt, dass es einen Zusammenhang zwischen den beiden Todesfällen gibt«, informierte ihn Holmes und ließ seine Worte einige Sekunden lang wirken. »Zuerst muss ich alle verfügbaren Fakten ordnen. Daher wäre es hilfreich, die letzten Stunden im Leben Ihres Vaters zu rekonstruieren.«

»Das habe ich selbst schon versucht.« Mister Roundtree machte eine hilflose Geste und nippte an seinem Glas. »Alles ist an diesem Unglückstag seinen gewohnten Gang gegangen. Wie es seine Art war, ist Vater um sieben aufgestanden und hat reichlich gefrühstückt. Er hatte mir bereits am Vortag mitgeteilt, dass er sich mit Ihnen hier treffen wolle, wovon ich gar nichts hielt. Aber das ging mich schließlich nichts an. Um neun Uhr hat ihm dann sein Diener einen Zettel überreicht, den ein Botenjunge abgegeben hatte.«

»Hat außer dem Diener jemand diesen Jungen gesehen?«, fragte Holmes und kniff seine grauen Augen zusammen.

»Allenfalls jemand vom Personal. Ich habe ihn jedenfalls nicht gesehen. Kurze Zeit später hat Vater das Haus verlassen, ohne mich über seinen Planwechsel zu informieren. Aber er konnte ja nicht wissen, dass uns seine Beweggründe später interessieren würden ...«

Die Erinnerung an den schrecklichen Tag nahm ihn sichtlich mit. Er beendete seinen Satz nicht, sondern starrte auf die frisch gewienerten Holzdielen und genehmigte sich dann einen großen Schluck.

»Und was haben Sie gemacht, nachdem Ihr Vater aufgebrochen war?«, fragte Holmes, der als Einziger seinen Drink noch nicht angerührt hatte.

»Ich habe wie gewöhnlich in Ruhe die Zeitung gelesen«, antwortete unser Gast, ohne nachzudenken. Seine Brauen zogen sich zusammen, und um seinen Mund lag ein schmerzlicher Zug. »Ich wusste schließlich nicht, dass ich ein Alibi benötigen würde!«, fügte er dann überraschend kämpferisch hinzu.

Auch Holmes nippte nun an seinem Drink, doch ich bezweifelte, dass der Geschmack meines hervorragenden Whiskys sein Bewusstsein erreichte.

»Auch wenn die Polizei Sie bisher höflich behandelt hat. Sie betrachtet immer zuerst die Familienmitglieder als Verdächtige, vor allem die Erben«, sagte er dann so geduldig, wie man zu einem uneinsichtigen Kind spricht.

»Mein Vater war kein reicher Mann. Wenn Sie glauben, ich hätte es nötig ...«, begann Mister Roundtree zu protestieren, aber Holmes brachte ihn mit einer beschwichtigenden Geste zum Schweigen.

»Es wurden schon Menschen wegen weit geringerer Summen getötet.«

Der Offizier kippte den Rest seines Glases hinunter, bevor er seine Aufmerksamkeit mir zuwandte.

»Wenn ich es richtig verstanden habe, hat ausgerechnet Ihre Frau meinen Vater gefunden? Es fällt mir schwer, an einen derartigen Zufall zu glauben!«, stellte er mich unvermittelt zur Rede und sah mir fest in die Augen, als wollte er mich zum Duell fordern.

Wie gut, dass er nicht ahnte, dass er Violetta am Vormittag in seinem Haus empfangen hatte.

»Wir sind hier neu. Ich bin vor lauter Arbeit bisher nicht dazu gekommen, etwas zu besichtigen, aber meine Frau hat sich die lokalen Sehenswürdigkeiten angeschaut. Viele scheint es ja nicht zu geben«, erwiderte ich schlecht gelaunt, bevor ich zum Gegenschlag ausholte. »Für mich stellt sich eher die Frage, was Ihr Vater dort oben wollte. Besuchte er den *Jakkhu*-Tempel häufiger?«

Unser Gast machte eine wegwerfende Handbewegung. »Was sollte er dort, außer sich von den Affen anbetteln zu lassen?«

Diese Bemerkung zeigte zumindest, dass unser Gesprächspartner den Tempel wahrscheinlich aus eigener Anschauung kannte.

»Genau das würden wir gern herausfinden«, sprang Holmes in die Bresche. »Zum Beispiel erwähnte der Tempelwächter, dass Ihr Vater sich dort oben bereits zuvor umgeschaut hatte.«

Unser Gast zuckte nur mit den Achseln.

Doch es gab noch etwas, das mich beschäftigte. »Die Bücher meines Verwandten Edward sind grundsätzlich alphabetisch angeordnet, aber er hat auch immer wieder Ausnahmen gemacht«, sagte ich und blickte unseren Gast an. »Ist das auch in der Bibliothek Ihres Vaters der Fall?«

»Darauf habe ich nie geachtet, denn ich lese keine Bücher«, war die überraschend unwirsche Antwort.

»Vermutlich haben Sie Besseres zu tun«, entgegnete ich, mir einen bissigen Kommentar verkneifend.

»Das Leben schreibt die seltsamsten Geschichten. Da kann selbst der fantasievollste Romanautor nicht mithalten«, zitierte Holmes eine seiner Lieblingsthesen. »Trotzdem kann ich Ihnen versichern, dass Ihnen etwas entgeht, wenn sie völlig auf die Lektüre von Büchern verzichten.«

»Ich kann mir jedenfalls ein Leben ohne Bücher nicht vorstellen«, stimmte ich zu, erwähnte aber doch lieber nicht, dass ich von Hause aus eigentlich Buchhändler war.«

Unserem Besucher schoss das Blut ins Gesicht, und er blickte mich an, als ob ich ihn beleidigt hätte. »Für einen derartigen Quatsch habe ich keine Zeit. Das überlasse ich lieber meiner Frau. Sie ist eine richtige Büchernärrin.« Er sprach das Wort aus, als wäre es eine Geisteskrankheit, strich sich die Haare aus dem Gesicht und schloss einen Moment die Augen. Als er die Lider wieder hob, hatte er sich offensichtlich beruhigt. »Mister Sigerson, Mister Tristram«, begann er etwas umständlich. »Unsere Bekanntschaft hat unter keinem guten Stern angefangen. Aber jetzt ist wohl der Zeitpunkt gekommen, an dem wir das Kriegsbeil begraben sollten.«

Ich öffnete den Mund, um darauf hinzuweisen, dass er selbst die Feindseligkeiten begonnen hatte. Doch um des lieben Friedens willen überlegte ich es mir im letzten Augenblick anders.

»Ich wäre Ihnen sehr verbunden, wenn Sie nun in meinem Auftrag den Mörder meines Vaters suchen würden«, fuhr er nach einer kurzen Pause fort. »Ich weiß nicht, was für ein Honorar Sie mit ihm vereinbart haben …«

Holmes nannte seinen üblichen Satz, den unser neuer Klient offenbar für angemessen hielt, denn er versuchte nicht zu handeln. Auch bei der Ankündigung, dass wir nach Baschahr zu reisen gedachten, um mit einem Bekannten seines Vaters zu sprechen, zuckte er nicht mit der Wimper.

»Bei der Aufklärung eines Verbrechens muss man immer zuerst überlegen, wer ein Motiv und wer die Gelegenheit zur Tat hatte. Wir sollten uns also auch in diesem Fall fragen, wer einen Vorteil vom Tod Ihres Vaters hat. Der Inspektor hat völlig recht. Jeder hätte sich ein Gukha-Messer besorgen können, um mit dieser ungewöhnlichen Waffe die Polizei in die Irre zu führen«, sagte Holmes eindringlich.

»Ich bin bei der Armee und kann mir Waffen jeder Art beschaffen. Trotzdem bin ich nicht der Mörder«, erwiderte unser neuer Klient schon wieder leicht verärgert. »Aber was Ihre Frage betrifft: Niemand profitierte vom Tod meines Vaters.«

»Hatte er irgendwelche Feinde?«, erkundigte sich Holmes.

»Die englische Armee hat Feinde, aber kein unbedeutender Kunsthändler«, entgegnete der Offizier in einem besserwisserischen Tonfall.

»War Ihr Vater in letzter Zeit niedergeschlagen?«, fragte Holmes weiter, was der Sohn des Mordopfers ohne nachzudenken verneinte.

»Hat er Drohbriefe erhalten?«

»Natürlich nicht! Was für eine seltsame Vorstellung.«

»Vielleicht wusste er etwas, das dem Mörder gefährlich werden konnte. Oder er ist ihm sogar bei irgendetwas in die Quere gekommen«, erläuterte Holmes, der langsam die Geduld mit unserem gleichermaßen störrischen wie cholerischen Mandanten zu verlieren begann.

»Hat Ihr Vater Ihnen gegenüber seine Suche nach dem Yeti erwähnt?«, wagte ich schließlich zu fragen.

»Ständig. Außerdem hat er vage Andeutungen gemacht, dass seine nächste Veröffentlichung ein Meilenstein der Völkerkunde sein wird. Leider habe ich nicht nach Details gefragt, aber vielleicht meinte er endlich, tatsächlich einen Yeti gesichtet zu haben«, sagte unser Gast nachdenklich.

Holmes' Augenbrauen zogen sich zusammen, er konsultierte seine Taschenuhr, sprang dann von seinem Platz auf und schritt wortlos zum Fenster. Nachdem er eingehend hinausgeschaut hatte, drehte er sich wieder zu uns um. »Sie kennen doch bestimmt Mrs. Ryder, unsere Nachbarin?«, fragte er und bedeutete dem Offizier, sich zu ihm zu gesellen, was dieser erst nach kurzem Zögern tat.

»Woher sollte ich sie kennen? Mein Vater hat jedenfalls nie eine Mrs. Ryder erwähnt«, brummte er, bevor er einen versöhnlicheren Tonfall anschlug. »Sie kennen meinen Vater nur flüchtig. Er erweckte auf den ersten

Blick einen umgänglichen, geradezu jovialen Eindruck. Aber wenn es darauf ankam, war er ein knallharter Geschäftsmann.«

»Darf ich vielleicht fragen, welcher Art seine Geschäfte genau waren?«, erkundigte sich Holmes.

»Seit er in Indien wohnte, handelte er nur noch mit primitiver Kunst«, war die ausweichende Antwort.

Was mochte er wohl vorher verkauft haben? Moderne Gewehre, Rauschgift oder aufrührerische Schriften?

»Wenn Sie keine weiteren Fragen haben, möchte ich Ihre Zeit nicht weiter in Anspruch nehmen«, sagte Holmes unvermittelt und riss mich damit aus meiner Grübelei.

Klaglos, wenn auch mit irritierter Miene, ließ sich unser Besucher verabschieden und zur Haustür begleiten. Wahrscheinlich fragte er sich, warum man ihn in unser Haus eingeladen hatte. Unser Gespräch, das höchstens eine Viertelstunde gedauert hatte, hätten wir auch an jedem beliebigen anderen Ort führen können, was auch den Vorteil gehabt hätte, dass meine Frau sich nicht hätte zurückziehen müssen.

»Sie wollten doch den Terminkalender zurückgeben«, fiel mir ein, nachdem sich die schwere Holztür leise hinter unserem Besucher geschlossen hatte.

»Das habe ich bereits erledigt, als wir am Fenster standen. Der Kalender befindet sich in Mister Roundtrees Brieftasche. Zu Hause wird er glauben, dass er ihn aus Versehen eingesteckt hat.«

Polizisten, Richter und unbescholtene Bürger sollten dankbar sein, dass Holmes auf der richtigen Seite des

Gesetzes stand. Was für ein genialer Verbrecher wäre er geworden!

Wenige Minuten später hörte ich, wie die Tür aufgeschlossen wurde und Violetta eintrat.

»Hat Mrs. Ryder unseren Besucher wiedererkannt?«, erkundigte sich Holmes, was meine Frau jedoch verneinte.

»Sie behauptet, ihn noch nie in diesem Haus gesehen zu haben. Aber für meinen Geschmack hat sie das unangemessen heftig beteuert«, präzisierte Violetta und nahm ihren Strohhut ab. Offenbar hatte Holmes sie erneut als Informantin eingespannt.

»Was wohl heißt, dass sie ihn von anderswoher kennt«, folgerte er und zog seine Pfeife aus der Jackentasche.

Den restlichen Abend wandelte er umhüllt von Tabakqualm in der Bibliothek umher, während Violetta und ich lieber in der Stadt essen gingen.

15. Rampur

Eine Tagesreise in östliche Richtung brachte uns ins kleine Fürstentum Baschahr, das sich zu beiden Seiten des tief in das Gebirge hineingegrabenen Flusses Sutlej erstreckte. Viele Orte waren nur von der Fluss-Seite her leicht zugänglich. Auf halber Strecke zwischen Simla und Rampur überquerten wir auf einer alten Handelsstraße den 2708 Meter hohen Pass von Narkanda, wo uns winterliche Kälte entgegenschlug. Nachdem wir endlich wieder in tiefere Lagen gelangt waren, übernachteten wir in einer einfachen Poststation.

Am nächsten Tag fuhren wir an fruchtbaren Hängen und winzigen Dörfern vorbei, deren ärmliche Bewohner unserem Wagen ungläubig nachgafften. Auf den Terrassen mancher Häuser saßen Frauen mit rot-grünen Filzhüten, die auf traditionelle Weise spannen, indem sie ihre Spindel die Wände hinabgleiten ließen. Ab und zu sahen wir bunte Gebetsfahnen auf den Dächern von Klöstern und anderen Kultbauten flattern. Mit jeder Meile, die wir in diese exotische Welt vorstießen, erschien es mir weniger abwegig, dass der Yeti wirklich existierte. Vielleicht war Edward Tristram ja tatsächlich seiner Spur bis in die Hauptstadt von Baschar gefolgt und hatte sie dort verloren.

Am frühen Nachmittag erreichten wir endlich das am linken Ufer des Sutlej gelegene Rampur. Wie überall in der Region bestanden viele Gebäude aus sich abwechselnden Schichten von grob behauenem Naturstein und Zedernbalken. Meist waren sie von geschwungenen Dächern mit Schieferschindeln bekrönt. Hier gab es keine von Pferden gezogenen Kutschen mit Dienern auf dem Bock, sondern nur Ochsenkarren und Rikschas. Das Leben schien vor und nicht in den Häusern stattzufinden. Auch sonst wirkte das Straßenleben ziemlich indisch. Man sah alle Hautschattierungen von fast weiß bis dunkelbraun. Einige Gesichter wirkten tibetisch, andere nepalesisch oder indisch und wieder andere sogar fast kaukasisch. Trotzdem erregten wir mit unserer europäischen Kleidung überall Aufsehen, denn die meisten Einwohner Rampurs trugen die traditionellen Gewänder der Hindus und Buddhisten. Doch es waren auch einige Mohammedaner zu sehen.

Leider kostete es unseren Kutscher einige Mühe, jemanden zu finden, der seine eigene Sprache verstand. Nach Englisch wagte er gar nicht erst zu fragen. Der zahnlose, alte Aprikosenverkäufer, mit dem er schließlich sprach, kannte weder die Straße, in der der Pandit wohnte, noch konnte er uns darüber Auskunft geben, ob es in Rampur überhaupt ein Hotel gab. Davon waren wir bis dahin ausgegangen, denn in meinem Reiseführer stand, dass *der Landstrich von vielen englischen Touristen besucht wird, einzelne besitzen hier sogar Landhäuser.*

Erst im dritten Anlauf wurde uns wenigstens der Weg zu einem einfachen Gasthof gewiesen. Beim Anblick des Holzgebäudes, das rustikal zu nennen ein schamloser Euphemismus gewesen wäre, erwog ich ernsthaft, einen Protestbrief an die Redaktion meines Reiseführers zu schreiben. Wenigstens belasteten die Zimmer unsere Kasse nicht übermäßig, zumal es in Indien den schönen Brauch gab, Kutscher unentgeltlich übernachten zu lassen.

Nachdem wir unser Gepäck dem zweifelsohne im Hotel lebenden Ungeziefer zur Begutachtung überlassen hatten, machten wir uns auf den Weg zu Roy Singhs Haus.

»Ein Ring für die Gattin, Sahib, sehr billig und sehr schön!«, sprach uns gleich vor dem Gasthof ein junger Straßenhändler an, worauf Holmes ihn nach dem Weg fragte.

»Ich spreche Englisch, aber ich verstehe es nicht«, erhielten wir als Antwort, bevor der junge Mann wieder seine Ware anpries.

Auch sonst wurde auf den Straßen lebhaft Handel getrieben, weshalb wir keinen Mangel an potenziellen Gesprächspartnern hatten. Doch die Einheimischen schienen generell nur ein paar Brocken unserer Muttersprache zu beherrschen und die offiziellen Namen der Straßen nicht zu kennen.

»Bye, bye, eine Rupie«, wurden wir immer wieder von Kindern angebettelt. Wie ich später erfuhr, nannte man aus mir unbekannten Gründen in Rampur alle Europäer »bye«.

Ein Kesselflicker ratterte mit einer Karre voller Metallgegenstände über den Fahrweg, und wir fragten auch ihn vergeblich nach dem Weg. Aber schließlich begegnete uns ein englischer Beamter, und so erreichten wir mit seiner Hilfe doch noch die Straße, deren Name in Elliot Roundtrees Terminkalender notiert war.

»Wir möchten Roy Singh besuchen«, sprach Holmes einen barfüßigen Jungen an, der uns neugierig musterte und darüber seine beiden Kameraden vergaß, die nun ohne ihn lautstark Ball spielten.

Wortlos zeigte der Knabe auf einen kleinen Bau. Der abbröckelnde Putz und das vor Alter und Schmutz schwarze Holz der Haustür demonstrierten wieder einmal, wie wenig wissenschaftliche Arbeit offensichtlich einbrachte.

Bevor wir auch nur angeklopft hatten, zog ein kleiner, magerer Inder mit großen Ohren einen Türflügel auf. Er hatte weiche Gesichtszüge, doch seine entschlossenen, braunen Augen verrieten eine gewisse Härte. Wahrscheinlich wurde er häufig unterschätzt, was auch an seiner kuriosen und in einer nordindischen Kleinstadt völlig deplatzierten Kleidung lag: Zu einer europäischen Hose und einem Tweedsakko mit Lederflicken an den Ellbogen trug er eine schottische Balmoral-Mütze.

Bei unserem Anblick legte der Inder die Hände in Brusthöhe aneinander und begrüßte uns mit einer angedeuteten Verbeugung.

»Mister Sigerson und Mister Tristram?«, vergewisserte er sich dann.

Erleichtert registrierte ich, dass der Inder offenbar sehr gut Englisch sprach.

»Ja, das sind wir«, bestätigte Holmes. »Sie sind doch bestimmt Roy Singh?«

Im gleichen Augenblick eilte ein junger, auch für hiesige Verhältnisse magerer Diener herbei. Der Hausherr sagte – auf uns deutend – einige Worte in einer Sprache, die ich für Tibetisch hielt. Neugierig schaute ich durch die Tür und sah, dass auf dem Boden der schmalen Diele ein verblichener und recht abgetretener Läufer lag. Der Diener erwiderte etwas und eilte dann davon. Ich wollte lieber gar nicht wissen, wohin er verschwand und warum er es so eilig hatte.

»Aber treten Sie doch ein«, forderte Roy Singh uns endlich auf und ging voran.

Durch den engen, muffig riechenden Flur geleitete er uns in eine geräumige Küche, die dem Hausherrn wohl auch als Wohnzimmer diente. Dort nahmen wir auf rustikalen Holzstühlen mit hohen Lehnen Platz.

»Es ist sehr freundlich von Ihnen, dass Sie uns empfangen«, sagte Holmes in einem kultivierten Tonfall, der besser in einen Salon gepasst hätte.

»Schön ist es hier im Tal«, bemerkte ich, denn die meisten Menschen werden redseliger, wenn man ihre Heimat lobt.

»Es gefällt den meisten Engländern. Sie sollten sich allerdings nicht zu weit von den größeren Ansiedlungen entfernen. In manchen Regionen Baschahrs werden noch immer Menschenopfer dargebracht«, sagte unser Gastgeber im beiläufigen Plauderton. »Sie können doch bestimmt nach den Strapazen der Reise einen Tee vertragen?«, fragte er dann, obwohl es bereits weit nach fünf Uhr war.

Ohne Holmes' sicherlich abschlägige Antwort abzuwarten, ging der Inder zum Herd und blies in die Glut, die schnell entfacht war. In aller Seelenruhe stellte er einen zerbeulten Wasserkessel darauf, füllte pulverförmigen Tee in ein metallenes Teeei, hängte es in eine alte, emaillierte Blechkanne und goss kochendes Wasser darüber. Während der Tee zog, stellte er drei Becher fragwürdiger Sauberkeit und eine nicht dazu passende Zuckerdose auf die ungedeckte Tischplatte. Nach der Milch wagte ich lieber gar nicht erst zu fragen. Erst nachdem er das Teeei wieder herausgezogen und uns eingeschenkt hatte, nahm der Hausherr endlich am Küchentisch Platz.

»Wenn ich Sie richtig verstanden habe, sind Sie Kollegen von mir?«, fragte er dann mit unschuldiger Miene, obwohl ihm nicht entgangen sein konnte, dass Holmes während der Zubereitung des Tees ungeduldig auf seinem Stuhl hin und her gerutscht war.

»Mein Beruf ist das Enthüllen von Geheimnissen«, erklärte dieser nicht ohne Selbstgefälligkeit. »Zu Hause habe ich mich der Aufklärung von Kriminalfällen gewidmet. Nach Simla bin ich eigentlich gefahren, weil ich Lhasa besuchen möchte. Doch auch dort wurde ich unvermittelt mit dem Verbrechen konfrontiert.«

Der Inder, der gerade im Begriff war, Zucker in seinen Becher zu löffeln, hielt mitten in der Bewegung inne. »Ein kühnes Vorhaben«, bemerkte er und zog die Augenbrauen hoch, eine Geste, die er sich wohl von unseren Landsmännern abgeschaut hatte. »Doch bedauerlicherweise lässt man keine Europäer nach Tibet einreisen. Machen Sie sich also seelisch darauf gefasst, dass Ihre Reise ein abruptes Ende finden wird.«

»Haben Sie diese Auskunft auch Mister Roundtree gegeben?«, wollte Holmes wissen, dem noch immer die Geduld zum Teetrinken fehlte.

»Ich erteile Sie jedem Europäer, der glaubt, die tibetischen Beamten einfach bestechen zu können«, sagte unser Gastgeber mit einem verbindlichen Lächeln und goss sich Tee nach. »Es ist gar nicht so schwer, als Mönch der Gelbmützensekte, als nepalesischer Händler oder als Dorfmusiker verkleidet die Grenze zu überqueren. Aber die Schwierigkeiten fangen im Landesinneren erst richtig an. Um nur ein Beispiel zu nennen, sprechen Sie noch nicht einmal die Landessprache …«

Holmes unterbrach die Litanei, indem er einige fremdartige Laute ausstieß. Diesmal war ich sicher, dass es sich um Tibetisch handelte.

»Sie haben soeben ein gebratenes Wassertier bestellt«, korrigierte unser Gastgeber. »Im Ernstfall hätten Sie damit großen Unmut ausgelöst. Tibeter essen nämlich keinen Fisch, weil dem großen Buddha kurz vor seiner Erleuchtung Fische erschienen sein sollen.«

Wahrscheinlich hatte Holmes absichtlich eine falsche Vokabel verwendet.

»Ich sehe, ich sollte vor meiner Reise lieber bei einem guten Lehrer Sprach- und Landeskundeunterricht nehmen«, entgegnete er zerknirscht und bestätigte damit meine Vermutung.

»Darüber lässt sich reden«, sagte der Inder, der offenbar den Köder geschnappt hatte. Bei seiner offensichtlichen Armut konnte er es sich kaum leisten, auf Nebeneinkünfte zu verzichten.

»Und wie steht es mit Ihnen, Mister Tristram, möchten Sie ebenfalls nach Tibet reisen?«, sprach er mich unvermittelt an.

Leider war ich mir darüber selbst noch nicht im Klaren. Um Zeit zu gewinnen, trank ich einen Schluck meines Tees. Er erwies sich als noch dünner als der typisch englische Aufguss. Violetta hätte ihn nicht angerührt.

»Ich habe mich noch nicht entschieden, da meine Frau mich nach Indien begleitet hat«, antwortete ich dann ausweichend, bevor ich zu der Frage ansetzte, die mich schon die ganze Zeit beschäftigte: »Kannten Sie zufällig Edward Tristram?«

»Kennen wäre übertrieben. Als ich Anfang des Jahres zu Besuch in Simla war, habe ich mich kurz mit ihm unterhalten. Offiziell war er doch Teehändler?«, fragte er, was ich bestätigte. »Als er hörte, wo ich wohne, hat er mir zahlreiche Fragen gestellt, ohne auch nur zu erwähnen, warum ihn das alles interessiert hat. Sehr merkwürdige Fragen für einen Teehändler.«

Der Inder schien ein zäher Brocken zu sein. Er hätte zumindest erwähnen können, wie er die Bekanntschaft meines Verwandten gemacht hatte.

»Edward Tristram ist vor einigen Monaten gestorben, und ich bin nach Simla gereist, weil er mir sein Haus vermacht hat«, versuchte ich einen neuen Anlauf, auf die beiden Todesfälle zurückzukommen.

»Ich dachte mir schon, dass Sie ein Verwandter des Teehändlers sind, bei diesem seltenen Namen«, bemerkte unser Gastgeber unverbindlich.

»Sie sind einer der letzten Menschen, der Mister Roundtree lebend gesehen hat. Wahrscheinlich hat er sich an Sie gewandt, weil er nach Tibet reisen wollte«, behauptete Holmes, worauf der Gelehrte den Mund zum Widerspruch öffnete. »Bitte streiten Sie es nicht ab!«

»Nein, es war Mister Tristram, der die Grenze überqueren wollte. Mister Roundtree hingegen hat mich nach dem Tod seines Freundes besucht und die gleichen Fragen wie Sie gestellt«, entgegnete unser Gesprächspartner mit der größten Selbstverständlichkeit und schaute mich an. »Stand Mister Edward Tristram Ihnen sehr nahe?«

Am liebsten hätte ich ihn als meinen Onkel bezeichnet, doch Holmes hätte mich bestimmt verbessert. Zweifelsohne hatte er bereits den genauen Verwandtschaftsgrad aus unserer beider Handschriften geschlossen.

»Er war der Vetter meines Onkels. Leider kannte ich ihn kaum, da er früh nach Indien gezogen ist, während ich in Florenz lebe«, berichtete ich.

»Da die englische Sprache keinen exakten Ausdruck für diesen Verwandtschaftsgrad kennt, nennen wir ihn doch besser Ihren Onkel«, sagte der Inder nach kurzem Nachdenken, ein Vorschlag, den mir bekanntlich schon Mrs. Ryder gemacht hatte.

»Hat Mister Tristrams Onkel Ihnen einen Grund für seinen ungewöhnlichen Wunsch geäußert?«, griff Holmes den Faden auf.

»Zuerst hat er behauptet, sich für das geheimnisvolle Land und seine Religion zu interessieren. Dann hat er eher beiläufig erwähnt, dass ihn auf dem Rückweg eine weitere Person begleiten werde«, entgegnete unser Gastgeber im Tonfall eines strebsamen Schülers, der gelobt werden wollte.

Ich fragte mich, was Edward wohl vorgehabt hatte? Wollte er jemanden gewaltsam verschleppen, war er in eine Art von Menschenhandel verwickelt oder handelte es sich bei der mysteriösen Person gar um den Yeti?

»Ob er sich in eine Tibeterin verliebt hat und sie entführen wollte«, äußerte ich eine meiner Meinung nach weniger abwegige Vermutung.

»Wo sollte er ihr begegnet sein?«, fragte unser Gastgeber stirnrunzelnd. »Außerdem müsste er ihr nicht zur Flucht verhelfen. Tibeter können beliebig aus ihrem Land aus- und wieder einreisen. Nur Europäer lässt man nicht hinein.«

»Hat Mister Roundtree Sie mit meinem Onkel bekannt gemacht?«, wollte ich dann wissen.

»Nein, er hat mich auf einer Kunstausstellung angesprochen. Jemand hat ihm wohl gesagt, wer ich bin«, sagte unser Gastgeber und schlürfte genüsslich seinen dünnen Tee in sich hinein. Er schien völlig eins mit sich und der Welt zu sein und wirkte, als hätte er unsere Anwesenheit völlig vergessen.

»Man hat mir empfohlen, mich vertrauensvoll an Sie zu wenden«, brach Holmes schließlich mit einer aus der Luft gegriffenen Behauptung die Stille.

»Aber doch wohl kaum als Sprachlehrer«, wandte der Inder lächelnd ein.

»Als jemand, der das Unmögliche vielleicht doch möglich macht«, versuchte Holmes dem Gelehrten zu schmeicheln.

»Wenn Sie Wunder erwarten, sollten Sie besser beten«, sagte dieser, erhob sich langsam von seinem unbequemen Stuhl, ging in den Nachbarraum und kehrte kurz darauf mit einer kleinen tibetischen Gebetsmühle zurück.

»Vielen Dank für dieses Requisit. Es wird meinen Auftritt als Tibeter authentischer wirken lassen«, bemerkte Holmes sarkastisch.

»Ich weiß noch immer nicht, wie Sie sich eine Reise durch den Himalaya vorstellen«, sagte Mister Singh und schüttelte den Kopf. »Es gibt dort keine Grandhotels, gehobenen Restaurants, Teesalons oder Golfplätze.«

»Das ist mir wohlbekannt. Aber ich bin sicher, dass sich auch dort Menschen finden, die Fremde gegen Bezahlung beherbergen, ohne groß Fragen zu stellen, zumal ich viel Gutes über die Herzlichkeit und Gastfreundlichkeit der Tibeter gehört habe.«

Unser Gastgeber zuckte fatalistisch mit den Achseln, widersprach aber erneut. »Von Hause aus sind sie das durchaus. Doch die gesamte Bevölkerung ist in die Abwehr von europäischen Spionen einbezogen. Tibetern ist sogar bei Strafe verboten, Europäern etwas zu verkaufen.«

»Also brauchen wir einen sprachkundigen Begleiter«, stellte Holmes nachdenklich fest, bevor er die leidige Frage stellte, mit der ich bisher unsere Gesprächspartner erheitert hatte: »Haben sich Mister Roundtree oder Edward Tristram bei Ihnen nach dem Yeti erkundigt?«

Der Hausherr schaute uns einen Augenblick lang verblüfft an. »Ja, das haben sie. Aber von Ihnen habe ich die Frage wirklich nicht erwartet!«, bemerkte er dann, lehnte sich auf seinem Stuhl zurück und begann schallend zu lachen.

»Natürlich glaube ich nicht an dergleichen Humbug«, entgegnete Holmes sichtlich vergrätzt. »Doch Mister Edward Tristram und Mister Roundtree haben versucht, auf einem Gebirgspass den Yeti abzulichten – und jetzt sind sie beide tot. Der eine starb unter seltsamen Umständen im Gebirge, der andere wurde in der Nähe des *Jokkhu*-Tempels ermordet.«

Falls der Pandit über diese Neuigkeiten überrascht war, so ließ er es sich jedenfalls nicht anmerken. »Und jetzt glauben Sie, der Yeti habe die beiden umgebracht, weil er nicht abgelichtet werden wollte«, folgerte er mit einem süffisanten Lächeln.

»Was ich glaube, trägt nichts zur Sache bei. Aber wir haben den Auftrag angenommen, den Mord an Mister Roundtree aufzuklären, und der glaubte an die Existenz des Yeti. Vielleicht hat er sogar aus diesem Grund die beschwerliche Reise nach Rampur unternommen«, erwiderte Holmes sachlich, erhob sich rasch von seinem Stuhl und machte Anstalten, sich zu verabschieden.

Doch im gleichen Augenblick kam der junge Diener von vorhin mit einem Korb voller Lebensmittel zurück, den er auf der Anrichte abstellte.

»Sie brauchen natürlich einen zuverlässigen Begleiter, der den Weg kennt. Das ist sicherer, und außerdem kann Ihr Reisegefährte die Konversation übernehmen. Aber die Einzelheiten lassen sich am besten bei einem Imbiss besprechen«, sagte der Hausherr plötzlich so verbindlich, dass Holmes sich wieder auf seinen Stuhl sinken ließ.

Der Diener legte drei Gedecke, Teller und Becher auf den Tisch, mischte Salat mit Nüssen, Rosinen und Zwiebeln, schnitt einige Scheiben von einem großen Yakkäse ab, legte flache, trockene Sesambrotfladen neben die Teller und goss aus einem Tonkrug roten Wein in Becher.

»Wohl bekomm's«, wünschte uns der Hausherr und zeigte auf seinen Diener, der vor dem Herd auf weitere Weisungen wartete. »Die Sherpa glauben übrigens an die Existenz des Yeti. In einem Kloster in der Nähe des Mount Everest[8] wird sogar ein Skalp des legendären Bergmenschen gezeigt.«

»Tatsächlich«, sagte Holmes im Tonfall eines Wissenschaftlers, der eine wichtige Entdeckung gemacht hat.

»Meiner Meinung nach handelt es sich aber um das Fell einer Bergziege«, entgegnete der Pandit und hielt uns dann einen Vortrag über die glorreiche Vergangenheit seiner eigenen Familie, die viele brillante Pandits hervorgebracht hatte.

Nach dem Essen nahm er ein Lederetui von der Anrichte und bot uns Zigaretten an, was Holmes freudig akzeptierte. Noch immer waren die Details seiner Reise nach Tibet nicht zur Sprache gekommen, und langsam beschlich mich der Verdacht, dass der Inder unter vier Augen mit Holmes sprechen wollte.

Leicht verschnupft behauptete ich, noch etwas erledigen zu müssen, und verabschiedete mich. Wie ich schon befürchtet hatte, versuchte niemand mich aufzuhalten. Kaum hatte ich das Haus verlassen, hörte ich bereits durch das Fenster eine angeregte Unterhaltung.

Ein Spaziergang am Flussufer verschaffte mir Zeit zum Nachdenken, doch leider kam ich zu keinem Entschluss. Wenn ich ehrlich war, wusste ich nicht, ob ich tatsächlich mit Holmes Tibet besuchen wollte. Unschlüssig machte ich mich auf den Rückweg und bemerkte, dass sich die Sonne dem Horizont näherte. Ich

---

[8] Im Kloster Khumyung.

war also gut beraten, mich zu beeilen, denn in Rampur gab es keine Gaslampen wie in Simla.

Als ich das Gasthaus betrat, schlief der Pförtner, den Kopf auf die Theke gesunken und leise schnarchend. Ich weckte ihn nicht, sondern holte selbst meinen Zimmerschlüssel vom Brett. Dichte Rauchschwaden im Flur waren ein untrügliches Zeichen dafür, dass Holmes bereits vor mir eingetroffen war. Ich klopfte an seine Zimmertür und wurde augenblicklich hereingebeten.

Holmes lagerte auf dem Bett, die Beine angezogen und den Rücken gegen die Wand gelehnt, im Mund seine unvermeidliche Pfeife. Ich ließ mich auf den einzigen Stuhl sinken, der noch nicht mit allerlei Kleidungsstücken belegt war, und wollte schon eine Frage stellen, doch diesmal begann Holmes erstaunlicherweise von sich aus zu erzählen.

»Das war harte Arbeit. Sie glauben nicht, was ich mir alles anhören musste, bevor ich endlich eine nützliche Information erhielt«, verkündete er und griff sich mit einer theatralischen Geste an den Kopf. »Roy Singh behauptet zwar, nur der Wissenschaft zu dienen, aber ich falle nicht auf sein Gerede vom Fortschritt und von neuen Erkenntnissen herein. In Wahrheit ist er nur Pandit geworden, weil es in seiner Familie Tradition hat. Er ist ein Egozentriker, der sich ausschließlich für sich selbst interessiert. Vorgetäuschte Bescheidenheit ist eine besonders üble Form der Eitelkeit.«

Auch er selbst war nicht frei davon, wie diese – für seine Begriffe sehr lange – erboste Rede zeigte.

»Und was haben Sie herausgefunden?«, erkundigte ich mich, während ich den Zigarettenrauch von mir wegwedelte.

»Nachdem ich eine ganze Stunde lang seine Ergüsse angehört habe, erwähnte er, dass Ihr Onkel sich danach erkundigt habe, wo sich die Klöster der Pupurmützen-Sekte befinden.«

Und das sollte wirklich alles gewesen sein? Meine Enttäuschung über diese ernüchternde Antwort war so groß, dass der Ärger über den Pandit erneut in mir hochstieg. »Warum wollte sich dieser eingebildete Mensch eigentlich unter vier Augen mit Ihnen unterhalten?«, fragte ich eingeschnappt.

»Weil Sie sich nicht für den tibetischen Lamaismus interessieren.«

»Das habe ich auch nie behauptet!«, polterte ich los. »Muss man sich hierzulande für Geheimlehren erwärmen, um den Tod eines Verwandten aufzuklären?«

»Nehmen Sie das bitte nicht persönlich, aber Sie sind ein schlechter Schauspieler«, sagte Holmes unnachsichtig. »Und was mich betrifft, so interessiere ich mich tatsächlich für fernöstliche Religionen.«

Das passte überhaupt nicht zu dem Bild eines hochgradig rationalen Menschen, das ich mir bisher von Holmes gemacht hatte.

»Ich hoffe, Roy Singh hat Ihnen gesagt, wo diese Klöster liegen?«, erkundigte ich mich, und Holmes nickte.

»Es ist ein sehr kleiner Orden, der nur drei Niederlassungen hat.«

»Werden wir sie nacheinander besuchen?«

»Das wird vorerst nicht nötig sein«, beruhigte mich Holmes, der offenbar den alarmierten Unterton in meiner Stimme bemerkt hatte. »Ich habe den Pandit damit beauftragt, sich bei den Äbten dieser Klöster danach zu erkundigen, ob in einem von ihnen ein Mönch lebt, der aus Europa oder aus Indien stammt. Roy Singh hat den Auftrag sofort akzeptiert, was zeigt, dass er fast jede Arbeit annimmt. Derartige Männer sind gefährlich.«

»Sie glauben, dass mein Onkel in Begleitung eines Mönchs aus Tibet zurückkehren wollte?«, fragte ich. Da nun auch Holmes ihn so nannte, beschloss ich, bei dieser Bezeichnung zu bleiben.

»Immerhin hat er sich nach Klöstern eines bestimmten Ordens erkundigt«, entgegnete dieser mit mildem Tadel und begann, den Tabak seiner inzwischen erloschenen Pfeife in die leere Waschschüssel zu klopfen. »Der Pandit soll aber als Grund für seine Frage angeben, dass ich jemanden suche, mit dem ich mich in meiner Muttersprache über das Klosterleben in Tibet unterhalten kann. Roy Singh wird die Antworten der Äbte ins Englische übersetzen und mir dann nach Simla schicken. Dank des ausgezeichneten englischen Postwesens können wir also morgen nach Simla zurückkehren, was Mrs. Tristram bestimmt begrüßen wird.«

Auch ich war über diese Neuigkeit sehr erfreut. Gut gelaunt verließ ich das verräucherte Zimmer und ging zur Rezeption, wo ich den Portier weckte, um ihm unseren bevorstehenden Aufbruch anzukündigen. Auch dem Kutscher ließ ich die gute Nachricht übermitteln.

16. Der unfreundliche Nachbar

Noch immer etwas von der Reise mitgenommen, saß ich am Tag nach unserer glücklichen Rückkehr im Salon meines neuen Hauses und las die Morgenzeitung. Holmes war schon früh aufgebrochen, und Violetta war zum Einkaufen in die Stadt gegangen, wobei ich mich fragte, warum sie nicht Uma damit beauftragt hatte. Wahrscheinlich kam sie mit irgendeinem unvorteilhaften englischen Kleidungsstück heim, wie das Khakikleid aus Bombay, oder sie ließ sich etwas Landestypisches andrehen, wie diesen viel zu bunten Beutel. Bisher hatte ich mich davor gedrückt, mit ihr darüber zu sprechen, dass ich mit dem Gedanken spielte, Holmes nach Tibet zu begleiten. Aber ich wusste, irgendwann musste ich es tun – und dieser Gedanke bereitete mir Magenschmerzen.

Auf Seite drei meiner Zeitung fand ich einen wenig substanziellen, aber erstaunlich langen Artikel über den Mord an Mister Roundtree. Man sprach von der Möglichkeit eines Ritualmords, doch mir schien es eher eine Exekution gewesen zu sein. Ein Offizier kam zu Worte und vermutete, der Mörder könne ein Gurkha-Krieger sein, der in der Kolonial-Armee gedient habe und nach seiner unehrenhaften Entlassung wahllos Engländer ermorde – und zwar vorzugsweise in der Nähe von hinduistischen Kultbauten. Es gab noch weitere spinnerte Thesen, doch leider wurden keine Fortschritte bei den polizeilichen Ermittlungen erwähnt. Die Tatsache, dass dennoch nach so langer Zeit immer noch darüber spekuliert wurde, bewies, wie selten in Simla ein Verbrechen verübt wurde.

Ich blickte von der Morgenzeitung hoch und dachte über unseren Kriminalfall nach. Irgendwie gelang es mir nicht, eine Verbindung zwischen der Reise meines Verwandten nach Rampur und dem Verbrechen vor dem *Jokkhu*-Tempel herzustellen. Und warum hatte man Mister Roundtree ausgerechnet dorthin gelockt? Nur, weil der Kultbau etwas abseits des innerstädtischen Trubels lag, oder hatte der Ort für den Ermordeten oder vielleicht auch für den Mörder irgendeine Bedeutung gehabt?

Aus der Ferne erklang der Ruf: »Gebrauchte Kleider!«

Neugierig schaute ich aus dem Fenster und bemerkte einen vom Alter gebeugten, in Lumpen gekleideten Greis, der mühsam durch die Straße schlurfte. Auf seiner rechten Schulter lag eine lange Stange, an der abgenutzte Kleidungsstücke hingen, die nur wenig besser als seine eigenen aussahen. Der Gebrauchtkleiderhändler war dabei, sich durch unsere Straße zu arbeiten, und war gerade am übernächsten Haus angelangt, wo ihn ein Hausmädchen mit weißer Haube am Gartenzaum abzuwimmeln versuchte.

»Gebrauchte Kleider«, rief der Händler nochmals mit klagender, leicht krächzender Stimme, doch das Mädchen ließ ihn gar nicht erst an die Haustür herankommen.

Als er seinen Weg fortsetzte, senkte ich meinen Blick wieder auf das Morgenblatt. Im Feuilleton fand ich einen Artikel über das *Gaiety*-Theater in Simla, der meine Aufmerksamkeit auf sich zog. Ich hatte daher den Hausierer völlig vergessen, als jemand etwa eine halbe Stunde später vehement an die Haustür pochte. Vielleicht hatte Violetta ihren Schlüssel vergessen, dachte ich und eilte die Treppe hinunter, doch noch bevor ich das Erdgeschoss erreichte, klopfte es nochmals, zuerst zweimal laut, dann noch zweimal, aber etwas leiser. Auf diese Weise hatte sich Violetta noch nie bemerkbar gemacht. Während ich zur Tür schritt, beschloss ich, in den nächsten Tagen eine Sicherheitskette anbringen zu lassen.

Vorsichtig öffnete ich die Tür einen Spaltbreit und schaute in das von Falten zerfurchte Gesicht des Kleiderhändlers, das bei meinem Anblick einen erwartungsvollen Ausdruck annahm.

»Damen- und Herrenkleidung, alles beste Qualität«, krächzte er leise.

»Es tut mir leid, aber wir brauchen nichts«, beteuerte ich und wurde im nächsten Moment von schlechtem Gewissen geplagt. Wer konnte wissen, welch schweres Schicksal hinter dem entwürdigenden Broterwerb des alten Mannes stecke. Hastig kramte ich in meiner Jackentasche nach etwas Kleingeld, als mich die zerlumpte Gestalt erneut ansprach.

»Wollen Sie mich nicht endlich hineinlassen?«, hörte ich Holmes' leicht belustigte Stimme fragen.

Obwohl ich wusste, dass er ein hervorragender Schauspieler war, fiel ich immer wieder auf seine Maskeraden herein.

Mit einer einladenden Geste trat ich aus dem Weg. »Haben Sie wenigstens ein paar Ihrer Lumpen veräußert?«, erkundigte ich mich, nachdem Holmes eingetreten war und ich die Haustür hinter ihm geschlossen hatte.

Der Meisterdetektiv ließ sein schweres Kleider-Bündel mitsamt der Stange achtlos auf den Boden sinken, wo es mit einem dumpfen Schlag landete. Dann streckte er sich und nahm allmählich seine nicht unbeträchtliche Körperlänge wieder an. »Leider nicht ein einziges Stück. Noch nicht einmal die Dienstboten haben es in dieser Straße nötig, gebrauchte Kleidung zu kaufen. Ansonsten war meine Mission aber ein voller Erfolg. Es ist genau, wie ich vermutet habe«, verkündete er, während Uma herbeieilte und die Requisiten mit gerümpfter Nase aufsammelte.

Mit einem entschuldigenden Lächeln in ihre Richtung folgte ich Holmes, der inzwischen seine Lumpen abgelegt hatte und sich anschickte, die Treppe zum Salon hinaufzusteigen. Dort ließ er sich auf den bequemsten Sessel fallen und begann seelenruhig seine Pfeife zu stopfen. Ungeduldig wartete ich, bis sie endlich brannte, bevor ich mich danach erkundigte, was »genau wie erwartet« war.

»Der Gärtner des Hauses schräg gegenüber hat vor ein paar Monaten mitbekommen, dass Ihr Verwandter sich plötzlich für buddhistische Klöster interessierte.«

»Sie meinen den Gärtner des unfreundlichen Patrons, der mich immer feindselig anstarrt und dann wortlos in sein Haus verschwindet?«, fragte ich erbost, was Holmes bestätigte. »Sie haben nicht zufällig auch herausgefunden, welche Laus diesem grässlichen Menschen über die Leber gelaufen ist?«

»Selbstverständlich habe ich das«, sagte Holmes und zog genüsslich an seiner Pfeife. »Der Kutscher der Familie Ryder hat mir erzählt, dass der von Ihnen wenig geschätzte Nachbar gern Ihrem Onkel das Haus abgekauft hätte, aber der hat das Angebot abgelehnt.«

Irritiert ließ ich meinen Blick durch den Raum schweifen, der mir in diesem Augenblick so schäbig erschien, wie es der junge Mister Roundtree empfunden hatte. Doch auf einmal war mir alles klar.

»Er hat den armen Edward ermordet, weil er um jeden Preis dessen Haus haben wollte. Auch wenn mir schleierhaft ist, warum er so erpicht darauf war«, entfuhr es mir. »Ich werde diesem ... Wie heißt er eigentlich?«

»Hugh Norrington. Er ist Anwalt. Nach Auskunft seines Kutschers hat er geargwöhnt, dass der Teehandel Ihres Verwandten nur eine Tarnung für irgendetwas Gesetzeswidriges war. Trotzdem hat er Edward Tristram selbst einen Ermittlungsauftrag erteilt«

»Dann ist dieser Mister Norrington womöglich am Tod meines Onkels schuld«, protestierte ich außer mir vor Wut.

»Er hat ihn bestimmt nicht beauftragt, nach Tibet zu fahren. Es handelte sich bei Mister Norringtons Auftrag wohl nur um eine Kleinigkeit«, widersprach Holmes.

»Außerdem frage ich mich, warum er das Haus kaufen wollte«, schimpfte ich weiter. »Sein eigenes macht einen viel solideren Eindruck!«

»Leider hat er versäumt, dies mit seinem Kutscher zu besprechen. Was der Fuhrmann aber mitbekommen hat, ist, dass sich sein Arbeitgeber ungebetenen Besuchern gegenüber manchmal verleugnen lässt, wie übrigens auch Mister Ryder. Er ist nämlich gar nicht so oft außer Haus, wie Mrs. Ryder immer behauptet.«

»Vielleicht hat der Anwalt eine Leiche auf dem Gelände begraben, bevor das Grundstück bebaut wurde, und nun hat er Angst, dass man ihm auf die Schliche kommt«, schlug ich vor, denn inzwischen traute ich diesem Mister Norrington alles zu.

»Oder der Jurist ist ein Prinzipienreiter, der Angst hatte, dass vor seiner Haustür illegale Geschäfte getätigt werden«, entgegnete Holmes und blies einen Rauchkringel in die Luft.

»Dann hätte er nach dem Tod meines Verwandten das Kriegsbeil begraben«, hielt ich dagegen, was Holmes zu einem Schulterzucken veranlasste. Es wäre auch zu schön gewesen, wenn er mir zugestimmt hätte.

»Oder er findet das Haus so hässlich, dass er den Anblick nur schwer erträgt. Wenn er hingegen das Gebäude bewohnt, muss er es nicht mehr sehen«, schlug ich nach einer Weile halbherzig vor, als mir bei dem Gedanken von Holmes' Maskerade plötzlich etwas einfiel. »Als mein Onkel an diesem unglückseligen Tag in die Berge aufgebrochen ist, hatte er doch zwei Garnituren Kleidung in unterschiedlichen Größen bei sich. Die überzähligen Stücke waren wohl für seinen zukünftigen Begleiter bestimmt. Es ist nur seltsam, dass er zu Fuß losmarschiert ist, statt mit einem Wagen in die Nähe der Grenze zu reisen.«

»Es stellt sich also die Frage, ob Mister Tristram dieser zweiten Person – wie ich vermute, handelt es sich um einen Mönch – helfen oder sie wider dessen Willen über die Grenze bringen wollte. In beiden Fällen könnte er im Auftrag eines Klienten gehandelt haben«, fasste Holmes zusammen.

»Und sein Mörder hatte etwas dagegen«, ergänzte ich.

»Das war ihm so wichtig, dass er nicht vor einem zweiten Mord zurückschreckte, den er nicht noch einmal wie einen Unfall erscheinen lassen konnte«, ergänzte Holmes zu meinem Erstaunen, denn ich war auf den Hinweis gefasst, dass nicht sicher sei, dass es tatsächlich Mord war.

Die nächsten Tage vergingen ohne besondere Vorkommnisse, wenn man davon absah, dass mir Mister Norrington von gegenüber bei jeder unserer leider unvermeidlichen Begegnungen unsympathischer wurde. Auch Mister Ryder, den ich zum ersten Mal durch das Fenster erblickte, schien weniger liebenswürdig als seine Frau zu sein. Ich hatte das unbestimmte Gefühl, meinen Nachbarn von irgendwoher zu kennen, konnte ihn aber nicht recht einordnen. Wahrscheinlich irrte ich mich, denn er sah mit seinem kantigen Gesicht wie ein typischer Engländer aus.

Holmes kümmerte sich nicht um seine Umgebung, sondern verbrachte viele Stunden am Tag im Bibliothekszimmer und schmökerte in den volkskundlichen Werken herum. Er ging aber nicht systematisch vor, sondern nahm anscheinend wahllos das eine oder andere Buch in die Hand, las ein paar Seiten und stellte es kurze Zeit später wieder auf das Regalbrett zurück.

Ich hatte unsere Reise nach Rampur schon fast vergessen und den Mord an Mister Roundtree innerlich ad acta gelegt, wenn auch mit schlechtem Gewissen, als Holmes eines Morgens die Küche betrat. Es war erst acht Uhr, doch nach seinen geröteten Wangen zu schließen hatte er zu dieser frühen Stunde bereits einen ausgedehnten Spaziergang unternommen, während Violetta und ich noch am Frühstückstisch saßen.

»Das habe ich eben im Briefkasten gefunden«, sagte er, zog einen Brief aus der Tasche seiner dunklen Jacke und zeigte mit bedeutungsvoller Miene auf den Absender.

Mein Herz machte vor Aufregung einen Sprung, als ich Roy Singhs Namen las.

»Den Brief hat der indische Gelehrte geschrieben, den wir neulich in Rampur besucht haben«, erläuterte ich meiner Frau, deren Anwesenheit Holmes kaum zu bemerken schien.

Ich war froh, dass sie nicht das Gesicht verzog, sondern nur nickte und sich dann eines der Mandelhörnchen nahm, die Uma ganz vortrefflich gelangen.

Holmes ließ sich auf einem Stuhl nieder, riss den Brief hastig auf. Seine Augen wanderten flink über den Text hin und her, bis er endlich vorzulesen begann: »*Ich habe die Äbte der drei Klöster angeschrieben. Zwei von Ihnen haben mir bedauernd mitgeteilt, dass alle Mitglieder ihrer Gemeinschaft aus der näheren Umgebung stammen.*«

»Und der dritte Abt hat einen positiven Bescheid gegeben?«, fragte ich aufgeregt, schob meinen Teller beiseite und beugte mich über den Tisch.

»Nein, er hat überhaupt nicht geantwortet, und Roy Singh hat daraus den richtigen Schluss gezogen«, entgegnete Holmes, bevor er den nächsten Satz vorlas: »*Obwohl Sie Ihre Frage sehr allgemein formuliert haben, gehe ich doch davon aus, dass Sie sich für die Person interessieren, die bereits Mister Tristram gesucht hat. Die Reaktion des Abtes lässt vermuten, dass besagte Person sich wohl in letztgenanntem Kloster aufhält.*«

»›Besagt‹ und ›letztgenannt‹ sind wirklich grässliche Wörter. Dieser Pandit hat wohl unsere Muttersprache in einer Behörde gelernt«, beschwerte ich mich und lehnte mich wieder zurück.

»*Zu dieser Einschätzung passt, dass man über dieses Kloster munkelt, man sei dort nicht allzu wählerisch bei der Auswahl seiner Novizen*«, zitierte Holmes weiter und deutete auf das Schreiben, als wollte er es in den Zeugenstand rufen.

»Man hält sie wider ihren Willen fest?«, entfuhr es mir, und ich richtete mich auf meinem Stuhl auf.

Auch Violettas Gesicht hatte einen empörten Ausdruck angenommen

»Das glaube ich nicht. Aber es akzeptiert wohl Kandidaten, die nicht für das Klosterleben geeignet sind. In Tibet gibt es nämlich eine Mönchssteuer, die manche Bauern an ihre Landarbeiter delegieren, indem sie deren Söhne statt ihre eigenen ins Kloster schicken«, überlegte Holmes, und mich überraschte, dass er so gut Bescheid wusste. »Was ich aber bedenklich finde, ist, dass Roy Singh weiß, was man in Tibet so munkelt.«

»Er ist eben ein Gelehrter«, entgegnete ich belustigt, doch mir verging das Lachen, als Holmes meine Frau ernst anblickte.

»Mrs. Tristram, ich fürchte, ich muss Ihren Gatten nochmals für ein paar Tage entführen«, sagte er, was

– wie sich herausstellen sollte – eine schamlose Untertreibung war. »Wir haben nämlich durch die zeitraubende Korrespondenz schon viel zu viel Zeit verloren. Ich würde daher gern gleich morgen früh nach Rampur aufbrechen. Roy Singh, der auch das vorhergesehen hat, schreibt, dass er bereits mit der Vorbereitung unserer Reise begonnen hat.«

Es ärgerte mich, dass Holmes nicht mich, sondern Violetta um ihre Einwilligung bat. Schließlich war ich kein Gepäckstück, das man bei seinem Besitzer auslieh. Doch ich war derart erleichtert, dass meine Frau keine Einwände äußerte, dass auch ich mich nicht beschwerte.

»Das bin ich meinem Onkel Edward schuldig«, sagte ich, um an Violettas ausgeprägten Familiensinn zu appellieren, und erhob mich vom Frühstückstisch.

»Was nimmst du alles mit?«, fragte meine Frau mit halb liebevollem und halb missbilligendem Gesichtsausdruck.

Sie kümmerte sich stets um mein Reisegepäck, wohl in der Sorge, ich würde nicht genügend warme Kleidungsstücke mitnehmen.

»Der Inhalt des Koffers, den Sie auf dem Dachboden gefunden haben, dürfte geeignet sein. Und vergessen Sie nicht die Pistole, die Sie in der Küche in der Zuckerdose versteckt haben«, entgegnete Holmes statt meiner, und ich fragte mich, woher er das wusste.

Auch gab es mir zu denken, dass ich mich bewaffnen sollte. Es war nämlich typisch für Holmes, dass er, wenn er eine heiße Spur verfolgte, weder an seine eigene Sicherheit noch an die seiner Helfer dachte. Die Tatsache, dass er mich bat, einen Revolver mitzunehmen, zeigte, dass er unseren Gegner für äußerst gefährlich hielt. Zu Holmes' Schrullen gehörte, dass er eine ausgeprägte Abneigung gegen Schusswaffen hatte, denn er führte selbst bei riskanten Missionen keine Waffe mit sich. Dass es daran lag, dass er nicht schießen konnte, hielt ich für ausgeschlossen, denn wie jeder englische Gentleman, der etwas auf sich hielt, war Holmes ausgesprochen sportlich.

17. Tibet

Ich hätte lügen müssen, um zu behaupten, dass ich mich auf ein Wiedersehen mit Rampur freute, und tatsächlich fand ich das Städtchen mit seinen Holzbauten genauso trostlos wie bei unserem ersten Besuch. Nur der Blick auf die grandiose Bergwelt versöhnte mich wenigstens etwas mit den ungepflasterten Wegen. Unterwegs hatte ich mich immerzu gefragt, mit welcher Verkleidung wir wohl die tibetischen Grenzposten täuschen konnten. Holmes überragte jeden Einheimischen um Haupteslänge, und meine Augen waren zu hell, um als Asiat durchzugehen, von den mangelnden Sprachkenntnissen ganz zu schweigen.

Wir stiegen in demselben Gasthof wie das letzte Mal ab, schon weil es vermutlich keinen anderen gab. Nachdem wir den Kutscher entlohnt und unser Gepäck im Gästezimmer abgestellt hatten, begaben wir uns auf kürzestem Weg zur Wohnung des Pandits.

Der Diener ließ uns ein, ohne Fragen zu stellen, und wir fanden den Hausherrn über eine Schriftrolle gebeugt, die mit fremdartigen Schriftzeichen bedeckt war. Er trug die gleiche schottische Aufmachung wie bei unserem ersten Besuch. Als er uns sah, erhob er sich leichtfüßig von seinem Stuhl, um uns zu begrüßen.

»Womit beschäftigen Sie sich gerade?«, wollte Holmes wissen und versuchte, einen Blick auf die Schriftrolle zu erhaschen.

»Das ist ziemlich komplex«, entgegnete Roy Singh mit einem verbindlichen Lächeln, das im Widerspruch zu seiner unhöflichen Antwort stand, und rollte das Dokument zusammen.

War der Pandit in dunkle Geschäfte verwickelt, oder glaubte er, wir seien zu dumm oder zu ungebildet, um es zu verstehen?

Holmes trat einen Schritt vor, um eine Hängerolle genauer zu betrachten, die neben dem Schreibtisch an der Wand hing. Das zentrale Bild zeigte in naiver, zweidimensionaler Darstellung eine Ansammlung von Häusern und zahllose, winzige Menschen.

»Das ist eine Pilgerkarte der heiligen Stadt Lhasa«, kam unser Gastgeber einer Frage zuvor.

»Die tibetische Hauptstadt ist ja weit größer, als ich dachte«, murmelte Holmes sichtlich fasziniert.

»Lhasa hat angeblich dreißigtausend Einwohner. Zwei Drittel davon sind Mönche. Im Vordergrund sieht man den Flusslauf des Nyamo mit der überdachten Türkisbrücke«, sagte unser Gastgeber in einem schulmeisterlichen Tonfall und deute auf eine blaue Linie. »Wenn buddhistische Feste gefeiert werden, ist die Stadt mit Pilgern überfüllt, und so verhält es sich auch mit den Klöstern. Das ist überall in Tibet so. Daher trifft es sich gut, dass in dem Kloster, das Sie besuchen möchten, bald mehrtägige Feierlichkeiten stattfinden werden.«

»Das habe ich bereits Mister Tristrams Büchern entnommen«, behauptete Holmes und erkundigte sich dann nach den genauen Modalitäten unserer Reise.

»Am besten Sie lassen sich überraschen. Derartige Expeditionen verlaufen selten wie geplant«, sagte Roy Singh mit einem geheimnisvollen Lächeln, womit er leider nur allzu recht behalten sollte.

Bereits am folgenden Morgen brachen wir auf – und zwar zu Fuß. Aber uns standen wenigstens drei Maultiere zur Verfügung, um Zelte, Schlafsäcke, Kleidung, Gerste für die Tiere und Lebensmittel für uns zu transportieren. Unser zukünftiger Reisegefährte hatte uns mit einer unauffälligen und praktischen Reisekleidung im Stil der Einheimischen ausgestattet, die aus weiten Hosen, einem Umhang und einem breitkrempigen Hut bestand. Ich war innerlich nicht auf lange Fußmärsche eingestellt gewesen, hatte aber als eingefleischter Städter nicht bedacht, dass Kutschen nur auf einigermaßen ebenen Wegen fahren konnten. Doch der Karawanenweg nach Tibet entpuppte sich als schmaler, nur durch ein hölzernes Handgeländer gesicherter Pfad, der an schroffen Abgründen entlangführte, die einladend für jeden Lebensmüden gewesen wären. Unten im Tal brachten die Bergbewohner gerade die Aprikosenernte ein, was sie aber nicht davon abhielt, uns hinterherzustarren.

Als die Dämmerung einsetzte, mussten wir mit einer schäbigen Herberge in einem winzigen Dorf vorliebnehmen. Der Wirt, ein fetter Inder, der erstaunlicherweise etwas Englisch sprach, geleitete uns zu einer Flucht von winzigen Zimmern im Obergeschoss und öffnete eine Tür. Die wenigen Möbelstücke im Raum waren aus dunklem Holz, und vor dem Fenster hingen karierte Vorhänge mit grünen Troddeln. Das Dach der Herberge schien dicht zu sein, die Fenster schlossen einigermaßen, und auf einer wackligen Kommode stand eine emaillierte Waschschale mit passendem Wasserkrug. Mehr konnte man von einem Wirtshaus am Ende der Welt nicht erwarten.

»Das gefällt mir gar nicht. Haben Sie keinen tiefer gelegenen Raum?«, beschwerte sich dennoch Roy Singh, nachdem er einen flüchtigen Blick hineingeworfen hatte.

»Wir können uns gern einen anderen Raum ansehen«, entgegnete der Wirt mit einer Zuvorkommenheit, die mich vermuten ließ, dass die Geschäfte schlecht gingen. Er mochte Ende fünfzig sein, wurde langsam grau und sah aus, als würde er seine Frau und seine Kinder herumkommandieren.

Wir stiegen wieder ins Erdgeschoss hinab, wo der fette Wirt uns ein weiteres Zimmer aufschloss, dessen Einrichtung der des anderen Raums glich.

»Das ist akzeptabel«, willigte Roy Singh ein, bevor er sich endlich daran erinnerte, dass er nicht alleine war. »Wenn es Ihnen nichts ausmacht, können Sie zwei der Räume im Obergeschoss nehmen«, bot er uns leicht verlegen an, und Holmes nickte, ohne die Miene zu verziehen.

»Für mich sehen die Zimmer gleich aus«, gab ich zu bedenken.

»Aber für mich nicht, ich möchte morgens die ersten Strahlen der Sonne begrüßen«, behauptete unser Begleiter, und ich verkniff mir nur mühsam den Kommentar, dass dafür ein höher gelegener Raum besonders geeignet sei.

Kopfschüttelnd begab ich mich auf das Zimmer, in das man bereits mein Gepäck gebracht hatte, und schaute aus dem Fenster hinaus auf ärmliche Dächer und graue Wände. Genau der gleiche Ausblick hatte sich auch aus dem Fenster im Erdgeschoss geboten. Sie lagen also auf derselben Seite des Gebäudes. Ich dachte an Holmes und seine diversen Schrullen und fragte mich, ob alle Gelehrten etwas wunderlich waren. Vielleicht wollte Roy Singh aber auch nur herausstreichen, wer unsere kleine Reisegruppe leitete.

In der Schankstube brannten auf den erstaunlich zahlreichen Tischen Kerzen auf leeren Whisky-Flaschen, und das Essen schmeckte, als wäre es zweimal aufgewärmt worden. Nach dem dürftigen Abendmahl ging ich auf mein Zimmer und stellte fest, dass das Bett so altersschwach war, dass es schwankte. Trotzdem forderte der ungewohnte Fußmarsch seinen Tribut, und ich nickte augenblicklich ein. Doch bereits eine halbe Stunde später wurde ich von einer zugeschlagenen Tür unsanft aus dem Traum gerissen. Gelächter und laute Stimmen drangen durch Tür und Wände und ließen mich nicht zur Ruhe kommen. Da sich der Gasthof nicht in einer Stadt und noch nicht einmal in einem Dorf befand, in dem unter anderem auch Engländer lebten, kümmerte man sich offenbar im Schankraum nicht um die Sperrstunde. Nach einer Weile meinte ich im allgemeinen Krach Roy Singhs tiefe Stimme auszumachen, der wohl ebenfalls um seinen Schlaf gebracht worden war.

»Es schien mir, als ob der Pandit gestern mit den Einheimischen einen getrunken hat«, raunte ich am nächsten Morgen Holmes zu, als Roy Singh außer Hörweite war.

»Das ist auch mir nicht entgangen, und es gefällt mir ganz und gar nicht«, entgegnete er – eine Antwort, die mich nicht gerade beruhigte.

Der nächtliche Lärm erwies sich jedoch nur als kleiner Vorgeschmack auf die vielen jämmerlichen Unterkünfte, die noch folgen würden. Die Dörfer lagen oft so weit auseinander, dass wir nicht immer bei ihren Bewohnern übernachten konnten. Dann mussten wir mit unseren Zelten und einer kargen aus Fladenbrot und Trockenfleisch bestehenden Mahlzeit vorliebnehmen.

Von Tag zu Tag fühlte ich mich elender, denn die Luft wurde immer dünner, und jeder Schritt und jede Handbewegung fielen mir schwer. Wir hatten die Pflichten unter uns aufgeteilt, denn Wasser zu holen, Feuer zu machen, die Maultiere zu füttern und sogar das Teekochen waren im Hochgebirge harte Arbeit. Trotzdem mussten wir uns anstrengen, um irgend möglich vor Einbruch der Dunkelheit das nächste Dorf zu erreichen. Tagsüber war die Luft angenehm kühl, doch mit schwindendem Tageslicht fiel auch die Temperatur. Wenn eine dichte Nebelbank über der Niederung lag, waren selbst die Tage bitterkalt.

Auf oft schwindelerregenden Pfaden folgten wir weiterhin dem tief eingeschnittenen Flusstal des Sutlej. Er konnte an vielen Stellen nur mit Seilbrücken überquert werden, auf denen der Reisende, in einem gekrümmten

Holz sitzend, an einem gespannten Tau hinübergezogen wurde.

Als an meinen Füßen keine Stelle mehr für eine weitere Blase war, erreichten wir endlich einen Ort mit unaussprechlichem Namen, der die letzte Station vor dem *Shipki*-Pass war, über den die Karawanen-Route nach Westtibet führte. Hier stiegen wir in einer der besonders verlausten Herbergen ab. Die Mahlzeiten waren überall bescheiden gewesen, aber so schlecht wie in diesem Gasthof hatten wir bisher noch nirgends gegessen.

Auch die hier verbrachte Nacht habe ich in unangenehmer Erinnerung. Zwar glaube ich natürlich nicht an Dämonen. Doch als sich um Mitternacht in das Heulen des Windes ein hohes, jaulendes Geräusch mischte, war ich mir nicht mehr ganz so sicher, ob der Yeti nicht doch existierte, und ich sehnte mich nach Simla mit seinen Palästen, Marktbuden und Tempeln. Doch noch mehr vermisste ich die baumbestandenen Täler und das satte Grün des indischen Südens.

Ich wurde von der Kälte schon im Morgengrauen geweckt, stand aber erst auf, als ich hörte, dass auch meine Reisegefährten sich regten. Das Frühstück war etwas annehmbarer, als das Abendessen hatte befürchten lassen. Doch das mochte natürlich nichts heißen. Ein Stück Brot kauend schaute ich aus dem offenen Fenster und bemerkte draußen vier Maultiere, die eine kleine Sänfte trugen, die wie ein würfelförmiges Haus mit Pyramidendach und quadratischen Fenstern aussah. Die Fahrgastkabine ruhte auf zwei dicken Stangen, die auf den Jochen der Zugtiere auflagen. Daneben warteten zwei Tibeter, die uns ehrerbietig durch das Fenster grüßten.

»Schön, dass wir endlich etwas bequemer reisen«, rief ich erfreut aus und trank mit genüsslich geschlossenen Augen einen Schluck heißen Tee. Wer konnte wissen, wann man mir wieder welchen vorsetzen würde.

»Sie müssen für eine Weile nicht mehr laufen, werden aber trotzdem nicht in der Sänfte getragen«, präzisierte Holmes belustigt, nachdem er ebenfalls die Sänfte begutachtet hatte. »Mister Singh wird wohl als vermeintlicher Würdenträger darin sitzen, während wir auf den Maultieren reiten. Niemand schaut sich Diener genau an.«

»Ja, genau das war mein Plan«, bestätigte der Pandit und bestrich sich bereits sein drittes Stück Fladenbrot mit Yakbutter. »Sie werden auf den hinteren beiden Zugtieren sitzen, die einheimischen Pferdeknechte hingegen auf den vorderen. Der Lama des *Dzangar*-Klosters reist mit einer derartigen Sänfte durch die Lande. Ich wollte es ihm schon immer gleichtun.«

Ich hatte allmählich einen gewissen Respekt vor Roy Singhs profundem Wissen und vor seinem Einfallsreichtum entwickelt, konnte aber unseren Begleiter nicht recht einschätzen. Manchmal verschwand er ohne ersichtlichen Grund für eine halbe oder sogar eine ganze Stunde. Wenn man ihn darauf ansprach, reagierte er abweisend oder speiste einen mit langatmigen, aber fadenscheinigen Erklärungen ab. Er schien trotz aller prinzipiellen Kooperationsbereitschaft eigene Ziele zu verfolgen, bei denen es sich hoffentlich nicht um illegale Machenschaften handelte.

»Wer wird eigentlich die Spesen für unsere Reise übernehmen? Der Geheimdienst?«, erkundigte sich Holmes unvermittelt und deutete anklagend auf unsere zukünftige Eskorte.

Das war eine berechtigte Frage. Zwar kosteten die Arbeitskräfte in den Kolonien nicht viel, doch das galt sicher nicht für diese prächtige Sänfte.

»Der *British Survey of India*. Aber wie sind Sie darauf gekommen, dass ich die Kosten nicht Ihnen in Rechnung stelle?«, fragte Roy Singh und biss herzhaft in sein Brot.

»Das hätten Sie wahrscheinlich zusätzlich getan, wenn ich Sie nicht darauf angesprochen hätte.« Auch Holmes genehmigte sich noch einen Bissen. Für seine Begriffe hatte er kräftig zugelangt, wohl aus demselben Grund wie ich.

»Ich bin ein armer Mann, denn die Wissenschaft ist ein brotloses Gewerbe«, entgegnete Roy Singh, dem seine Gewinnsucht überhaupt nicht peinlich zu sein schien. »Aber Sie haben leider nicht erwähnt, worauf sich Ihre Vermutung gründet. Üblicherweise werde ich für einen leicht verschrobenen, aber harmlosen Privatgelehrten gehalten.«

»Das war keine Vermutung, sondern ich habe die von mir erfundene Methode der wissenschaftlichen Deduktion angewandt«, stellt Holmes mit Nachdruck fest und musterte dann unser Gegenüber mit angespannter Miene, wie er es immer zu tun pflegte, bevor er eine Kostprobe seiner außergewöhnlichen Fähigkeiten gab. »Seit wir aufgebrochen sind, hat sich Ihr Gang verändert. Offenbar bemühen Sie sich bereits automatisch um eine derart gleichmäßige Schrittlänge, dass man sie als Längenmaß verwenden kann. Ihre Kleidung ist mit versteckten Taschen versehen, und alle scheinen etwas zu enthalten. Auch haben Ihre Reisetaschen doppelte Böden.«

»Ich hätte aus dieser Beobachtung gefolgert, dass er ein Schmuggler ist«, warf ich belustigt ein und leerte meine Tasse.

»Das könnte außerdem noch zutreffen«, entgegnete Holmes, bevor er sich wieder dem Pandit zuwandte. »Sie führen einen europäischen Kompass mit sich, und *last but not least* hat Ihre Gebetskette nur hundert Perlen statt der heiligen Zahl hundertacht. Die Kette wurde verkürzt, damit Sie sie als Rechenmaschine verwenden können. Und was sich in Ihrer Gebetsmühle befindet, fragt man wohl besser nicht nach.«

Falls den Pandit Holmes' Scharfsinn beeindruckte, so ließ er es sich zumindest nicht anmerken. Ehe er antwortete, vertilgte er seelenruhig den Rest seines Fladenbrots und spülte das Gebäck dann mit einem Schluck Tee hinunter.

»Meine Gebetsmühle enthält nur einige unbeschriebene Blätter für Aufzeichnungen. Ich wurde ausgebildet, um die Geografie Westtibets zu erforschen. Indische Buddhisten lässt man ungehindert die Grenze überqueren. Ohne Männer wie mich wäre Tibet nur ein weißer Flecken zwischen Indien und China. Doch von mir wissen Sie das alles nicht. Vor Zeugen würde ich ohne mit der Wimper zu zucken abstreiten, etwas anderes als ein nur der Wissenschaft verpflichteter Gelehrter zu sein«, erklärte er dann sachlich, bevor er zur Tagesordnung überging. »Jetzt sollten Sie sich aber endlich für die letzte Etappe unserer Reise kostümieren.«

Eine halbe Stunde später verließen wir den ungastlichen Ort, Holmes und ich in tibetischer Arbeitskleidung, die Haare schwarz gefärbt und auch die Haut mit einer übel riechenden Tinktur dunkler getönt. Auf den ersten Blick waren wir nicht wiederzuerkennen. Aus der Nähe durfte man uns allerdings nicht betrachten. Sonst hätten unsere hellen Augen Verdacht erregt.

Der Pandit hingegen war – wie Holmes vorhergesagt hatte – als buddhistischer Religionsführer verkleidet. In seinen prächtigen in Rot- und Gelbtönen gehaltenen Gewändern hätte er noch imposanter ausgesehen, wenn ihn die Natur mit einer wenigstens durchschnittlichen Körpergröße ausgestattet hätte.

Kaum hatte sich unser grandioser Zug in Bewegung gesetzt, kamen uns schon drei Mönche in orangefarbenen Kutten entgegen, die sich demütig vor der Sänfte verneigten, die wahrscheinlich mit einem buddhistischen Emblem versehen war. Allein die Anzahl der Zugtiere suggerierte den Mönchen wohl den hochrangigen Reisenden. Die Tatsache, dass sie auf unsere Tarnung hereingefallen waren, beruhigte mich ein wenig.

Am Ortsausgang stand ein Meilenstein mit der Inschrift *Simla 200 Meilen,* ein Anblick, der meiner zuversichtlichen Stimmung sogleich wieder den Garaus machte. Zu Hause wäre mir diese Distanz nicht weltbewegend erschienen, doch in diesem Augenblick fühlte ich mich wie nach Sibirien verbannt.

Der Pfad, der in die Berge führte, war so schmal, dass wir keiner anderen Sänfte hätten ausweichen können. An manchen Hängen erhoben sich Ruinen von Festungen, die davon zeugten, dass der vor uns liegende Pass schon seit Menschengedenken in Betrieb war. Ein kalter Wind fegte uns entgegen und ließ mich frösteln. Ich fragte mich, ob es nur Einbildung war oder ob er stetig an Intensität zunahm. Über einem besonders engen Durchgang sprang ein Rudel Bergziegen elegant über die Felsen. Als mein bewundernder Blick ihnen folgte, bemerkte ich, dass sich in den Bergen ein gewaltiges Gewitter zusammenbraute.

»Das hat uns gerade noch gefehlt! Gleich beginnt es zu regnen«, fluchte ich leise vor mich hin.

»Das hatte ich schon die ganze Zeit gehofft«, entgegnete Holmes, und ich fragte mich, ob ihm die Höhenluft nicht bekommen war.

Schwarze Wolken türmten sich über uns auf, und es wurde immer dunkler. Ganz plötzlich begann es dann in Strömen zu regnen. Die Sicht wurde schlecht, und der Weg weichte auf, von unserer Kleidung ganz zu schweigen. An die Farbe auf unserem Haar und unserer Haut wollte ich lieber gar nicht erst denken. Der matschige Boden ließ eines der vorderen Maultiere rutschen, doch es gelang seinem Reiter gerade noch, das Schlimmste zu verhindern. Jeden Augenblick erwartete ich, dass wir eine Rast einlegen würden. Aber es geschah nichts dergleichen. Die Tropfen, die auf das Dach der Sänfte prasselten, waren nicht nur größer, sondern auch zahlreicher als in gemäßigteren Breiten.

Ich fragte mich, wann wir endlich die Grenze erreichten. Wahrscheinlich würde man uns dort ohnehin zurückschicken. Völlig durchnässt strich ich mir das triefende Haar aus der Stirn. Inzwischen nahm mir der

Regen fast völlig die Sicht. Man konnte nur hoffen, dass die Fuhrmänner den Weg nicht verfehlten.

Ich hätte nicht zu sagen vermocht, wie lange ich halb blind durch das Unwetter geritten war, als wir die Passhöhe erreichten, die durch Steinhaufen und Wimpel gekennzeichnet war. Nun führte der Weg allmählich wieder bergab. Irgendwann hörte es zu regnen auf. Die Pferdeknechte brachten die Sänfte zum Stehen, und der Kopf des Pandits zwängte sich durch das kleine Fenster der Fahrgastkabine.

»Wir sind in Tibet angelangt«, rief er uns zu.

»Und zwar seit mehr als einer halben Meile«, korrigierte ihn Holmes gut gelaunt.

Ich hingegen war einen Moment lang wie vor den Kopf gestoßen. Ich hatte mir die Reise ins sagenumwobene Tibet weitaus abenteuerlicher und zugleich weniger beschwerlich vorgestellt. Entweder wurde der Pass nicht durch Grenzbeamte gesichert oder sie hatten wegen des Unwetters ihren Posten verlassen. Vielleicht hatten sie uns aber auch ungehindert passieren lassen, da wir die Sänfte eines Lamas eskortierten. Ich hätte erleichtert sein sollen, dass alles so reibungslos verlaufen war. Doch stattdessen stieg bittere Enttäuschung in mir auf.

18. Mister Ryder

Nachdem mein Mann David mit Sherlock Holmes abgereist war, beschloss ich, von nun meine gesellschaftlichen Kontakte intensiver zu pflegen, zumal mir unser neues Haus langsam unheimlich wurde. Wenn ich auf dem Sofa saß und die Zeitung las, knarrte, knirschte und knackte es unentwegt auf dem Dachboden, als ob jemand dort auf und ab gehen würde. Doch jedes Mal wenn ich die Treppe zum Speicher hinaufstieg, erblickte ich dort keine Menschenseele, denn Uma hielt sich nur nachts dort auf. Auch aus dem unter mir liegenden Laden vernahm ich gelegentlich seltsame Laute. Diese Phantomgeräusche waren angeblich in Holzbauten nichts Ungewöhnliches, aber ich hatte bisher nur in steinernen Gebäuden gewohnt. Auch der Gedanke an den Einbruch in unser neues Heim trug nicht dazu bei, mich zu beruhigen. Ohne Uma wäre ich bestimmt umgehend ins Hotel zurückgekehrt.

Leider kannte ich, wenn man von der Hotelwirtin einmal absah, nur eine Frau in Simla, die auf die Dauer doch ziemlich anstrengende Mrs. Ryder. Notgedrungen ließ ich mich ab und zu auf einen Plausch am Gartenzaun mit ihr ein oder akzeptierte sogar eine Einladung zum Fünf-Uhr-Tee, wie an diesem Sonntag.

Die Glocke der anglikanischen Kathedrale kündigte gerade die volle Stunde an, als ich vor der Haustür der Ryders stand und den blank polierten Messingknauf bewunderte. Was mochte seine Besitzerin nur von unserem arg ramponierten Eingang halten. Nach kurzem Zögern zog ich am Klingelzug. Erst einige Sekunden später öffnete mir das pausbäckige Hausmädchen.

»Man erwartet mich zum Tee«, verkündete ich, ohne mich vorzustellen. Das Dienstmädchen sollte sich ruhig schämen, falls sie schon wieder meinen Namen vergessen haben sollte.

»Wenn Sie mir bitte ins Esszimmer folgen wollen«, sagte sie und ließ mich eintreten.

Wie jedes Mal, wenn ich das Haus unserer Nachbarn betrat, staunte ich über die Einrichtung. Zwar beteuerte jeder Engländer in den Kolonien immer, dass er bereits sehnsüchtig die Tage bis zur Rückkehr in die Heimat zähle. Dennoch richteten sie ihre Wohnungen und Häuser so aufwendig und bombastisch ein, als ob sie hier eine Herrscherdynastie zu begründen gedachten. Bei den Ryders reichten schwere Schränke aus Tropenholz fast bis zur Decke. Auf den farbenfrohen Tapeten mit Blumenmuster hingen prächtig gerahmte, aber in ihrer künstlerischen Qualität eher mittelmäßige Gemälde, und auf den Parkettböden lagen schwere indische Teppiche. Im Vorbeigehen betrachtete ich die zwei Reihen von kostspielig gebundenen Lexikonbänden. Weitere Bücher gab es hier offenbar nicht.

Obgleich das Esszimmer recht geräumig war, standen dort so viele Möbel, dass man den Raum nur im Gänsemarsch durchqueren konnte. Ich stutzte, als ich beim Eintreten bemerkte, dass an der gedeckten Tafel nur eine Person saß, nämlich ein hagerer Mann mit eckigem Gesicht, blauen Augen und blassem Teint. Seine Haut war gerötet, auf der Nase sogar leicht verbrannt, seine Kleidung akkurat, aber dennoch modisch, was ihn jedoch auch nicht attraktiver machte, zumal sein Gesichtsausdruck zwischen Überheblichkeit und Verbitterung schwankte.

»Mrs. Tristram, Mister George Ryder«, machte das Hausmädchen uns bekannt, nachdem sie vor ihrem Arbeitgeber geknickst hatte.

Der Hausherr erhob sich, um mich zu begrüßen. »Sehr angenehm! Aber nehmen Sie doch Platz!«, forderte er mich auf, während mich seine blauen Augen musterten. »Meine Gattin lässt sich entschuldigen. Sie schaut nur kurz bei ihrem Wohltätigkeitsverein vorbei, kommt aber so schnell wie möglich zurück.«

Hätte ich das gewusst, hätte ich den Termin abgesagt.

»Möchten Sie einen Tee oder einen Kaffee?«

»Ein Kaffee wäre wunderbar«, erwiderte ich erfreut, eine Antwort, die mein Gegenüber offenbar nicht erwartet hatte, denn er runzelte die Stirn, bevor er dem noch immer ängstlich dreinblickenden Hausmädchen mit einer Geste bedeutete, das Getränk zuzubereiten.

»Sie sagten, dass Sie mit Nachnamen Tristram heißen?«, vergewisserte er sich dann.

Ich bestätigte, ohne ihn darauf hinzuweisen, dass nicht ich, sondern seine Angestellte ihm das mitgeteilt hatte.

»Ein seltener Name. Aber hieß so nicht auch der verstorbene Nachbar von gegenüber?«, fragte Mister Ryder irritiert.

Entweder hörte er seiner Frau nicht zu oder sie hatte ihm gegenüber weder unseren Ausflug zum Jokkhu-*Tempel noch meine bisherigen Besuche erwähnt. Unter meinem erstaunten Blick nahm Mister Ryder automatisch Haltung an, und ich zwang mich zu einem verbindlichen Lächeln.*

»Ja, das stimmt, er hieß Edward Tristram. Mein Mann David Tristram hat das Haus geerbt«, erläuterte ich artig, schon um klarzustellen, dass ich nicht mit dem merkwürdigen Einsiedler verwandt war.

»Dieser Edward Tristram war ein seltsamer Zeitgenosse. Aber eins muss man ihm lassen. Sein Tee war ganz ausgezeichnet, weshalb ich Stammkunde in seinem Laden war. Die ganze Stadt wimmelt nur so vor Halsabschneidern, die viel Geld für schlechte Ware verlangen«, schwadronierte der Hausherr los, ehe er sich daran erinnerte, dass er sich einem Gast gegenüber höflich verhalten sollte. »Ihr Gatte arbeitet auch für die Kolonialverwaltung?«, erkundigte er sich dann in einem Tonfall, als ob das eine müßige Frage wäre.

»Nein, er war früher Buchhändler. Inzwischen ist er für die Buchhaltung der Firma unserer Familie verantwortlich«, entgegnete ich, was schließlich sogar der Wahrheit entsprach.

»Dann habe ich den Nachbarn etwas Falsches gesagt«, musste ich zu meinem Befremden hören.

»Man redet in der Nachbarschaft über uns?«, vergewisserte ich mich, denn ich hatte bisher den Eindruck gehabt, dass man in dieser Straße nicht miteinander verkehrte.

»Mister Norrington ist nur ein loser Bekannter. Er erzählt mir keinen Klatsch und Tratsch. Und wenn, würde es mich nicht interessieren. Aber natürlich interessiert mich schon, ob Sie uns als Nachbarn erhalten bleiben«, behauptete mein Gastgeber höflich.

»Ich habe gehört, dass dieser Mister Norrington Edward Tristram sein Haus abkaufen wollte«, sagte ich so beiläufig wie möglich.

»Er hätte gern alle Grundstücke in der Straße erworben, um hier einen besonders exklusiven und obendrein stadtnahen Golfplatz anzulegen«, entgegnete Mister Ryder. Er klang überdrüssig, als ob es eine alte Geschichte wäre.

»Man scheint ja hier ganz versessen auf Golf zu sein«, sinnierte ich laut vor mich hin, doch Mister Ryder ging nicht auf diese Bemerkung ein.

»Habe ich Sie richtig verstanden, dass Ihre Familie ein Unternehmen in Nordindien besitzt?«, erkundigte er sich stattdessen. Offenbar war die Neugier ein gemeinsamer Zug der Eheleute Ryder, aber seltsamerweise interessierte mein Gegenüber nicht, um welche Art Geschäft es sich handelte.

»Nein, die Firma ist in Florenz. Wir spielen jedoch mit dem Gedanken, hier eine Verkaufsniederlassung zu eröffnen«, behauptete ich kühn, um einen Grund für unseren längeren Aufenthalt in Simla zu nennen. Da ich bei dieser Lüge dem Hausherrn nicht in die Augen schauen wollte, betrachtete ich beim Sprechen eingehend den Kamin, der leider trotz des kühlen Wetters nicht befeuert wurde. Daneben bemerkte ich in einer Vitrine einige kleine Marmorfiguren, die ich gern aus der Nähe betrachtet hätte. Soweit ich aus dieser Entfernung beurteilen konnte, hätte der Florentiner Kunsthändler Mortimer Hopper englischen Touristen ein Vermögen dafür abgeknöpft.

»Sie wollen doch nicht etwa hierbleiben?«, wurde ich entgeistert gefragt. »Simla bietet ja leider kaum Abwechslungen, besonders im Winter. «

»Ich genieße es, zu reisen und fremde Länder kennenzulernen«, sagte ich mit einem unverbindlichen Lächeln.

»Darauf könnte ich völlig verzichten«, brauste mein Gesprächspartner auf. »Man isst barbarische Speisen, die einem nicht bekommen, versteht die Sprache der Einheimischen nicht, und während langer Überfahrten wird man seekrank. Wenn man Pech hat, geht das Gepäck verloren, und die Zeitungen sind immer vom Vortag.«

Außerdem macht man die Bekanntschaft von grässlichen Exilengländern, hätte ich am liebsten die Liste komplettiert.

»Das wollte ich meinen Jungs nicht zumuten. Daher besuchen sie ein Internat in der Heimat«, ließ er mich in einem herablassenden Tonfall wissen.

Dann plauderten wir über das Wetter, bis das Dienstmädchen endlich ein versilbertes Tablett hereintrug, auf dem drei Tassen, eine Kaffeekanne mit passendem Milchkännchen und eine Flasche Whisky standen.

»Möchten Sie Milch oder Zucker?«, fragte sie schüchtern.

»Ja, bitte zwei Löffel Zucker«, entgegnete ich freundlich.

Erst in diesem Moment bemerkte die junge Inderin, dass sie die Zuckerdose vergessen hatte. Errötend huschte sie davon, um sie zu holen.

»Meine Gattin muss jeden Augenblick eintreffen«, beteuerte Mister Ryder, während er in seiner Tasse herumrührte, obwohl sich weder Zucker noch Milch darin befanden.

Endlich kehrte das Dienstmädchen zurück und stellte die Zuckerdose auf den Tisch. Offenbar bediente man sich hier selbst. Der Kaffee war so dünn wie ein besonders schlechter englischer Tee, und ich konnte schon fast verstehen, warum ihn der Hausherr mit einem Schuss Whisky anreicherte.

»Wann beehrt Ihr Gemahl uns eigentlich wieder mit seiner Anwesenheit? Ich finde, er lässt Sie ja recht oft allein«, fragte Mister Ryder unvermittelt, eine Kritik, die er selbst hätte berücksichtigen sollen.

»Mister Sigerson und mein Gatte kehren morgen zurück«, behauptete ich, damit unser Nachbar nicht überall herumerzählte, dass ich allein im Haus sei.

Ich legte mir schon eine Ausrede zurecht, warum ich jetzt wieder aufbrechen müsse, als sich der Hausherr umblickte. Im gleichen Augenblick hörte ich das Öffnen der Tür, gefolgt von leisen Schritten, und drehte mich ebenfalls um. Erleich-

tert stellte ich fest, dass Mrs. Ryder eingetreten war. Ihr Gesicht wirkte erschöpft, und sie hatte ihre Tasche fest unter den Ellbogen geklemmt.

»Es tut mir leid, dass ich mich verspätet habe, aber es ging wirklich nicht schneller«, entschuldigte sie sich und nahm am Tisch Platz, während sich ihr Gatte erhob.

»Es war mir ein Vergnügen, Sie kennengelernt zu haben, Mrs. Tristram. Doch nun müssen Sie mich leider entschuldigen«, sagte er mit einer angedeuteten Verbeugung – und schon war er verschwunden.

Ich konnte mir nicht vorstellen, dass die Verbindung zwischen den beiden eine Liebesheirat gewesen war, so nüchtern, wie sie miteinander umgingen.

»Darf ich fragen, für welche Art von Wohltätigkeitsverein Sie tätig sind?«, erkundigte ich mich, während das Dienstmädchen Kaffee in die Tasse meiner Gastgeberin füllte.

»Ich bin in keinem Wohltätigkeitsverein«, entgegnete sie so belustigt, als ob das eine ungeheuerliche Unterstellung wäre. »Das muss mein Mann wohl falsch verstanden haben. Ich habe nur eine kranke Freundin besucht. Die Arme ist aber leider so mitteilsam, dass ich schon befürchtet habe, dass ich nicht hier sein kann.« Auch Mrs. Ryder schien mit ihrem Getränk nicht zufrieden zu sein, doch wahrscheinlich nur deshalb, weil sie einen Tee vorgezogen hätte.

»Ich hoffe, es ist nichts Ernstes?«, fragte ich mitfühlend, als sie die Tasse wieder abgesetzt hatte.

»Nein, nur eine kleine Magenverstimmung. Sie hätte die Finger vom indischen Essen lassen sollen«, entgegnete sie. »Im Rathaus wird eine Ausstellung lokaler Maler gezeigt«

Diese Bemerkung stimmte mich skeptisch, da sie anscheinend nicht viel von Malerei verstand.

»Gibt es dort schöne Bilder?«, erkundigte ich mich deshalb höflich.

»Ja, aber ich erinnere mich nicht an die Namen der Künstler.«

»Irgendwelche Porträts von Berühmtheiten aus der Region vielleicht?«, fragte ich, denn ich zog Menschen den Landschaften vor.

»Ich habe jedenfalls keine bemerkt, wenn man von unserer verehrten Königin einmal absieht. Trotzdem würde ich mir die Ausstellung gern erneut ansehen. Ich würde mich freuen, wenn Sie mich begleiten. Ich habe immer gern jemanden zum Plaudern dabei.«

Mrs. Ryder benahm sich mir gegenüber, als würde sie mich schon lange kennen, was mich immer wieder irritierte. Auch passte ihr vertrauliches Verhalten nicht zu der befremdlichen Erkenntnis, dass sie ihrem Mann offenbar nicht von mir erzählt hatte.

»Es wäre mir ein Vergnügen«, sagte ich erfreut über die Abwechslung, bevor ich mich verabschiedete.

19. Die Kunstausstellung

Voller Vorfreude begleitete ich am nächsten Morgen Mrs. Ryder zu einem herrschaftlichen Gebäude im Stadtzentrum mit einem ebensolchen Portal. Auf der breiten Freitreppe, die in das Obergeschoss führte, lag ein leuchtend roter Läufer. Auch besaß das vornehme Treppenhaus elegante Marmorbaluster und einen Handlauf aus Messing. Schon beim Hinaufsteigen vernahm ich ein leises Stimmengewirr, dezentes Gelächter und das Anstoßen von Sektgläsern. Anscheinend war die Ausstellung weit besser besucht, als ich vermutet hatte. Sie fand in einem Ballsaal statt, der einen großen Teil der oberen Etage einnahm und dessen Stuckdecke ihren barocken Vorbildern recht nahekam. Am Geländer standen mehrere gut gekleidete Paare und prosteten einander zu. Wahrscheinlich handelte es sich um die Organisatoren der Veranstaltung.

Die an den blassrosa getünchten Wänden hängenden Gemälde gefällig zu nennen, wäre noch schmeichelhaft gewesen. Die meisten waren bombastische Historienschinken, sentimentale Darstellungen von Schutzengeln, erbauliche, allegorische Szenen und schamlos geschönte Porträts. Kein Wunder, dass Mrs. Ryder darauf niemanden wiedererkannte hatte.

»Schauen Sie, ist das nicht entzückend!«, rief meine Begleiterin und blieb bereits vor dem ersten Gemälde stehen, das eine Vase mit intensiv blauen Blumen zeigte. Es harmonierte mit ihrem Seidenkleid, das besser ins Foyer eines Theaters als in eine profane Kunstausstellung gepasst hätte.

Auch das nächste Gemälde, eine dilettantisch gemalte Gebirgslandschaft, fand ihr Wohlgefallen. War das wirklich dieselbe Frau, in deren eigenem Haus weit wertvollere Stücke aufbewahrt wurden? Offenbar hatte ihr Gatte die reizenden Figuren in der Vitrine neben dem Kamin ausgesucht.

Plötzlich entdeckte ich in wenigen Yards Entfernung den letzten Menschen, dem ich begegnen wollte, nämlich den jungen Mister Roundtree. Er war in Begleitung einer schlanken Blondine mit einem schmalen, knochigen Gesicht, was bei den Engländern als attraktiv galt. Sie trug ein einfaches, graues Kleid, das ihren puritanischen Typ noch unterstrich, und hatte ihr Haar streng hochgesteckt. Beim Anblick des Ehepaars fluchte ich innerlich vor mich hin. Es war wohl doch keine so gute Idee gewesen, ausgerechnet eine in der Presse bejubelte Gemäldeausstellung zu besuchen, wenn man einem Kunsthändler tunlichst aus dem Weg gehen wollte.

Verzweifelt hielt ich nach einer Fluchtmöglichkeit Ausschau. Doch war es für einen Rückzug zu spät, denn der Offizier hatte mich bereits bemerkt.

»Mrs. Boldoni, was für ein Zufall, Sie hier zu treffen!«, begrüßte er mich mit lauter Stimme.

In Gedanken Holmes verwünschend, der mich in diese Notlage gebracht hatte, warf ich meiner Bekannten einen warnenden Blick zu. Aber sie hatte nur Augen für die beiden Neuankömmlinge.

»Ich fürchte, da liegt eine Verwechslung vor. Das ist meine Nachbarin Mrs. Tristram«, flötete sie unbekümmert.

Mrs. Roundtree bedachte ihren Gatten mit argwöhnischen Blicken, während dieser wiederum mich anstarrte, als wäre ich ein Gespenst.

»Beides ist richtig. Ich hatte Sorge, als Mrs. Tristram nicht von Ihnen empfangen zu werden. Deshalb habe ich meinen Mädchennamen verwendet«, erklärte ich, um mich nicht endgültig in ein unentwirrbares Lügengespinst zu verstricken. »Mein Vater war der berühmte Bildhauer Lorenzo Boldoni, und mein Bruder Andrea hat seine Werkstatt übernommen. Daher habe auch ich großes Interesse an der Kunst«, fügte ich mit einem Augenaufschlag hinzu.

Mrs. Ryder beäugte mich weiterhin argwöhnisch von der Seite, doch ich ignorierte sie.

»Ich habe noch nie eine schöne Frau vor meiner Haustür stehen lassen«, sagte Mister Roundtree mit einer Schärfe, die im Widerspruch zu seinem strahlenden Lächeln stand.

Am liebsten hätte ich ihm dafür eine Ohrfeige gegeben. Seiner Gattin schien es ebenso zu gehen, so wütend, wie sie dreinblickte. Ihre ohnehin schon schmalen Lippen waren zu einem Strich zusammengepresst, und auf ihrer Stirn hatte sich eine Falte gebildet. Wenn der Offizier nicht Davids Klient gewesen wäre, hätte ich die beiden einfach stehen lassen und wäre verschwunden.

»Wissen Sie, warum ich Ihnen keinen Augenblick lang abgenommen habe, dass Sie sich für indische Bronzestatuetten interessieren?«, fragte Mister Roundtree hörbar konsterniert.

»James, ich bitte dich. Bitte keinen Skandal in der Kunstausstellung«, redete seine Gattin beschwichtigend auf ihn ein.

»Ich nehme an, dass Sie es mir gleich sagen werden!«, gab ich verärgert zurück.

»Sie haben versäumt, sich nach den Preisen zu erkundigen«, war die besserwisserische Antwort, und ich versuchte, nicht die Contenance zu verlieren. »Wenn ich Ihnen einen wohlgemeinten Ratschlag geben darf, Mrs. Tristram. Echte Kaufinteressenten heucheln zuerst Desinteresse, fragen dann mit gleichgültiger Miene nach dem Preis und geben anschließend vor, sich das nicht leisten zu können. Und dann wird gehandelt.«

»Wir müssen zum Glück nicht auf jeden Penny achten«, betonte ich mit Nachdruck und hoffte im gleichen Moment, dass der Offizier nicht demnächst Davids Honorar herunterzuhandeln versuchte.

»Uns geht es ebenso. Schließlich haben wir vor Kurzem geerbt«, giftete Mrs. Roundtree zurück.

Ihr Gatte räusperte sich geräuschvoll, wohl um sie zum Schweigen zu bringen.

»Ich wundere mich ja, dass Ihr Regiment Sie so lange entbehren kann«, bemerkte ich süffisant lächelnd.

»Ich habe meinen gesamten Jahresurlaub genommen, um hier die Angelegenheiten meines Vaters zu regeln«, entgegnete der Offizier spitz. »Haben Ihr Gemahl und Mister Sigerson eigentlich schon etwas von sich hören lassen?«

»Nein, leider noch nicht. Sie verfolgen ja gerade eine heiße Spur, die nach Baschahr führt.«

Jedenfalls hoffte ich, dass ihre weite und beschwerliche Reise kein Fehlschlag sein würde. Dass Tibet ihr Ziel war, ließ ich lieber unerwähnt, zumal ich davon ausging, dass Holmes seinem Klienten das mitgeteilt hatte. Nicht, dass David am Ende noch einen Teil der Spesen übernehmen musste.

Während dieses Wortwechsels, der fast in einen Streit ausgeartet wäre, hatte sich ein kleiner Kreis von Neugierigen um uns gebildet, der sich aber sofort wieder auflöste, als ich in die Runde blickte.

»Sie werden mich entschuldigen. Ich würde mir gern das große Gemälde dahinten anschauen«, verkündete ich dann und deutete auf ein riesiges Schlachtengemälde an der gegenüberliegenden Wand. Ohne auf eine Entgegnung zu warten, machte ich auf dem Absatz kehrt und hörte im Gehen gerade noch, wie der Offizier zu seiner Frau sagte, dass ich einen guten Geschmack hätte.

»Was war denn das für ein Gentleman? Sie hätten ihn mir ruhig vorstellen können. Und was hatte er gegen Ihre Familie, dass er sie nicht empfängt?«, erkundigte sich Mrs. Ryder mit kaum verhohlener Sensationsgier.

»Das war Mister Roundtree, ein Offizier, der nebenbei einen Handel mit asiatischer Kunst betreibt. Es war nur ein kleines Missverständnis, das sich inzwischen aufgeklärt hat«, versuchte ich abzuwiegeln.

»Haben Sie sich unter Ihrem Mädchennamen vorgestellt, damit Ihr Mann nicht erfährt, dass Sie diesen Mister Rowdy …«

»Roundtree«, verbesserte ich.

»… dass Sie ihn besucht haben?«, fragte mich meine Begleiterin, zog dann ein frisch gestärktes Taschentuch aus dem Ärmel und betupfte sich damit die Nase. Ich wartete schon darauf, dass sie mich auch noch nach dem Kriminalfall fragte. »Im Gegenteil, das Ganze war Davids Idee. Ich sollte mir die Kunstwerke erst einmal unverbindlich anschauen«, behauptete ich, und mein Blick wanderte verstohlen durch den Saal, bis ich die Roundtrees entdeckt hatte. Die beiden standen vor der Darstellung einer nackten Venus, die auf einer

Muschel liegend auf dem weiten Meer trieb, und schienen sich zu zanken.

»Jetzt weiß ich endlich, warum mir der Name Roundtree bekannt vorkam«, platzte es plötzlich aus meiner Bekannten heraus. »Hieß so nicht der Mann, der von einem Gurkha-Krieger ermordet worden ist? Es ist eine Schande, dass die Polizei den Täter noch immer nicht gefasst hat.«

»Offenbar lesen auch Sie in der Zeitung die falschen Artikel«, erwiderte ich belustigt, denn normalerweise hatten Frauen überhaupt keine Zeitung zu lesen, höchstens die Gesellschaftsseiten oder die Hofnachrichten. »Es war Elliot Roundtree, der Vater des jungen James Roundtree, dessen Leiche ich vor dem Tempel gefunden habe.«

»Die ganze Nachbarschaft spricht noch immer darüber. Man müsste selbst tot sein, um nichts von dem Mord mitbekommen zu haben«, entgegnete meine Nachbarin und wirkte dabei so erleichtert, als wäre sie selbst nur knapp einem schrecklichen Schicksalsschlag entkommen.

Ich zog in Betracht, sofort nach Hause zurückzukehren, um weitere peinliche Auftritte und Gespräche zu vermeiden. Aber ich entschied mich dagegen, weil ich dachte, dass es nicht mehr schlimmer kommen könne. Das sollte sich schnell als Irrtum erweisen.

Im nächsten Augenblick schritt mir nämlich ein Mann undefinierbaren Alters entgegen, der sein extrem kurzes Haar streng gescheitelt trug und mit seinem Frack für den alltäglichen Anlass übertrieben gut gekleidet war. Ich wollte ihm ausweichen, aber er blieb direkt vor mir stehen und musterte mich mit durchdringenden Augen.

»Entschuldigen Sie, dass ich Sie einfach so anspreche, aber Sie sind doch Mrs. Tristram?«, fragte er mich mit einem breiten amerikanischen Akzent, der selbst mir auffiel.

Es war zwecklos, das abzustreiten, denn Mrs. Ryder hätte mich sogleich Lügen gestraft.

»Ja, das bin ich«, bestätigte ich irritiert und trat einen Schritt zurück. »Und mit wem habe ich das Vergnügen?«

»Mister Stanley Grant«, stellte er sich vor und wollte schon seinen Hut lüften, als er bemerkte, dass er keinen trug. »Ich habe Sie an dem schönen Kaschmir-Schal erkannt, den ihr Gatte in meiner Anwesenheit auf dem Basar für Sie gekauft hat.« Er schaute sich suchend um, wohl nach David, bevor er sich wieder an mich wandte. »Ihr Gemahl macht sich nichts aus moderner Malerei?«

»Er ist gerade mit Mister Sigerson auf einer Exkursion in den Norden, wo angeblich ein paar Kinder einen Yeti gesichtet haben«, improvisierte ich und bemühte mich um ein freundliches Lächeln. Diese Geschichte hatte ich bereits Mrs. Ryder aufgetischt, weshalb ich auch Mister Grant gegenüber dabei bleiben musste, obwohl ich befürchtete, von ihm ausgelacht zu werden.

Doch er zuckte nicht mit der Wimper. »Das ist äußerst bedauerlich. Ich habe nämlich in der Zwischenzeit etwas erfahren, das den Bekannten Ihres Gatten bestimmt interessiert«, verkündete er in einem derart anbiedernden Tonfall, dass ich einen Augenblick lang erwog, ob er auf eine Belohnung aus war. »Wie hieß er doch gleich?«

»Mister Sven Sigerson«, half ich dem Amerikaner mit ungutem Gefühl im Magen auf die Sprünge.

Da die neugierige Mrs. Ryder noch immer neben mir stand, kam mir diese Wendung des Gespräches nämlich äußerst ungelegen. Ich traute ihrer unschuldigen Miene nicht und auch nicht dem gewohnheitsmäßig arglosen Ausdruck ihrer Augen. Eine Frau ihres Alters konnte gar nicht derart naiv sein, wie sie vorgab. Um den Amerikaner abzuschütteln, tat ich so, als ob ich es eilig hätte. Ungeduldig verlagerte ich mein Gewicht von einem Fuß auf den anderen, zog meine Uhr aus meinem indischen Stoffbeutel und blickte mit gerunzelter Stirn auf das Ziffernblatt.

»Leider habe ich noch etwas Dringendes vor. Aber möchten Sie nicht nach der Rückkehr meines Gatten einmal bei uns zum Tee vorbeischauen? Mister Sigerson wohnt ja inzwischen bei uns im Haus, und dann können Sie sich ungestört unterhalten«, schlug ich Mister Grant dann vor.

»Es wäre mir eine Ehre«, willigte er leicht verdattert ein.

»Ich werde Ihnen mitteilen, wenn mein Gemahl und Mister Sigerson wieder in Simla sind«, versprach ich, bevor ich mich von dem Amerikaner verabschiedete und mich rasch entfernte.

Ich konnte mich jedoch nicht beherrschen und warf am Treppenabsatz einen kurzen Blick über die Schulter. Mrs. Ryder war mir ausnahmsweise nicht gefolgt, sondern plauderte angeregt mit Mister Grant, was mir gar nicht gefiel.

Ich ärgerte mich noch immer über den verunglückten Ausstellungsbesuch, als ich nachts in meinem Bett lag. Draußen in der Dunkelheit heulte der Wind, und ich wickelte mich fester in meine Bettdecke ein, die für dieses raue Klima viel zu dünn war. Trotz der Kälte fielen mir aber bald die Augen zu.

Ganz plötzlich wurde ich wieder wach und hatte das Gefühl, dass ich nicht von selbst aufgewacht war. Im Zimmer war es noch stockdunkel. Ich setzte mich auf und lauschte in die Dunkelheit, als ich einen beißenden Tabakgeruch wahrnahm. Holmes hat im Bett geraucht und ist mit der Pfeife im Mund eingeschlafen, durchfuhr es mich. Dann erinnerte ich mich, dass Holmes auf dem Weg nach Tibet war. Doch er hat-

te im Haus so viel geraucht, dass der Geruch seines Pfeifentabaks in jede Ritze eingedrungen war. Um ganz sicherzugehen, dass alles in Ordnung war, schnüffelte ich erneut. Noch immer roch es irgendwie brenzlig, und ich spürte, wie sich meine Nackenhaare sträubten.

Alarmiert schlüpfte ich in meine Pantoffeln, sprang aus dem Bett und schlich leise zur Tür. Draußen stellte ich fest, dass aus dem Erdgeschoss Rauch hochdrang. In meiner Brust mischten sich Fassungslosigkeit und blanke Angst. Ich konnte nicht begreifen, wie es zu dem Ausbruch eines Feuers gekommen war. Mein Herz klopfte wie wild, während ich ins Schlafzimmer zurückhuschte, um mir eine Decke zu schnappen.

Ein stummes Gebet sprechend, hastete ich blindlings die Treppe hinunter. Im Parterre war die Luft zum Schneiden und reizte meinen Hals. Ich öffnete die Lippen, doch kein Laut entrang sich meiner Kehle. Eine neue Welle der Panik durchflutete mich. Ich war nicht so weit gereist, um in diesem Bergnest elend und alleine zu sterben.

Im Hausflur stellte ich fest, dass der Zeitungsstapel brannte, der noch immer neben dem Eingang lag. Dabei hatte ich David bereits mehrfach ermahnt, endlich die alten Tageszeitungen auszumisten. Mit aller Kraft schlug ich mit der Decke auf das brennende Papier, bis das Feuer erstickt war.

Hustend und fluchend riss ich die Haustür auf. Die kalte Luft brannte mir in der Lunge, und erst allmählich kam ich wieder zu Atem. Nachdem ich die Tür wieder zugezogen hatte, begutachtete ich den Schaden. Die Sache war gerade noch einmal glimpflich ausgegangen. Nur Sekunden später hätte das Feuer auf den Fußboden und die Treppe übergegriffen. Aber ich verstand noch immer nicht, wie es zu dem Brand gekommen war. Die Zeitungen hatten sich ja wohl kaum selbst entzündet. Entweder hatte jemand von innen Feuer gelegt – oder ein brennender Gegenstand war durch den Briefkasten geworfen worden. Letzteres schien mir wahrscheinlicher, denn außer mir und unserer Haushälterin war niemand im Haus. Ich hätte meinem ersten Impuls nachgeben und ins Hotel zurückziehen sollen.

In diesem Augenblick polterte Uma mit einem brennenden Kienspan in der Hand die Treppe herunter. Als sie die verkohlten Überreste des Papierstapels sah, stieß sie einen spitzen Schrei aus. In ihrem bodenlangen, weißen Nachthemd sah sie wie ein indisches Gespenst aus. Ihre Füße steckten in geschmacklosen, rosafarbenen Pantoffeln mit roten Bommeln. Merkwürdigerweise bewirkte dieser kuriose Anblick, dass ich mich ein klein wenig beruhigte und sogar innerlich grinsen musste, obwohl mir gerade noch zum Heulen zumute gewesen war.

»Was ist passiert?«, stammelte unsere Haushälterin mit weit aufgerissenen Augen.

»Jemand hat etwas Brennendes durch den Briefschlitz geworfen und die Zeitungen angezündet«, erklärte ich und begutachtete im flackernden Licht des Kienspans den Schaden, der sich zum Glück in Grenzen hielt.

»Wer macht denn so etwas?«

Das war eine gute Frage. »Das wüsste ich auch gern«, entgegnete ich. »Aber damit es nicht wieder vorkommt, lasse ich morgen den Schlitz des Briefkastens vernageln. Mit einem Kasten an der Außenwand fühle ich mich sicherer.«

»Mein Bruder wird sich darum kümmern«, versprach unsere Haushälterin. »Vielleicht sollte sich die Memsahib einen Wachhund zulegen.« In der Aufregung hatte Uma vergessen, dass ich mir diese Anrede verbeten hatte.

»Nein, ein Tier kommt mir nicht ins Haus. Außerdem kann auch David Hunde nicht ausstehen«, widersprach ich vehement und stieg die Treppe wieder hinauf, um im Salon auf die Uhr zu sehen.

Es war kaum drei Uhr, weshalb wir uns wieder zu Bett begaben. Doch in der Einsamkeit meiner Kammer kehrte die Erinnerung an den schrecklichen Vorfall so vehement zurück, dass ich keinen Schlaf mehr fand, sondern immer wieder aufstand und aus dem Fenster schaute, ob sich draußen etwas regte. War es nur der missglückte Streich eines Gassenjungen oder trachtete mir jemand nach dem Leben? Da ich mir das beim besten Willen nicht vorstellen konnte, lag die Vermutung nah, dass der Anschlag in Wahrheit Sherlock Holmes galt. Oder versuchte dieser schreckliche Mister Norrington, uns zu vertreiben, um seinen Golfplatz verwirklichen zu können?

Außerdem bedauerte ich inzwischen, Mister Grant auf der Kunstausstellung so brüsk abgewimmelt zu haben, denn ich hätte doch mittlerweile zu gern gewusst, welche Neuigkeiten er für Holmes hatte.

20. Das Kloster der Purpurmützen

Seit wir das Hochland erreicht hatten, setzte mir die dünne Luft zu, und ich kämpfte mit Schwindelanfällen. Beim Gehen fluchte ich innerlich vor mich hin, inständig hoffend, dass ich nicht bereits unter den ersten Symptomen der Höhenkrankheit litt. Inzwischen registrierte ich kaum noch die haarscharf am Abgrund entlangführenden Pfade, zumal die Maultiere selbst am Hang und in losem, scharfkantigem Schutt sicheren Tritt fanden. Noch unerschrockener waren nur die Yaks, die man in Tibet ständig sah. Die Landschaft war völlig vegetationslos, weshalb immer wieder Steinlawinen in die Täler donnerten, von denen uns eine nur knapp verfehlte. Der Buddhismus war mittlerweile allgegenwärtig. Gebetsfahnen wehten im Wind, in den Tälern standen Chörten genannte Schreine und auf den Pässen Mauern aus verzierten Steinen, um den Berggöttern zu huldigen.

Die erste Nacht im feindlichen Territorium verweilten wir in einer Lehmhütte, in der ein Yak-Hirte mit sonnenverbrannter Haut den kurzen Sommer verbrachte. Die Milch seiner Tiere verarbeitete er zu Butter, die den Lampen der umliegenden Klöster als Brennmaterial diente. Wir wurden vor der Hütte mit frischem Yakjoghurt begrüßt und nahmen dann ein karges Abendmahl zu uns, das aus geröstetem Gerstenmehl und einer dampfenden Flüssigkeit bestand, die ich für eine kräftige Brühe hielt.

»Das ist Buttertee. Daran werden Sie sich gewöhnen müssen«, klärte Roy Singh mich auf, als ich meine Trinkschale argwöhnisch beäugte.

Ich nippte an der noch immer sehr heißen Flüssigkeit und musste feststellen, dass sie genauso schlecht schmeckte, wie sie roch. Unvorstellbar, dass man hier bei Festlichkeiten angeblich bis zu vierzig Tassen davon trank. Einige Tage später sollte ich das zweifelhafte Vergnügen haben, auch Bekanntschaft mit dem zweiten tibetischen Nationalgetränk zu machen, dem Gerstenbier, einem trüben Gebräu, das mit unserem Bier nur den Namen und die berauschende Wirkung gemeinsam hatte.

Roy Singh hüstelte, um Holmes' Aufmerksamkeit auf sich zu ziehen, der geistesabwesend in die Ferne schaute.

»Denken Sie bitte immer daran, was ich Ihnen bereits in Rampur gesagt habe: Das gesamte tibetische Volk ist dazu angehalten, jeden Fremden, den sie sehen, der Obrigkeit zu melden. Geben Sie sich also bitte niemandem gegenüber als Fremde zu erkennen, den ich Ihnen nicht selbst vorgestellt habe«, schärfte er uns nochmals ein, und ich nickte, während Holmes mit keiner Miene auf diese nachdrücklich geäußerte Empfehlung reagierte.

Ich schlief schlecht, denn vom Fußboden stieg Kälte auf und ich hörte im Dämmerzustand den Wind durch die Berge pfeifen. Am nächsten Morgen war unsere Reisekleidung noch immer klamm und feucht. Aber das war nicht schlimm, denn Roy Singh händigte uns Hosen und Jacken aus grobem Tuch aus, in denen wir wie Bauern aussahen. Darüber trugen wir einen Chupa genannten dicken Wollmantel mit hochstehendem Kragen und langen Ärmeln, die weit über die Hände reichten. Die knielangen Mäntel wurden von Hüftgürteln gehalten, über denen der Wollstoff Falten warf. Darin bewahrten die Einheimischen ihren persönlichen Krimskrams auf. Die tibetischen Frauen trugen dieselbe Tracht, nur dass sie bei ihnen bis zum Boden reichte.

Nach weiteren Übernachtungen in Klöstern und in Dörfern, die nur aus ein paar Häusern bestanden hatten, blieb Roy Singh eines Abends an einem Hang stehen und deutete auf ein einsames Bauernhaus. »Hier werden wir für den Rest unseres Aufenthaltes in Tibet Quartier nehmen«, informierte uns der Pandit, und ich schaute mit gemischten Gefühlen auf ein eingeschossiges Gebäude aus luftgetrockneten Ziegeln, auf dessen Dach Yak-Dung als Brennmaterial zum Trocknen ausgelegt war. Einerseits war ich froh, dass unsere strapaziöse Wanderung endlich ein Ende gefunden hatte. Andererseits hatte ich auf eine etwas komfortablere Unterkunft gehofft.

»Das Kloster der Purpurmützen-Sekte, das wir besuchen möchten, befindet sich hoffentlich in der Nähe?«, fragte Holmes auf Englisch. Während der Reise hatte er sich mit dem Pandit auf Tibetisch unterhalten und konnte sich inzwischen einigermaßen verständigen.

Offenbar machte es ihm Freude, seine Sprachkenntnisse zu perfektionieren.

»Es liegt gut zwei Meilen von hier entfernt, aber näher konnte ich Sie nicht unterbringen«, entgegnete der Pandit und setzte sich wieder in Bewegung.

Wenn ich gehofft hätte, dass man das Bauernhaus für die Mitarbeiter des *British Survey* europäischen Komfortansprüchen angepasst hatte, so wäre das Innere des einfachen Lehmgebäudes eine große Enttäuschung für mich gewesen. In der Ecke des Wohnraums köchelte ein Brei auf dem Herd, weshalb der Qualm des Feuers im ganzen Gebäude lag, das ohnehin nur aus einem Hauptraum und drei kleinen Kammern bestand. Die Wirtsfamilie bestand aus einer Frau Mitte dreißig mit langen, schwarzen Zöpfen, die mehrere Brüder geheiratet hatte. Die Polyandrie war beim tibetischen Adel und den Bauern verbreitet, um den Familienbesitz zusammenzuhalten.

Nachdem uns der älteste Bruder begrüßt hatte, führte uns ein etwa zehnjähriger Junge mit frisch gewaschener Kleidung zu einer winzigen Kammer, die nur mit strohgefüllten Säcken auf einem Boden aus gestampftem Lehm ausgestattet war. Als ich mich bedanken wollte, sah ich, dass der Knabe uns mit merkwürdig ernster Miene musterte. Als sein Blick den meinen traf, errötete er und huschte schleunigst aus der Kammer.

»Ich dachte schon, dass er Ihnen die Zunge herausstreckt«, sagte der Pandit und schaute dem Jungen nach.

»Auf mich hat er eigentlich ganz wohlerzogen gewirkt«, wunderte ich mich.

»Eben drum. In Tibet streckt man Höhergestellten die Zunge heraus.«

Kopfschüttelnd begann ich meine kümmerlichen Habseligkeiten auszupacken und vor einer Wand zu stapeln.

»Wann brechen wir zum Kloster auf?«, erkundigte sich Holmes, der sein Gepäck einfach achtlos in eine Ecke geworfen hatte.

»Morgen früh. Das ist hier nicht wie in England. Man nimmt sich in Tibet viel Zeit«, entgegnete Roy Singh, ob unserer westlichen Ungeduld nachsichtig lächelnd.

Holmes öffnete den Mund, um zu widersprechen, doch Roy Singh ließ ihn nicht zu Worte kommen.

»Sie wollen schließlich kein Aufsehen erregen. Im Hochgebirge geht man nicht einfach spazieren, sondern man verlässt das Haus nur, wenn es die Arbeit oder die Religionsausübung erfordern.«

Trotz dieser Warnung ließ ich es mir nicht nehmen, kurz um das Haus herumzuspazieren. Neugierig schaute ich in einen von einer hohen Mauer umgebenen, staubigen Hof, den Roy Singh hochtrabend »Stallung« genannt hatte. Wie schon fast befürchtet, erblickte ich nur die Lasttiere, mit denen wir aus Simla aufgebrochen waren. Die Sänfte und die beiden Pferdeknechte waren bereits verschwunden.

Nach einer Nacht auf klammen Strohsäcken wanderten wir am nächsten Morgen bei eisiger Kälte auf einer Art Feldweg in die Berge. Es gab hier jedoch keine richtigen Felder, sondern allenfalls kümmerliche Gärten in der Nähe von Dörfern. Sie wurden durch geschmolzenes Gletschereis künstlich bewässert. Ansonsten war die Landschaft trocken und öde. Weit und breit waren weder Pflanzen noch Tiere zu sehen, nur zahllose bunte Gebetsfahnen, die auf den Dächern der Häuser und den Spitzen der nackten Klippen im Wind wehten.

Der Pfad stieg kontinuierlich an und das Atmen fiel mir immer schwerer. Der Anblick von zwei schmächtigen, alten Frauen, die uns fröhlich schwatzend entgegenkamen und obendrein schwere Lasten an Stirnriemen trugen, war auch nicht gerade dazu angetan, meine Stimmung zu heben. Die Vorstellung, immer weiter in die Berge vorzudringen, hatte eine zwiespältige Wirkung auf mich. Die Landschaft strahlte etwas aus, das ich nur schwer in Worte fassen konnte. Doch zugleich bedrückte mich die menschenleere Einsamkeit.

Auf halber Strecke passierten wir ein besonders ärmliches Dorf, das nicht einmal ein kleines Kloster besaß. Die auf der Straße spielenden Kinder rannten bei unserem Anblick in die Hütten und scheuchten dabei ein junges Yak auf, das kläglich blökte. Ich konnte mich des unguten Gefühls nicht erwehren, dass sie uns schon auf den ersten Blick als Europäer erkannt hatten.

Endlich erreichten wir den höchsten Punkt des Hangs, und der Pandit blieb abrupt stehen.

»Da ist das Kloster der Purpurmützen-Sekte«, sagte er und deutete nach unten.

Am Ende eines Seitentals des Sutlej thronte auf einem niedrigen Berggrat vor einem gewaltigen, verschneiten Bergmassiv das Kloster, das aus zahlreichen über- und ineinander geschachtelten kubischen Bauteilen bestand. Es war perfekt in die grandiose Umgebung eingepasst und schien sie dennoch zu beherrschen. Schon aus dieser Entfernung hörte man das dunkle Dröhnen eines alphornartigen Langhorns, das sich beim Näherkommen mit dem hellen Klang von Becken und dem monotonen Gesang der Mönche mischte. Nachdenklich betrachtete ich die hohen Mauern eines fensterlosen Baus. Keiner konnte hier ohne Genehmigung des Abtes hinein oder heraus.

»Das große Gebäude ganz rechts ist so sicher wie ein Gefängnis«, entfuhr es mir schaudernd.

»Das ist die Versammlungshalle«, erklärte der Pandit mit einem vernichtenden Seitenblick, der mich unangenehm an meinen alten Lateinlehrer erinnerte. »Bei den kleineren Gebäuden handelt es sich um verschiedene Tempel sowie die Wohnung des Abtes und die Mönchszellen.«

Doch so, wie die Anlage auf der Höhe lag, erinnerte sie mich trotzdem an eine Festung.

»Worauf warten wir noch?«, fragte Holmes und war schon im Begriff, den Hang hinabzugehen.

»Wir werden erst morgen dem Kloster einen Besuch abstatten«, entgegnete der Gelehrte, dem es offenbar Spaß machte, unseren Elan immer wieder zu bremsen.

»Das ist doch wohl nicht Ihr Ernst«, protestierte Holmes, der vor Tatendrang fast zu platzen schien. Frustriert schaute er in das Tal hinunter wie Moses auf das Gelobte Land, das er nur sehen, aber nicht betreten durfte.

»Doch, das ist durchaus mein Ernst«, verkündete Roy Singh gelassen. »Sie sollten das Kloster heute erst einmal in aller Ruhe aus der Ferne in Augenschein nehmen. Das Fest zu Ehren des Ordensgründers beginnt nämlich erst morgen. Der Lama wurde vor sechshundert Jahren geboren, aber für mich ist das eigentlich kein Anlass zum Feiern, denn er war ein berüchtigter Zauberer.«

Anscheinend gehörte unser Begleiter einer anderen Schule an. Vielleicht war er auch ein Freidenker, der nur vorgab, Buddhist zu sein.

»Was genau geschieht bei diesem Fest?«, erkundigte sich Holmes und beschattete die Stirn mit der Hand. Wie ich später feststellen sollte, prägte er sich gerade minutiös die Anordnung der einzelnen Gebäude ein.

»Den Feierlichkeiten sind eine lange Meditationsphase und mehrtägige vorbereitende Riten vorausgegangen. Bei Sonnenaufgang wird der Abt den Klosterhof weihen. Am Vormittag werden dann Cham-Tänze stattfinden, zu denen das Volk aus allen Richtungen zusammenströmen wird«, begann Roy Singh in der umständlichen Art, die mich schon oft bei Wissenschaftlern gestört hatte, und verlor sich dann in detailverliebten Schilderungen jeder einzelnen Kulthandlung.

Holmes lauschte, ohne ihn ein einziges Mal zu unterbrechen. Erst als der Pandit geendet hatte, räusperte er sich, doch der Inder ließ ihn nicht zu Wort kommen.

»Ich wurde angewiesen, Ihnen behilflich zu sein. Also werde ich mit Ihnen das Fest besuchen. Aber überlassen Sie mir bitte die Konversation. Sie geben vor, Pilger aus weit entfernten Provinzen zu sein. Wenn man Sie zum Reden nötigen sollte, Mister Sigerson, dann behaupten Sie, ein Darde zu sein«, instruierte er Holmes, dessen erboste Miene keinen Zweifel daran ließ, dass er es nicht gewohnt war, Weisungen entgegenzunehmen.

Der Pandit steckte die Hände in die Jackentaschen, trat einen Schritt zurück und musterte mich von den schwarz gefärbten Haaren bis zu den abgewetzten Schnürschuhen. Er schien nicht besonders erbaut von dem zu sein, was er da vor sich sah.

»Sprechen Sie irgendeine Fremdsprache?«, wollte er schließlich wissen und zog seine schmalen Schultern hoch.

»Ja, Italienisch, denn ich lebe in Florenz«, verkündete ich stolz.

Die Antwort schien den Inder zu verblüffen, denn seine Herablassung schwand ein wenig.

»Das ist besser als nichts. Bestimmt hat keiner der Mönche diese Sprache jemals gehört. Daher können sie sie nicht einordnen. Sollte man Ihnen eine Frage stellen, zucken Sie einfach mit den Schultern und antworten dann irgendetwas auf Italienisch«, trug er mir auf, und ich nickte beschämt.

In diesem Augenblick hatte ich das Gefühl, als ob sich ein noch tieferer Abgrund vor mir geöffnet hätte als die Schluchten, die wir auf unserer Reise bisher passiert hatten. Unterwegs war ich kaum zum Nachdenken gekommen. Doch nun fragte ich mich, worauf ich mich da eigentlich eingelassen hatte. Ich war mit einem Fremden widerrechtlich in ein Land eingedrungen, in dem wir unerwünscht waren, und suchte hier nach einem Mann, dessen Namen wir nicht einmal kannten. Was war, wenn der Pandit in Wahrheit ein tibetischer Spitzel war? In diesem Fall konnten wir uns wohl glücklich preisen, wenn man es dabei bewenden ließ, uns aus dem Himalaya-Staat auszuweisen. In Indien hatte ich gehört, dass man hier keine Gefängnisse kannte, sondern Verbrechern zur Strafe die Hände abhackte oder die Nase abschnitt.

»Mister Tristram erfüllt eine wichtige Aufgabe«, hörte ich Holmes sagen, doch schwieg er sich leider darüber aus, worin diese bestand.

Trotzdem schämte ich mich für meine Ängstlichkeit.

»Das habe ich gar nicht bezweifelt«, sagte Roy Singh und machte eine abschwächende Handbewegung.

»Woran erkennen wir eigentlich den Mönch, den mein Onkel aus dem Kloster entführen wollte?«, erkundigte ich mich ohne große Hoffnung auf eine präzise Antwort und massierte dabei mein schon seit Tagen schmerzendes Kreuz.

»Daran, dass er wohl aus der Umgebung von Simla stammt. Wir müssen jedoch bedenken, dass unser Mann möglicherweise nicht an der Zeremonie teilnehmen könnte«, entgegnete Holmes und wandte sich an unseren Begleiter. »Mister Singh, Ihre Aufgabe wird es sein, sich möglichst dezent danach zu erkundigen, ob einer der Mönche wegen einer Unpässlichkeit das Bett hütet oder außer Haus unterwegs ist. Sollte Letzteres der Fall sein, fragen Sie, wann er wiederkommt. Im Zweifelsfall behaupten Sie, sein Verwandter zu sein.«

Mit dieser Ansprache hatte Holmes dem Pandit unmissverständlich zu verstehen gegeben, wer der Leiter unserer Expedition war. Doch Roy Singh behielt trotzdem das letzte Wort, indem er uns darauf hinwies, dass er um fünf Uhr morgens noch vor Sonnenaufgang aufzubrechen gedenke und wir daher gut beraten seien, beizeiten zu Bett zu gehen.

21. Das Klosterfest

Als Roy Singh mich am nächsten Morgen in aller Frühe wachrüttelte, hätte ich mich am liebsten gegen die Wand gedreht, um weiterzuschlafen, so gering erschienen mir die Erfolgsaussichten unserer Unternehmung. Wir suchten einen Mönch aus Simla, der möglicherweise krank war und den mein Onkel aus uns unbekannten Gründen entführen wollte. Das hörte sich nach der sprichwörtlichen Suche nach einer Stecknadel im Heuhaufen an, wobei wir nicht einmal wussten, ob wir den richtigen Heuhaufen gefunden hatten. An meine Violetta, die ich allein in der Sommerhauptstadt Britisch Indiens zurückgelassen hatte, verschwendete ich damals in meinem Selbstmitleid jedoch keinen Gedanken.

Wenigstens hatten wir Glück mit dem Wetter. Die Schneegipfel leuchteten über dem Dunst des Tals, und ich kam mir in dieser überwältigenden Landschaft winzig vor. Der kühle Wind war erfrischend und löste langsam den Frühnebel auf. Bevor wir das Purpurmützen-Kloster auch nur sehen konnten, trieb der Lufthauch bereits monotone Gesänge und den lauten Klang von Langhörnern über den dunstigen Hügel. Im Gehen bemerkte ich, dass Holmes' Mantel sich für einen derart schlanken Mann erstaunlich stark aufbauschte, doch wie immer behielt der Detektiv für sich, was genau er vorhatte.

Endlich erreichten wir den höchsten Punkt des Hügels, begnügten uns aber diesmal nicht mit dem Anblick der Klosteranlage, sondern wanderten zügig den Hang hinab, bis wir einen steilen Pfad erreichten, der zum heiligen Bezirk hinaufführte. Gruppen von Gläubigen näherten sich von allen Seiten dem Gebäudekomplex. Ihre farbigen, oft roten Kleidungsstücke blitzten in der Sonne und bildeten einen schönen Kontrast zum Grau der Felsen und dem strahlenden Blau des Himmels. Die Frauen hatten Amulette und andere kleine Gegenstände ins Haar geflochten. Auch trugen sie reichlich Schmuck: Armreife, Halsketten und Ringe, deren Anzahl und Wert wohl Rückschlüsse auf ihre soziale Stellung zuließen. Trotz des harten Lebens in dieser kargen Region strahlten die meisten Gesichter Gelassenheit und Heiterkeit aus.

Schon von Weitem begrüßten drei Chörten die Pilger, buddhistische Pavillons, neben denen zahlreiche Steine mit eingeritzten Beschwörungsformeln lagen.

»Wenn Sie in zwei Stunden nichts von mir gehört haben sollten, verlassen Sie bitte das Kloster und kehren in unser Quartier zurück«, raunte Holmes mir zu und riss mich damit aus meinen Betrachtungen.

Inzwischen hatten wir die steinerne, schon leicht bröcklige Pforte fast erreicht, durch die man in den Vorhof des Klosters gelangte, der zu beiden Seiten von Gebäuden flankiert war.

»Aber schauen Sie bloß nicht zu auffällig auf Ihre Taschenuhr«, entfuhr es dem Pandit. »Umkreisen Sie heilige Orte nur im Uhrzeigersinn und ziehen Sie vor allen Kultbildern den Hut. Am besten, Sie imitieren das Verhalten der anderen«, fügte er etwas leiser hinzu, und ich fand, dass er uns besser hätte beim Frühstück instruieren sollen.

Schweigend durchschritten wir einen Gang, und ich spähte im Vorbeigehen durch die offene Tür eines Tempels. Staunend erblickte ich mehrere Dutzend vergoldete Statuen, die vor buntfarbigen Mandorlen thronten. Es waren wohl derartige Skulpturen, vor denen ich den Hut ziehen sollte.

Schließlich erreichten wir den Klosterhof, auf dem sich Hunderte von Pilgern und Bauern versammelt hatten. Wir kamen gerade noch rechtzeitig zum Beginn der Cham-Tänze.

Ein in Brokatgewänder gekleideter Mann, der eine blau bemalte Holzmaske mit runden Augen trug, umschritt tanzend die leere Mitte des weiten Hofs. Diese Darbietung wurde vom Mönchsorchester begleitet, das nur aus durchdringenden Blasinstrumenten und Schlaginstrumenten wie Trommeln, Becken, Zimbeln und Gongs bestand. Die Instrumente wurden paarweise eingesetzt und spielten keine für mich als solche erkennbaren Melodien, sondern produzierten nur monotone, rhythmische Geräusche.

Das Spektakel zog derart meine Aufmerksamkeit auf sich, dass mir erst nach einigen Minuten auffiel, dass sowohl Holmes als auch der Pandit verschwunden waren. Angestrengt sah ich mich in der Menge um, doch ich konnte sie nirgends ausmachen. Schließlich blieb mein Blick auf einem ausgemergelten Mönch mittleren

Alters haften, der auf einem erhöhten und obendrein baldachinbekrönten Stuhl saß und bei dem es sich wohl um den Abt handelte. Besorgt stellte ich fest, dass er nicht den Eindruck machte, als könnte man ihn leicht hinters Licht führen.

Meine Nervosität steigerte sich noch beim Auftritt des nächsten Tänzers. Dessen Maske zeigte ein furchteinflößendes Tiergesicht – wie ich später erfuhr, stellte er eine Gottheit des Bardo dar, des tibetischen Zwischenreichs zwischen Ableben und Wiedergeburt. Vor allem aber beunruhigte mich, dass von meinen beiden Begleitern noch immer jede Spur fehlte.

Trotzdem begannen der eintönige Singsang und der dumpfe Rhythmus der Schlaginstrumente mich langsam einzulullen, als ich plötzlich bemerkte, dass der alte Mann neben mir Blickkontakt mit mir suchte. Damit dem anderen Zuschauer meine hellen Augen nicht auffielen, senkte ich sofort die Lider. Um diese instinktive Reaktion zu vertuschen, bückte ich mich und las einen auf dem Boden herumliegenden Zweig auf.

Aber es war zu spät. Als hätte jemand Alarm gegeben, scharten sich plötzlich mehrere Männer um mich. Ein muskulöser Bauer trat mir entgegen, von hinten näherten sich zwei junge Burschen, der eine mager, der andere übergewichtig und mit schlechter Haut. Der Bauer deutete auf mich wie ein Cicerone auf eine Touristenattraktion und stieß ein einziges Wort aus. Sein rundes Gesicht war vor Aufregung gerötet.

Ich fühlte mich, als wäre ich einer Räuberbande in die Hände gefallen. Panisch versuchte ich, mich so groß wie möglich zu machen, und hielt nach einem Gesicht

Ausschau, das nicht zugleich verschlossen und verständnislos war. Doch ich fand keines.

Mit aller Kraft bemühte ich mich um eine arglose Miene und begann, mit ruhiger Stimme Italienisch zu sprechen.

»Ich suche nach einem Verwandten und habe gehört, dass er sich hier aufhalten soll. Ich habe eine wichtige Nachricht für ihn«, improvisierte ich, bevor mir plötzlich bewusst wurde, dass ich in der Aufregung den Part des Pandit übernommen hatte.

Jetzt musste ich ihn wohl auch weiterspielen, denn ich hatte das Gefühl, irgendetwas tun zu müssen, damit es keinen größeren Tumult gab oder man gar den Abt herbeirief. Weil mir nichts Besseres einfiel, holte ich das Gruppenfoto aus der Brieftasche.

»Das ist mein Onkel«, erklärte ich auf Italienisch und deutete auf Edward Tristram.

Beim Anblick des Lichtbildes hob ein leises Raunen an. Das Foto wanderte von Hand zu Hand, ein älterer Mann hielt es sich direkt unter die Nase und betrachtete es mit müden Augen. Wahrscheinlich war er hochgradig kurzsichtig. Trotzdem machte er eine knappe Bewegung des Kopfes, die wie ein »Ja« aussah.

Bevor ich eine Frage stellen konnte, die ohnehin niemand verstanden hätte, sprach einer der jungen Burschen den Alten in einem höflichen und zugleich beschwichtigenden Ton an, worauf dieser mit den Achseln zuckte.

Ein weiterer junger Mann mit Türkisohrringen und dem langen Zopf der Tibeter, die keine Mönche sind, trat heran. Er trug die Kleidung eines tibetischen Landbewohners, aber seinen Kopf bedeckte ein europäisch aussehender Lederhut. Bei genauerem Hinsehen war er vielleicht doch nicht mehr ganz so jung, sondern wohl bereits um die dreißig. Zu meiner Erleichterung schaute er nicht so feindselig drein wie seine Landsleute. Er warf einen kurzen Blick auf das Gruppenbild, bevor er mit ruhiger Stimme einige Sätze sagte und das Foto an sich nahm. Die Haltung der Männer entspannte sich, und sie wandten ihre Aufmerksamkeit wieder dem Spektakel zu.

Ich bedauerte zutiefst, das für mich völlig unersetzliche Foto aus der Hand gegeben zu haben, und überlegte panisch, wie ich es dem Mann mit dem Lederhut wieder unauffällig abluchsen konnte.

»Ich erwarte Sie an der Klostermauer«, raunte dieser mir auf Englisch zu, bevor ich auch nur einen Plan gefasst hatte.

Ich spürte, wie sich meine Nackenhaare aufstellten. Hatte ich rein zufällig unseren Mann gefunden, oder war ich Holmes wieder einmal in einer seiner Maskeraden auf den Leim gegangen? Vorsichtshalber ließ ich dem Unbekannten einige Schritte Vorsprung, bevor ich mich hinter ihm ganz langsam durch die Menge schlängelte, die zum Glück nur Augen für die religiöse Darbietung hatte. Schließlich stand ich vor dem mysteriösen Mann mit dem europäischen Hut, der sich etwas abseits vom Trubel vor der Umfassungsmauer positioniert hatte. Ich verspürte einen instinktiven Argwohn gegenüber dem Fremden und beschloss, lieber nicht zu erwähnen, dass ich nicht allein gekommen war.

»Woher sprechen Sie Englisch?«, eröffnete ich das Gespräch mit einem unverbindlichen Thema und streckte die Hand nach dem Lichtbild aus, das mir mein Gegenüber anstandslos zurückgab.

»Ich habe fünf Jahre lang für einen Sahib in Ladakh gearbeitet. Vorher war ich ein Novize dieses Klosters, aber dann habe ich es mir anders überlegt«, entgegnete er in einem englisch-tibetischen Kauderwelsch und musterte mich eingehend. »Sie haben eben allgemeines Aufsehen erregt, weil Sie Linkshänder sind. Das gilt im Pupurmützen-Orden als unheilvoll. Buddhisten umschreiten ein Heiligtum im Uhrzeigersinn. Nur die Bön-Anhänger gehen linksherum.«

Meine Linkshändigkeit konnte doch Roy Singh unmöglich entgangen sein. Warum hatte er mich nicht gewarnt, dass ich sie besser verbergen sollte?

»Was haben Sie eben über mich gesagt?«, erkundigte ich mich, um Zeit zu gewinnen. Noch immer wagte ich es nicht, mein Gegenüber nach dem von uns gesuchten Mönch zu fragen.

»Ich habe behauptet, dass Sie sich die rechte Hand verstaucht haben«, erwiderte er mit der größten Selbstverständlichkeit, und ich fragte mich, warum er meinetwegen gelogen hatte. »Sie können froh sein, dass keiner der Bauern begriffen hat, dass Sie Engländer sind.«

»Ich besuche nur das Tempelfest. Dann fahre ich nach Simla zurück«, sagte ich und hoffte, dass es sich wirklich so gestalten würde. Noch immer beschäftigte mich, dass einer der Klosterbesucher offenbar meinen Verwandten gekannt hatte. »Ich bin nämlich auf der Suche nach einem Verwandten, und jemand will ihn angeblich hier gesehen haben«, behauptete ich daher. »Ich hatte den Eindruck, der alte Mann hat ihn auf meinem Foto wiedererkannt.«

»Das wage ich zu bezweifeln. Erstens ist er halb blind und zweitens hat er noch nie einen Europäer gesehen. Er war nur so aufgeregt, weil er noch nie ein Lichtbild gesehen hat. Aber mir kommt einer der Männer bekannt vor«, bemerkte er, und mein Herz machte vor Überraschung einen Satz.

»Der zweiten von links?«, vergewisserte ich mich.

»Nein, der in der Mitte.«

Diese Antwort hatte ich wirklich nicht erwartet. Perplex zog ich das Foto nochmals heraus. Das war der Mann, der auch mir vage bekannt vorkam, den ich aber bislang nicht hatte einordnen können.

»Kennen Sie zufällig seinen Namen?«, fragte ich, was mein Gesprächspartner jedoch leicht zerstreut verneinte.

Irgendetwas schien ihn zu fesseln, und er wandte sich plötzlich von mir ab, um die Menge zu betrachten.

»Sie sollten sofort von hier verschwinden. Bitte gehen Sie sofort zur gegenüberliegenden Seite des Platzes«, hörte ich im gleichen Augenblick Holmes' Stimme ganz leise sagen, und ich fuhr herum.

Es gelang mir gerade noch, einen Schrei zu unterdrücken, denn ich sah einen Tänzer, der ein schwarzes, mit einem Skelett bemaltes Gewand und eine Totenkopf-Maske trug. Es fehlte nur noch eine Sense und er hätte wie Gevatter Tod ausgesehen, aber es war Holmes. Ich wollte ihm folgen, doch in diesem Moment betrat eine vierköpfige Bauernfamilie im farbenprächtigen Feiertagsstaat den Innenhof und schob sich zwischen uns.

Als ich Holmes wieder erspähte, hatte er bereits die Tanzfläche erreicht und begann mit grotesken Verrenkungen um die leere Mitte des Klosterhofs zu springen. Erst jetzt bemerkte ich, dass er nicht das einzige tanzende Gerippe war, sondern vier Mönche mit identischen Kostümen einen ähnlich ungelenken Tanz aufführten.

Mein Gesprächspartner von eben kehrte mir noch immer den Rücken zu. Das nützte ich aus und tauchte mit gesenktem Kopf in der Menge unter. Nachdem ich etwas Abstand gewonnen hatte, hielt ich mich dicht an der Umfassungsmauer, um niemanden aus Versehen anzurempeln. Ohne mich umzudrehen, schlängelte ich mich mit gesenktem Blick an den in Gruppen herumstehenden Zuschauern vorbei. Wieder erhaschte ich einen flüchtigen Blick in einen Kultraum und fuhr erschrocken zurück, denn die riesigen Augen eines stierköpfigen, schwarzen Ungeheuers starrten mich an. Sein Mund war mit Reißzähnen bewehrt, und an seinem Gürtel hingen menschliche Schädel. Dieses Wandbild hätte mir den Schlaf geraubt.

In einem vom Hof abzweigenden Gang sah ich Holmes wieder, der das Tanzkostüm inzwischen abgestreift hatte, und ich huschte ebenfalls um die Ecke, um mich ihm anzuschließen. Er hatte Ringe unter den Augen und schien in der letzten Stunde noch magerer geworden zu sein.

»Wo ist Roy Singh?«, erkundigte ich mich leise.

»Er hat zum Rückzug geblasen, als er einen tibetischen Beamten gesehen hat«, raunte Holmes mir zu und setzte sich in Bewegung.

Ganz plötzlich war mir alles klar.

»Der Mann, der mich angesprochen hat?«, fragte ich bang, was Holmes bestätigte.

Noch immer folgten wir der schmalen Gasse, die zwischen zwei einfachen, weiß getünchten Bauten verlief.

»Warum hat er mich nicht festgenommen?«

»Weil er davon ausging, dass Sie nicht allein sind, und uns alle befragen will«, erwiderte Holmes, bevor er abrupt stehen blieb. »Da kommt jemand!«

Auch ich vernahm leise Schritte, die sich näherten. Wegen des Höllenlärms, der aus dem Klosterhof herdrang, hatte ich sie nicht rechtzeitig gehört.

Ich hielt ebenfalls in der Bewegung inne und stieß fast mit einem Mann zusammen, der aus einer Tür in den Gang trat, den Kopf gesenkt, die Schultern hochgezogen.

»Schnell weg von hier!«, forderte mich eine gedämpfte, aber reichlich barsche Stimme auf.

Erleichtert erkannte ich, dass sie keinem tibetischen Beamten, sondern Roy Singh gehörte.

»Mussten Sie ausgerechnet Jamyang über den Weg laufen? Ich kenne diesen Menschen schon aus der Zeit, als er noch ein ehrgeiziger Schreiber beim Bezirksamt war«, fluchte er, und mir fiel auf, dass er erstmals eine Einzelheit aus seinem Leben preisgegeben hatte. »Dem ist glatt zuzutrauen, einen tibetischen Mastiff auf uns zu hetzen. Vor diesen Bestien kann gar nicht genug gewarnt werden.«

»Wir sollten so bald wie möglich dieses ungastliche Land verlassen«, verkündete Holmes grimmig.

»Zuerst einmal sollten wir schnellstens das Purpurmützen-Kloster verlassen. Damit müssen wir uns aber leider noch etwas gedulden, da man von hier oben aus den Zugang einsehen kann«, bremste Roy Singh unseren Elan, bevor er wortlos losmarschierte.

Unter seiner Führung eilten wir treppauf, treppab minutenlang durch die verwinkelte Anlage, bis wir eine Kammer erreichten, in der drei riesige, offenbar ausrangierte Statuen abgestellt waren. Ich blieb davor stehen, legte den Kopf in den Nacken und bestaunte eine weit überlebensgroße Buddhafigur, von der bereits die Farbe abblätterte.

»Hier wird uns bestimmt niemand suchen. Wir warten das Ende der Zeremonie ab und mischen uns dann wieder unter die Menge«, sagte der Pandit und ließ sich auf dem staubigen Lehmboden nieder. »Jetzt haben Sie auch selbst gesehen, warum die Purpurmützen so übel beleumundet sind. Bei einem der großen traditionellen Orden hätte Ihre Linkshändigkeit bestenfalls mildes Erstaunen ausgelöst«, fügte er an mich gerichtet hinzu. Dann schloss er die Augen und gab uns damit zu verstehen, dass wir besser nicht mehr sprechen sollten.

Der fensterlose Raum erschien mir wie eine tödliche Falle, weshalb ich mir einen Ruck geben musste, um ihn zu betreten, zumal ich dem Gelehrten gegenüber noch immer schwer zu beschreibende Vorbehalte hegte.

Holmes schloss hinter sich behutsam die morsche Holztür und nahm dann neben dem Pandit auf dem Fußboden Platz. Im Raum war es fast völlig dunkel, nur durch den Türspalt und das Schlüsselloch drang etwas Licht herein. Den Kopf auf die Knie gestützt, wartete ich auf das Ende meiner Gefangenschaft. Die Kälte begann vom Boden aus meinen Körper hinaufzusteigen, doch ich wagte mich nicht zu regen, um kein verräterisches Geräusch zu verursachen. Ich weiß nicht, wie lange ich reglos in dieser unbequemen Haltung ausgeharrt hatte, während der hypnotische Klang des Mönchsorchesters durch die Wand drang, denn ich hatte seit Betreten des Klosters nicht mehr auf die Uhr geschaut. Spätestens als sich mein Magen lautstark meldete, waren es wohl mehrere Stunden.

Ganz plötzlich verstummte die Musik. Augenblicklich erhob sich der Pandit behände vom Boden, und Holmes tat es ihm gleich. Wesentlich mühsamer rappelte auch ich mich auf und klopfte mir den Schmutz von der Kleidung.

»Vielleicht sollten Sie mit Mister Tristram den Mantel tauschen, damit sein Äußeres wenigstens ein klein wenig verändert ist«, schlug Holmes vor.

Wortlos schlüpfte der Pandit aus seinem prächtigen, roten Wollmantel, und ich überreichte ihm im Gegenzug mein einfaches, dunkelgraues Exemplar. Da ich aber einen halben Kopf größer als der kleine, nervöse Inder war, würde uns nur ein sehr nachlässiger Beobachter verwechseln.

In gebückter Haltung rannten wir durch die Tür und huschten an der Wand entlang, sodass man uns aus dem angrenzenden Haus nicht sehen konnte. Als wir um die nächste Ecke gebogen waren, richtete sich Roy Singh gerade noch rechtzeitig wieder auf, denn uns kam ein schlaksiger Novize entgegen. Zum Glück machte er einen gedankenverlorenen Eindruck. Mit der größten Selbstverständlichkeit grüßte ihn Holmes mit einem demütigen Senken des Kopfes. Ich hingegen bemühte mich dabei um einen jovialen Gesichtsausdruck, denn ich trug jetzt den Mantel eines hochrangigen Würdenträgers. Der Junge verneigte sich vor mir und ging dann weiter.

Wahrscheinlich hätte ich auf mich gestellt den Klosterhof nicht rechtzeitig erreicht, um mich dem allgemeinen Aufbruch anzuschließen. Doch Holmes und Roy Singh fanden mit schlafwandlerischer Sicherheit den kürzesten Weg zum Mittelpunkt des Klosters.

Im Schutz der Pilgerschar verließen wir unauffällig das Klostergelände und stiegen den Pfad ins Tal hinab. Unten teilte sich die Menge in mehrere Ströme, und wir schlossen uns dem größten an. Die ganze Zeit musste ich mich zwingen, mich nicht umzuschauen, das hätte Argwohn erregen können. Noch immer raste mein Puls, und ich hielt jeden Tibeter für einen potenziellen Meuchelmörder. Erst als das Kloster außer Sichtweite war, fühlte ich mich etwas wohler.

Ich bemerkte, dass mich ein alter Bauer von der Seite beäugte, und mir fiel auf, dass ich fast rannte und sogar meine Reisegefährten hinter mir gelassen hatte. Sofort reduzierte ich meine Geschwindigkeit, bis Holmes und der Pandit aufgeholt hatten. Dann orientierte ich mich an deren schnellem, aber nicht hastigem Schritt.

Plötzlich tauchte neben mir ein rundgesichtiger, junger Mann auf, der unverkennbar eine europäische Zigarette rauchte, und mich beschlich ein mulmiges Gefühl. Dergleichen konnte man hier bestimmt nicht im Tabakladen um die Ecke kaufen. Zu allem Überfluss schaute der Unbekannte auch noch in meine Richtung. Aber im nächsten Augenblick erkannte ich erleichtert, dass er sich nur von einem anderen jungen Burschen verabschieden wollte, bevor er seines Weges ging.

Je weiter wir uns vom Kloster entfernten, desto mehr Pilger verließen unseren Weg. Schließlich war auch die letzte Familie auf einem für mich kaum wahrnehmbaren Pfad abgebogen. Ich wollte schon erleichtert das Schweigen brechen, als ich hinter mir ein Geräusch hörte, das ich nicht einordnen konnte. Argwohn stieg sogleich in mir auf. Von der Magengrube ausgehend, durchflutete er meinen ganzen Körper. Erschrocken wirbelte ich herum, sah aber nichts Bedrohlicheres als einen Fuchs, der sich ein kleines Beutetier geschnappt hatte. Es schien uns tatsächlich gelungen zu sein, unsere Spuren zu verwischen. Doch bei der Lösung unseres Falls schienen wir keinen Schritt weitergekommen zu sein.

»Wir brechen noch heute Nacht auf und kehren nach Indien zurück«, kündigte Holmes mit entschlossener Miene an. Seine Anspannung war nach dem Besuch des Klosters noch gewachsen, während der Pandit offenbar bester Stimmung zu sein schien.

»So viel Aufwand für nichts und wieder nichts«, entfuhr es mir enttäuscht.

»Wo denken Sie hin? Die Reise war keineswegs vergeblich. Wenn ich unseren Mann nicht gefunden hätte, würde ich doch nicht einfach die Flinte ins Korn werfen«, entgegnete Holmes indigniert.

»Sie haben ihn gefunden?«

Fast hätte ich vor Überraschung vergessen, wie weit im Freien die Stimme trägt.

»Selbstredend.«

Holmes' Tonfall drückte Entrüstung darüber aus, dass ich an seinen professionellen Fähigkeiten gezweifelt hatte.

»Ich habe ihn gefunden und habe auch Ihre Fragen und seine Antworten übersetzt«, stellte unser Begleiter nicht weniger pikiert richtig.

»Es ist genau, wie ich erwartet habe«, verkündete Holmes, ohne Roy Singhs Verdienste eines Wortes zu würdigen. »Seine Mutter stammte aus Baschahr und hat früher in Simla als Haushaltshilfe gearbeitet. Leider weiß der junge Mönch nicht, wer sein Vater ist. Ich habe ihn gefragt, ob er einen Gegenstand besitzt, der einst seinem Vater gehört hat, was er aber verneinte. Doch nach einigem Zögern hat er erwähnt, dass ihm seine Mutter einmal eine silberne Taschenuhr gezeigt hat, in deren Deckel die Initialen H. R. eingraviert waren. So wie er den Chronometer beschrieben hat, wurde er in Schottland hergestellt, vermutlich in Glasgow.«

»Die Uhr gehörte bestimmt einem Mitglied der Familie Roundtree. Schon der Vater war ein Betrüger, und sein Sohn hat es erst recht faustdick hinter den Ohren«, sagte der Pandit, der sich bisher noch nie in die Niederungen unseres Kriminalfalls hinabbegeben hatte. »Aber was ist mit der kleinen Bronzefigur des Bodhisattva Sarvanivaranaviskambhin[9], die der Mönch um den Hals trug und die sie so aufmerksam beäugt haben?«

»Sie hat mir anfangs gefallen. Aber auf den zweiten Blick war sie doch nicht so kunstvoll gearbeitet, wie ich gedacht hatte«, sagte Holmes gelangweilt, eine Antwort, die den Inder sichtlich befremdete.

---

9 Sanskrit für »der Beseitiger aller Hindernisse«.

»Wir nehmen den Mönch nicht mit?«, erkundigte ich mich verwirrt, denn mehr als die Uhr seines Vaters und die Bodhisattva-Figur um seinen Hals interessierte mich deren Besitzer.

»Mit welcher Begründung? Er wird nicht gegen seinen Willen im Kloster festgehalten. Außerdem haben wir leider keine Ahnung, was Edward Tristram von ihm wollte«, erklärte der Meisterdetektiv, der noch distanzierter als sonst wirkte.

Unter anderen Umständen hätte er in diesem Augenblick seine Pfeife angezündet.

»Das wusste außer ihm selbst wohl nur der verstorbene Mister Roundtree«, bedauerte ich mit einem Seufzer.

Im Grunde war unser Fall durch die jüngsten Erkenntnisse nicht einfacher, sondern noch komplizierter geworden.

»Wollte Ihr Verwandter Edward Tristram diesem jungen Mönch nutzen oder ihm schaden?«, fragte unser Begleiter, der offenbar von Engländern immer nur das Schlechteste dachte.

»Vielleicht werden wir das niemals herausfinden«, entgegnete Holmes, und ich fragte mich, ob das sein Ernst sei, denn gewöhnlich traute er sich zu, jeden noch so vertrackten Fall zu lösen.

Normalerweise hätte ich ihm jetzt endlich mitgeteilt, dass der tibetische Agent den Mann in der Mitte auf dem Foto wiedererkannt hatte, aber ich behielt es doch lieber für mich, bis ich mit Holmes unter vier Augen sprechen konnte.

Die Hände in den Taschen versenkt, den Blick zu Boden gerichtet, legte er den restlichen Weg schweigend zurück. Es war bereits fast dunkel, als wir müde und erschöpft in unserer Bleibe ankamen, wo wir ein für hiesige Verhältnisse üppiges Mahl zu uns nahmen. Es gab gerösteten Gerstengrieß, gefüllte Teigtaschen, getrocknetes Yakfleisch und reichlich Buttertee. Damit war schon fast das gesamte Spektrum der tibetischen Küche abgedeckt. Früher hatte ich geglaubt, alle Tibeter seien Vegetarier, aber das traf nur für die Mönche zu. In großen Teilen des kargen Landes war Ackerbau kaum möglich, weshalb die Bewohner nicht auf den Verzehr von Fleisch verzichten konnten. Doch wie Roy Singh uns bereits in Rampur gewarnt hatte, verschmähten selbst die Laien Fisch, weil Buddha kurz vor seiner Erleuchtung Fische erschienen sein sollen.

Nachdem wir alles heißhungrig vertilgt hatten, was uns die Hausherrin schweigend und ohne die Andeutung eines Lächelns vorgesetzt hatte, stopfte Holmes seine unvermeidliche Pfeife und erhob sich wortlos von der Tafel. Ich hörte, wie die Haustür geräuschvoll hinter ihm ins Schloss fiel, und ich fragte mich, was Holmes in Kälte und Finsternis suchte.

22. Die Höhle

Als wir kurz nach Mitternacht aufbrachen, wehte uns ein eisiger Wind entgegen. Als Kaufleute verkleidet, das Gepäck auf unsere Maultiere geladen, marschierten wir in die Dunkelheit. Die Hufe der Packtiere waren mit Sackleinen umwickelt und ihre Mäuler mit Seilen zugebunden. Es war gespenstisch, sich fast völlig geräuschlos durch die Nacht zu bewegen. Die schneebedeckten Berge, die uns umgaben, sahen verwunschen aus, und man konnte sich kaum vorstellen, dass hier Menschen lebten. Es war eine sternenklare, eiskalte Nacht; die Temperatur lag, wenn überhaupt, nur knapp über dem Gefrierpunkt. Roy Singh blieb schon nach wenigen Schritten stehen und schlang sich seinen Wollmantel enger um den schmächtigen Körper.

»Ich glaube noch immer, dass wir besser den Morgen abwarten sollten. In der Finsternis kommt man leicht vom Weg ab«, gab er zu bedenken, aber Holmes wollte davon nichts wissen.

»Nein, ich bestehe darauf, dass wir nachts reisen«, insistierte er störrisch. Ich hatte den Eindruck, dass er immer stärker in diese fremde Welt hineingezogen wurde, was ich nicht völlig nachvollziehen konnte.

Unter Roy Singhs Leitung stiegen wir also auf einem harten, steinigen Pfad bergab in ein tiefes Tal und klommen dann wieder einen steilen Hang hinauf. Es war ein längerer Aufstieg zu bewältigen, bei dem wir jedes Yard mühsam gegen den schneidenden Wind ankämpfen mussten. Zum Glück hatte ich mich in der Gebirgshöhe inzwischen etwas akklimatisiert – ich musste nicht mehr alle paar Schritte stehen bleiben, um nach Luft zu schnappen. Schließlich gelangten wir auf die Kuppe eines kahlen Hügels, den man von unserem Quartier aus sehen konnte. Schaudernd blickte ich zurück und fragte mich, ob man uns bis dort unten gefolgt war. Die Tatsache, dass Holmes mich vor unserem Aufbruch gebeten hatte, meinen Revolver griffbereit zu haben, stimmte mich auch nicht gerade ruhiger.

»Warum kehren wir nicht auf dem gleichen Weg zurück, auf dem wir gekommen sind?«, erkundigte sich Holmes, eine Frage, die auch ich mir schon gestellt hatte.

»Ohne die sperrige Sänfte können wir den direkten Weg nehmen«, behauptete der Pandit und stampfte mit den Füßen auf der Stelle, um die Kälte zu vertreiben.

Dann ging er unbeirrt den Hang hinunter und bog bald in eine Abzweigung vom Hauptweg ab, die mir bestimmt entgangen wäre. Der Abstieg war beschwerlich, und wir machten mehrfach Halt, um wieder zu Kräften zu kommen. Der Wind blies mit unverminderter Stärke, und trotz meines dicken Wollmantels fröstelte ich.

Wie bereits bei der Rückkehr vom Kloster der Rotmützen-Sekte in unser Quartier hatte ich das unbestimmte Gefühl, verfolgt zu werden. Bei jedem knirschenden Kiesel, jedem knackenden Zweig und vor allem bei jedem Geräusch, das ich nicht sofort einordnen konnte, schaute ich mich argwöhnisch um. Doch ich erblickte keine Menschenseele, was aber nicht hieß, dass man uns nicht doch observierte. Irgendwann hatte ich in der Dunkelheit völlig die Orientierung verloren. Der Pandit hätte uns direkt in die Amtsstube des nächsten Bezirksbeamten führen können, ohne dass ich es bemerkt hätte.

Während ebener Wegstrecken war ich mehrfach im Begriff, Holmes auf unseren Fall anzusprechen. Aber sein abweisender Gesichtsausdruck ließ mich jedes Mal wieder verstummen. Eine spürbare Anspannung lag in der Luft, und ich konnte es kaum erwarten, wieder in die Zivilisation zurückzukehren.

Je weiter die Nacht fortschritt, desto stärker zog die Kälte an. Immer wieder mussten wir Bäche überqueren, teils von Stein zu Stein hüpfend, teils durch eiskaltes Wasser watend. Wie wir von Roy Singh erfuhren, konnte man diese Route nur während einiger Monate im Jahr nehmen, da die Flüsse sonst zu viel Wasser führten. Wir kamen der Schneegrenze immer näher, und der Boden unter unseren Füßen war inzwischen hart gefroren.

Als sich die ersten Vorboten der Morgendämmerung zeigten, erreichten wir eine Höhle, die in den Steilhang eines Bergriesen eingeschnitten war. Vermutlich diente sie Nomaden oder Hirten als Unterschlupf, wenn sie auf ihrem Weg von einem Unwetter überrascht wurden.

»Hier können wir uns einige Stunden ausruhen«, verkündete Roy Singh und trat ein, ohne auf unsere Zustimmung zu warten, wobei er sein sichtlich erschöpftes Maultier hinter sich herzog.

Holmes runzelte die Stirn und ging dann in die Hocke, um den Boden vor dem Eingang zu begutachten. Beunruhigt blieb ich neben ihm stehen und schaute ihm bei der Spurensuche zu.

»Es scheint kein Schnee-Leopard in der Höhle zu sein«, sagte er sachlich, während er sich rasch erhob. »Unterwegs habe ich nämlich ab und zu die Spuren von Raubkatzen gesehen. Wahrscheinlich hätten leichtgläubige Zeitgenossen sie für Tatzenabdrücke des Yeti gehalten.«

Holmes betrat ebenfalls die Höhle, und ich schloss mich ihm nach kurzem Zögern an, denn wie das Statuen-Depot im Tempel zuvor erschien mir auch diese Höhle wie eine Falle. Drinnen bemerkte ich erstaunt, dass sie geräumiger war, als es von außen den Anschein hatte. Der Platz reichte sogar für sämtliche Packtiere. Wenn ich nicht bereits mehrere Nächte in einem Haus, in dem man mit Yak-Dung kochte, verbracht hätte, wäre mir der Gestank der Tiere unerträglich gewesen.

Holmes und Roy Singh hatten sich auf dem Boden niedergelassen, wovor ich wegen der Kälte zurückschreckte. Ratlos öffnete ich mein Bündel, holte ein Stück Trockenfleisch heraus und biss etwas ab. Lustlos kaute ich auf der zähen Masse herum, würgte den Bissen hinunter und verstaute den Rest wieder. Dann warf ich mein Gepäck auf den Boden und ließ mich ermattet darauf sinken. Doch auch auf dieser Unterlage saß ich äußerst unbequem, und die Wand, gegen die ich mich lehnte, war so kalt, dass mein Rücken bald taub zu werden begann und meine Füße sich wie Eisklumpen anfühlten. Aber die durchwachte Nacht forderte ihren Tribut, und ehe ich mich versah, übermannte mich der Schlaf.

Kurze Zeit später schreckte ich aus einem grässlichen Albtraum auf, in dem man mich allein in einer Schneewüste zurückgelassen hatte. Erst als ich Holmes' beunruhigtes Gesicht sah, begriff ich, wo ich mich befand. Nach dem Pandit schaute ich mich hingegen vergebens um.

»Ich wollte Sie gerade wecken«, sagte Holmes und erhob sich.

»Wo ist Roy Singh?«, entfuhr es mir irritiert.

»Angeblich auf der Suche nach Trinkwasser. Er ist schon seit einer halben Stunde unterwegs und wird wohl bald zurückkehren.«

»Haben die Packtiere denn nicht genug Wasser geladen?«, wunderte ich mich.

»Natürlich haben sie das«, bestätigte Holmes. »Seien Sie bitte ihm gegenüber vorsichtig mit Ihren Worten. Ich traue ihm nicht über den Weg.«

Er sprach damit aus, was auch mich seit Langem beschäftigte. Nun war mir auch klar, warum Holmes sich unterwegs nicht mit mir unterhalten wollte. Es kostete mich einige Mühe, mich auf die Beine zu hieven, denn meine Zehen waren taub vor Kälte. Einen Augenblick lang befürchtete ich, meine steifen Glieder könnten mir den Dienst verweigern, und ich stützte mich an der Wand ab.

»Wissen Sie zufällig, wo genau wir gerade sind?«, erkundigte ich mich in der Annahme, dass unser Reisegefährte sich schlicht aus dem Staub gemacht hatte.

»Selbstverständlich weiß ich das, denn ich habe mir die Landkarte in Roy Singhs Arbeitszimmer genau eingeprägt. Bisher bewegen wir uns auf die Grenze zu.«

»Ich hoffe, Sie haben dabei auf den Maßstab geachtet?«, fragte ich skeptisch.

Holmes antwortete nicht und machte auch keine Anstalten hinauszugehen, sondern stapelte unser Gepäck hinter den Packtieren übereinander und zog sich dann weiter in die Höhle zurück.

»Was haben Sie vor?«, fragte ich beunruhigt, denn Holmes hatte offensichtlich eine Barrikade aufgebaut.

»Zunächst einmal äußerste Vorsicht walten lassen«, erwiderte er nebulös, wie es leider oft seine Art war. »Zum Glück macht der Pandit keinen besonders sportlichen Eindruck, und wir sind in der Überzahl.«

»Auf mich wirkt er eher wie jemand, der im Zweifelsfall das Weite sucht, statt sich in ein Handgemenge verwickeln zu lassen«, wandte ich ein, hatte jedoch das ungute Gefühl, dass man Roy Singh trotzdem nicht unterschätzen durfte.

»Haben Sie Ihren Revolver zur Hand?«, fragte Holmes unvermittelt, und mich schauderte.

»Ja, das habe ich«, entgegnete ich leise, zog ihn aus der Falte meines Mantels und überprüfte die Kugeln in der Trommel.

»Wundern Sie sich nicht, wenn ich Ihnen einen seltsam klingenden Befehl gebe, sondern tun Sie einfach, was ich sage«, trug Holmes mir mit gedämpfter Stimme auf.

Durch den Höhleneingang drang plötzlich ein kratzendes Geräusch, das nach den Tatzen eines Leoparden klang. Vorsichtig pirschte ich mich an und schaute hinaus, aber die Sicht war schlecht. Die kahlen Berge erhoben sich nur als schwarze Schemen in den dunklen Himmel. Ihre schneebedeckten Gipfel wurden von schweren Wolken verhüllt. Aus dem Tal stieg noch immer ein weißer, feuchter Nebel auf, der mich frösteln ließ. Doch Roy Singh sah ich nirgends. Ganz plötzlich begann es heftig zu schneien, und ich trat automatisch einen Schritt zurück.

Einige Minuten später hörte ich draußen ein schnaubendes Geräusch, das sich dem Höhleneingang näherte. Es war so leise, dass Holmes es unmöglich vernommen haben konnte. Ganz allmählich zeichnete sich die von einer Schneeschicht bedeckte schlanke Gestalt des Pandits schemenhaft vor dem Eingang ab. Nach seiner Silhouette zu schließen, trug der Gelehrte keinen gefüllten Wasserschlauch auf der Schulter. Ich presste mich mit dem Rücken an die Höhlenwand, damit Roy Singh mich nicht erblicken konnte.

»Mister Sigerson. Ist Ihnen inzwischen eingefallen, was es mit dem Bodhisattva auf sich hat?«, rief er ins Innere der Höhle, ohne einzutreten.

»Ich habe nicht die geringste Ahnung, was Sie meinen«, antwortete Holmes, ohne sein Versteck hinter dem aufgetürmten Gepäck zu verlassen, und in diesem Moment bemerkte ich neben dem Pandit einen zweiten, kleineren Schemen, bei dem es sich wohl um den Hund handelte, der die seltsamen Geräusche verursacht hatte. Das muss ein tibetischer Mastiff sein, durchfuhr es mich bestürzt.

»Das nehme ich Ihnen nicht ab«, sagte Roy Singh mit gefährlich ruhiger Stimme.

»Selbst wenn ich es wüsste, würde ich es Ihnen bestimmt nicht sagen. Es ist schon schlimm genug, dass ich Sie zu dem Kloster geführt habe«, rief Holmes in einem eisigen Tonfall hinaus.

Das war eine offene Kriegserklärung. Doch was bezweckte er damit? Unwillkürlich umklammerten meine Finger den Griff des Revolvers fester, und im gleichen Augenblick begann der Hund bösartig zu knurren. Ich konnte keine Einzelheiten ausmachen, malte mir aber in meiner Fantasie einen wahren Höllenhund aus.

»*Sie* haben *mich* geführt?«, fragte der Gelehrte gedehnt und kicherte in sich hinein.

»Was wollte eigentlich dieser Beamte von Ihnen? An Mister Tristram hatte er ja offenbar kein Interesse«, erkundigte sich Holmes, wohl in der Absicht, Zeit zu schinden.

»Wahrscheinlich Geld für sein Schweigen.«

»Ich glaube eher, dass Sie hier bereits vorher aktenkundig waren.«

»Das hat man nun davon, wenn man für euch Engländer die Kastanien aus dem Feuer holt, nichts als Undank!«, entgegnete der Gelehrte ehrlich entrüstet. »Aber damit ist jetzt Schluss. Vorsorglich habe ich mir von einem Hirten zwei Mastiffs ausgeliehen, um meinen berechtigten Ansprüchen Nachdruck zu verleihen.«

Erst jetzt bemerkte ich einen zweiten dunklen Schemen und erschrak, zumal beide Bluthunde bösartig knurrten.

»Ich gebe Ihnen zehn Minuten Bedenkzeit. Dann kehre ich zurück und stelle Ihnen noch einmal die gleiche Frage«, kündigte Roy Singh an.

Mit einem grunzenden Geräusch, das wohl ein verächtliches Schnauben sein sollte, drehte er sich jäh um und schritt trotz des Schneegestöbers davon. Zum Glück trotteten die Hunde ihm nach.

»Schießen Sie!«, befahl Holmes, und ich meinte einen Moment lang, mich verhört zu haben.

»Aber ich sehe ihn nicht mehr«, wandte ich irritiert ein, denn die herumwirbelnden Schneeflocken nahmen mir die Sicht.

»Tun Sie einfach, was ich sagte!«, forderte Holmes mich ungeduldig auf.

Ich hob die Waffe und versuchte nicht zu zittern, wie ich es von meinem Vater gelernt hatte. Mein Zeigefinger krümmte sich um den Abzug. Nach kurzem Zögern drückte ich ab. Der Revolver schien zu explodieren, während der Schuss sich mit einem scharfen Knall löste und das Mündungsfeuer aufblitzte. Der Rückstoß war so heftig, dass er mir die Hand nach oben riss.

Der Pandit stieß einen gellenden Schrei aus, und die Hunde winselten um die Wette. Hatte ich tatsächlich getroffen – und wenn ja, wen? Im nächsten Augenblick hörte man ein markerschütterndes Poltern, dann donnerten Unmengen von Schnee und Geröll den Hang hinunter. Offenbar hatte der Schuss eine Lawine ausgelöst. Erschrocken zog ich mich in das Innere der Höhle zurück, wo selbst die phlegmatischen Maultiere zu wiehern begannen. Pferde wären wahrscheinlich durchgegangen. Vor Schreck und vor Kälte zitternd musste ich mich an der Felswand abstützen. Ich atmete schwer, hatte aber trotzdem das Gefühl, in dem nach Maultier stinkenden Innenraum zu ersticken. Noch immer stürzten Schnee, vereiste Schneebrocken und Steine vor dem Höhleneingang hinab. Jeden Augenblick erwartete ich, dass wir hier drinnen lebendig begraben wurden.

Doch wenige Sekunden später herrschte draußen ganz plötzlich wieder Stille. Kein Zweig knackte, kein Vogel sang, und man hörte auch keine Schritte, nur das ängstliche leise Wiehern unserer Packtiere, die hinter uns mit den Hufen scharrten. Die Lawine war ins Tal hinuntergerast, und der Zugang zu unserer Höhle war wieder frei. Ob der Gelehrte und seine Höllenhunde noch lebten?

Es gab leider nur ein Mittel, das herauszufinden.

»Schauen Sie lieber zuerst um die Ecke«, rief mir Holmes nach, als ich Anstalten machte hinauszugehen.

Ich nickte stumm und drückte mich an der Wand entlang, bis ich hinauslugen konnte. Eine weiße Schicht bedeckte die kahlen Felsenwände, auf denen der Schnee herabgerutscht war. Auf dem Pfad, auf dem wir gekommen waren, lagen pulvriger Schnee und Gesteinsbrocken.

»Er ist fort. Was für ein Glück, dass der Schuss eine Lawine ausgelöst hat«, sagte ich erleichtert.

Der Atem kondensierte in der Kälte vor meinem Mund.

»Mit Glück hat das nichts zu tun. Ich hatte aus der Temperatur, der Schneedicke und dem Neigungsgrad des Berghangs geschlossen, dass genau das passieren würde«, sagte Holmes, der so leise hinter mich getreten war, dass ich zusammenschrak.

»Warum wollte Roy Singh uns nur umbringen?«, murmelte ich vor mich hin, denn ich konnte es noch immer nicht fassen, dass der Gelehrte zwei Bluthunde auf uns hetzen wollte.

»Wahrscheinlich lautete sein Auftrag, ohne uns nach Rampur zurückzukehren«, entgegnete Holmes grimmig, trat ins Freie und schaute sich dann selbst um. »Es schneit nicht mehr so stark. Daher sollten wir unverzüglich aufbrechen. Nicht, dass der Schuss einen dieser allgegenwärtigen Beamten herlockt. Außerdem lege ich keinen Wert darauf, den Besitzer der verunglückten Mastiffs kennenzulernen. Vielleicht hält er noch mehr von diesen Bestien.«

Nach der nächtlichen Wanderung hatte ich Mühe, mich auf den Beinen zu halten, und hätte lieber ein paar Stunden geschlafen. Noch immer zitterte ich vor Kälte und Überanstrengung am ganzen Körper, begann aber mein Gepäck auf eines der Maultiere zu laden, obwohl meine steif gefrorenen Finger mir fast den Dienst verweigerten. Selbst Holmes mit seiner sonst so unverwüstlichen Energie kam mit der Arbeit nur langsam voran.

»Es hat Ihren Argwohn erregt, dass uns in diesem abgelegenen Kloster ein Beamter begegnet ist?«, erkundigte ich mich nach einer Weile.

»Durchaus nicht. In Tibet wimmelt es ja nur so vor Beamten«, widersprach der Meisterdetektiv, hielt in der Bewegung inne und blickte mich bedeutsam an. »Roy Singh hat einen Fehler gemacht, als er eine abfällige Bemerkung über den jungen Mister Roundtree äußerte. Von Rechts wegen konnte er ihn gar nicht kennen. Aber ich habe schon vorher meine Zweifel gehabt, ob der englische Steuerzahler tatsächlich für Sänften und Träger beratender Ermittler aufkommt.«

Ich hingegen hatte es geschluckt.

»Und sein Verhalten in der ersten Herberge, als er unbedingt einen anderen Raum haben wollte, war auch recht eigenartig«, fügte ich hinzu.

»Er wollte das Gasthaus unbemerkt durch sein Zimmerfenster verlassen, hat es sich aber anders überlegt und sich mit seinem Verbindungsmann in der Schankstube getroffen. Dieser Roy Singh war ein Meister der Verstellung. Selbst ich habe ihm bei unserem ersten Besuch in Rampur abgenommen, dass er ein zwar etwas eitler, aber doch harmloser Gelehrter sei«, erklärte Holmes finster, bevor er einen weiteren Punkt anführte: »Dazu kommen die Blicke der Wirtsleute, die uns so angeschaut haben, als wären wir bereits tot. Die Erfolge, die wir erzielt haben, täuschen leider nicht darüber hinweg, dass wir es mit einem gefährlichen Gegner zu tun haben, dem jedes Mittel recht zu sein scheint.«

»Sie glauben, dass der Gelehrte für den jungen Mister Roundtree gearbeitet hat?«, fragte ich verwirrt, denn unser neuer Klient hatte auf mich nicht gerade wie ein Verbrecher gewirkt. Andererseits waren mir Menschen, die etwas gegen Bücher haben, immer äußerst suspekt.[10]

»Bisher wissen wir nur, dass Roy Singh über die Zustände in Simla erstaunlich gut Bescheid weiß«, brachte Holmes mein Theoriegebäude sofort wieder zum Einsturz.

»Und was hat es mit der Buddha-Figur auf sich, die der junge Mönch um den Hals trug? Weist sie auf seine Identität hin?«, fragte ich, während ich das letzte Bündel verschnürte.

---

[10] Kein Wunder, schließlich war David Tristram von Hause aus Buchhändler.

»Leider nicht. Sie hat mich interessiert, weil es sich um einen selten Typus handelt«, entgegnet Holmes kopfschüttelnd.

»Es gibt noch etwas, das ich nicht verstehe. Wieso hat der Abt des Purpurmützen-Klosters den Brief eines Mannes wahrheitsgemäß beantwortet, der sich nicht in seinem Kloster blicken lassen darf«, wunderte ich mich.

»Roy Singh war ein weit über die Grenzen seiner engeren Heimat bekannter Pandit, aber der Abt war ihm nie persönlich begegnet. Um seinem guten Ruf nicht zu schaden, ist Roy Singh nämlich in Tibet unter einem falschen, wahrscheinlich tibetischen Namen gereist.«

Ich war also in unserer kleinen Reisegruppe der Einzige, der sich nicht hinter einem Alias versteckte.

»Was machen wir mit dem Gepäck des Gelehrten?«, erkundigte ich mich, nachdem ich meine Habseligkeiten verstaut hatte.

Im gleichen Augenblick wurde mir bewusst, dass es eine törichte Frage war, denn Holmes hatte es bereits auf eines der Maultiere geladen.

»Das nehmen wir mit. Erstens gehört es uns nicht, und zweitens könnte uns das Lama-Gewand noch gute Dienste leisten«, entgegnete Holmes, während er zwei der Lasttiere hinausführte.

Ich folgte mit den beiden andern und sah vor meinem inneren Auge schon Holmes als buddhistischen Religionsführer, wie er in einer Sänfte an Spalier stehenden Bauern vorbeigetragen wird, die er hoheitsvoll grüßt. Bei dieser Vorstellung verzog sich mein Gesicht unwillkürlich zu einem Lächeln. Doch das sollte mir schnell wieder vergehen.

Bevor wir auch nur die nächste Biegung des Wegs erreicht hatten, hörten wir vor uns Schellengeklingel und Hufgetrappel. Ehe wir uns versahen, sprengten zwei bewaffnete Männer auf kleinen, krummbeinigen Pferden um die Kurve.

Das waren bestimmt Räuber, die es auf unser Gepäck abgesehen hatten! Wenn sie uns die warme Kleidung wegnahmen, kam das einem Todesurteil gleich. Leider war es völlig unmöglich, den Reitern auszuweichen, zu fliehen oder sich zu verstecken, denn uns trennten nur noch wenige Dutzend Yards von ihnen. Automatisch griff ich nach meinem Revolver und fluchte dabei leise auf Englisch, wechselte aber schnell ins Italienische, weil es wüster klang.

Schon hatten die Bewaffneten uns erreicht. Einer war hager, der andere so muskulös, dass sein Kopf direkt auf den Schultern zu sitzen schien. Beide hatten besonders lange, schwarze Zöpfe. Mit vor Zorn geröteten Gesichtern redeten sie in der Landessprache auf uns ein, bedrohten uns aber nicht mit ihren altmodischen Gewehren. Nach ihren abwehrenden Gesten zu schließen, sollten wir uns zum Teufel scheren. Erleichtert stellte ich fest, dass es keine Straßenräuber, sondern wohl eher Ordnungshüter waren.

Holmes antwortete stockend, doch man schien ihn zu verstehen, denn es folgte eine langatmige Ausführung, die in einem etwas moderateren Tonfall vorgetragen wurde. Holmes nickte stumm, und die beiden Tibeter bedeuteten uns mit einer barschen Geste, ihnen zu folgen.

Ich blickte Holmes fragend an, und er rieb sich vergnügt die Hände.

»Besser hätte es nicht kommen können«, frohlockte er. »Man hat uns des Landes verwiesen. Unter der Bedingung, dass wir sofort umkehren, stellt man uns kostenlos Transportmittel und Proviant bereit.«

Eine Welle der Erleichterung durchflutete mich, und plötzlich schien es nicht mehr ganz so kalt zu sein.

»Wollten die beiden nicht wissen, wie es uns hierher verschlagen hat?«, erkundigte ich mich, nachdem wir eine Weile hinter den Reitern hergestapft waren.

»Ich habe behauptet, dass wir in den Bergen überfallen worden seien und man uns Karten und Kompass geraubt habe, weshalb wir aus Versehen die Grenze überquert hätten.«

»Und das haben Ihnen diese ...«, fast hätte ich ein Schimpfwort verwendet, verkniff es mir aber im letzten Moment. Nicht, dass einer der beiden Tibeter ausgerechnet dieses englische Wort verstand. »... diese Beamten abgenommen?«

»Wahrscheinlich nicht, aber es ist ihnen wohl völlig gleichgültig, solange wir nur freiwillig verschwinden.«

Bis zur indischen Grenze wurden diesmal wir in einer Sänfte getragen. Man behandelte uns höflich, aber niemand streckte uns die Zunge heraus. Selbst Holmes wurde offenbar von den Beamten nicht als höhergestellt betrachtet. Unterwegs fielen mir immer wieder vor Erschöpfung die Augen zu, weshalb ich mich kaum noch an Einzelheiten der Passage erinnere, nur an die weiterhin recht bescheidenen Unterkünfte. Leider fand diese recht komfortable Reise an der Grenze ein abruptes Ende. Unsere Begleiter machten vor dem ersten indischen Dorf kehrt, und wir mussten unseren Weg wieder zu

Fuß fortsetzen. Der Einfachheit halber übernachteten wir an denselben Stationen wie auf der Hinreise. Überall fragte man uns nach dem Verbleib unseres Begleiters, und wir entgegneten wahrheitsgemäß, dass eine Lawine ihn unter sich begraben habe. Unserem Klienten, dem jungen Mister Roundtree, würde es bestimmt gefallen, dass wir weiterhin nirgends zur Kasse gebeten wurden, da Roy Singh bereits im Vorhinein bezahlt hatte. Doch mich beunruhigte es sehr, auf Kosten eines Verbrechers zu reisen, den wir noch immer nicht entlarvt hatten.

23. Mister Norrington

Der Schreck über den Brand in der Diele saß mir noch tagelang in den Gliedern und raubte mir den letzten Rest von Gelassenheit. Auch der Ayurvedische Tee, den Uma mir kannenweise zubereitete, wirkte nicht. Er beruhigte weder meine Nerven noch verbesserte er meinen Schlaf. Es fehlte mir sogar die Geduld, um mit der stets fidelen Mrs. Ryder zu plaudern. Daher versuchte ich, ihr möglichst aus dem Weg zu gehen. Doch das war leichter gesagt als getan. Wenn ich mich anschickte, das Haus zu verlassen, kümmerte sich meist Mrs. Ryder um die Blumen in ihrem Vorgarten, so auch an diesem Morgen. Kaum hatte ich leise die Tür zugezogen, wurde ich bereits von der Hobbygärtnerin gesichtet, die in ein bequemes Baumwollkleid gehüllt verblühte Rosen mit einer riesigen Schere abschnitt. Meine Nachbarin winkte mir so begeistert zu, dass es grob unhöflich gewesen wäre, nicht darauf zu reagieren. Gottergeben überquerte ich den Fahrweg und schaute über den niedrigen Gartenzaun.

»Dieser Mister Grant ist ein sehr anregender Konversationspartner und auch Mister Roundtree macht einen recht kultivierten Eindruck«, begann Mrs. Ryder sogleich das Gespräch, ohne dabei ihre Gartenarbeit zu unterbrechen. »Ich

finde es beneidenswert, wie viele interessante Gentlemen Sie in so kurzer Zeit kennengelernt haben.«

Sie versuchte diese Bemerkung wie einen Scherz klingen zu lassen, aber ich hatte das ungute Gefühl, dass sie es ernst meinte.

»David hat die Bekanntschaft der Gentlemen gemacht, nicht ich«, korrigierte ich mit Nachdruck. Man konnte Mister Grant und dem jungen Mister Roundtree nur wünschen, dass sie das nicht zu Todeskandidaten machte, wie Mister Roundtree senior.

»Hätten Sie zufällig Lust, mich morgen auf den Basar zu begleiten? Ich nehme unseren Gärtner mit, damit wir nicht belästigt werden«, schlug Mrs. Ryder vor, und ich hätte fast spontan zugesagt. Doch dann fiel mir ein, dass David völlig verstört von dem Marktgelände zurückgekehrt war.

»Dort ist mir zu viel Gedränge«, behauptete ich mangels besserer Argumente, und Mrs. Ryder blickte erstaunt zu mir hoch.

»Sie Arme, jetzt sehe ich erst, wie blass Sie sind. Das war wohl alles etwas zu viel für Sie: zuerst der Einbruch und dann das Feuer in Ihrer Diele.«

Offenbar war es unmöglich, in dieser Straße etwas geheim zu halten, denn ich hatte kein Sterbenswörtchen über den Vorfall verloren. Wahrscheinlich hatte aber Uma die Neuigkeit den anderen Dienstboten brühwarm aufgetischt, womit sie dann zu deren Herrschaften durchgesickert war.

»Und dann sind Sie auch noch allein«, fuhr Mrs. Ryder fort, bevor mir eine Entgegnung eingefallen wäre. »Aber ich sage es schon immer: Wenn man die Männer einmal braucht, sind sie meist auf Geschäftsreise. Wenigstens ist mein Richard nur in der Provinz unterwegs und nicht auf der Jagd nach dem

Yeti.« Sie verdrehte leicht die Augen und zwinkerte mir dann verschwörerisch zu.

Trotzdem kostete es mich einige Mühe, diese Bemerkung unkommentiert im Raum stehen zu lassen. Doch ich rief mir ins Gedächtnis, dass ich selbst das Gerücht in Umlauf gebracht hatte, das Ziel der Reise in den Norden sei die Suche nach dem Schneemenschen.

»David kommt bestimmt bald wieder«, log ich erneut.

»Trotzdem sollten Sie sich auch einmal eine Abwechslung gönnen. Was halten Sie davon, wenn wir demnächst zusammen einen kleinen Ausflug in die Berge machen?«

Das klang so unverbindlich, dass ich genauso vage zusagte.

»Ich würde gern noch mit Ihnen plaudern, aber leider habe ich noch etwas Dringendes zu erledigen«, behauptete ich und machte mich dann schnell auf den Weg in die Stadt.

Eine Stunde später begegnete mir Mrs. Ryder erneut, diesmal im Postamt, wo ich einige an meine Familie gerichtete Briefe aufzugeben gedachte. Meine Nachbarin hingegen holte offenbar postlagernde Sendungen ab. Es schien ihr peinlich zu sein, dass ich das mitbekam, denn sie blickte mich an, als hätte ich sie bei etwas Verbotenem ertappt, bevor sie mich mit einem gezwungenen Lächeln grüßte. In der Zwischenzeit hatte sie sich umgezogen und trug nun ein eng geschnittenes, hellblaues Seidenkleid, in dem sie mindestens fünf Jahre jünger als sonst aussah. Auch der Hut aus feinem Stroh mit himmelblauem Band und die dunkelblauen Handschuhe waren bestimmt teuer gewesen. Für den Postbeamten hatte Mrs. Ryder sich doch wohl nicht so sorgfältig zurechtgemacht.

Ich sagte mir, dass mich das nichts anging, und wünschte ihr besonders freundlich einen schönen Tag und machte mich wieder auf den Rückweg. Zu Hause ließ ich mich auf dem So-

fa nieder, um den Gesellschaftsteil der Zeitung zu lesen. Ich hatte erst zwei Artikel beendet, als am Eingang der Klingelzug betätigt wurde, wie ich vermutete, von Mrs. Ryder. Uma legte ihre Näharbeit beiseite, eilte zur Haustür und kündigte einige Sekunden später einen Gentleman an, der mich kurz zu sprechen wünschte.

Mister Grant, der mir den Namen von Mister Roundtrees Mörder mitteilen will, durchfuhr es mich. »Und wie heißt er?«, vergewisserte ich mich trotzdem.

»Leider habe ich seinen Namen nicht verstanden, aber er macht einen recht manierlichen Eindruck«, fügte unsere Haushälterin hinzu. Sie hatte Schwierigkeiten, sich englische Namen zu merken, was ich ihr nicht verdenken konnte, weil es mir ebenso ging.

»Führen Sie ihn in den Salon und brühen Sie bitte eine Kanne Tee auf«, wies ich Uma an und erwartete meinen Gast voller Neugier.

Bald hörte ich schwere Schritte auf den knarrenden Stufen und wandte mich lächelnd um. Doch meine Nackenhaare stellten sich auf, als ich ausgerechnet Mister Norrington die Treppe heraufsteigen sah. Zu einer schwarzen Hose und ebensolchem Gehrock trug er ein blütenweißes Hemd mit Fliege und blitzblank geputzte Lackschuhe, eine etwas übertriebene Aufmachung für eine Aufwartung am späten Vormittag. Dann entsann ich mich, dass er Anwalt war, also stets einen guten Eindruck hinterlassen musste. Oben blieb er höflich auf dem Treppenabsatz stehen und wartete, bis ich ihn zum Eintreten einlud, was ich am liebsten unterlassen hätte.

»Und vergessen Sie bitte den Tee nicht«, rief ich Uma nach, die im Begriff war, sich zurückzuziehen.

»Machen Sie sich meinetwegen bitte keine Umstände. Ich bleibe nicht lang«, beteuerte unser unsympathischer Nachbar, nahm unaufgefordert auf einem gepolsterten Stuhl Platz und stellte sogleich eine Frage: »Ich hörte, es hat bei Ihnen gebrannt?«

»Wer sagt das?«, erkundigte ich mich schlecht gelaunt, denn ich fragte mich, ob Mister Norrington darüber Bescheid wusste, weil er selbst eine brennende Zigarette durch den Briefschlitz geworfen hatte.

»Die ganze Straße spricht darüber«, stellte er lapidar fest.

Nervös rutschte ich auf meinem Sessel zurück und griff nach einem Fächer aus Pfauenfedern, der auf einem Beistelltisch lag, aber wegen des kühlen Wetters der letzten Woche schon seit einiger Zeit nicht mehr zum Einsatz gekommen war.

»Wenn Sie nun hoffen, dass wir das Haus unter seinem Wert verkaufen, so muss ich Sie leider enttäuschen«, verkündete ich dann, worauf mein Gast eine beschwichtigende Geste machte. »Sie werden wohl Ihren Golfplatz woanders anlegen müssen«, fuhr ich ungerührt fort und begann meinen Fächer zu bewegen.

»Ich fürchte, da liegt ein Missverständnis vor. Ich habe weder Bedarf an Ihrem Haus noch an einem Golfplatz. Mich interessiert nur der Angelsport«, entgegnete unser Nachbar mit professioneller Undurchdringlichkeit – und ich verstand gar nichts mehr.

War dieser Mensch so unverfroren, einfach seine Pläne abzustreiten, oder hatte Mrs. Ryder sich schlicht getäuscht? Vielleicht war es aber auch kein Irrtum. Ich hatte meine redselige Nachbarin schon mehrfach im Verdacht gehabt, einfach Geschichten über Personen zu erfinden, die ihr nichts freiwillig erzählten.

»Wahrscheinlich lieben Sie auch die Jagd«, konterte ich, da das die Passion der meisten Engländer war. Ganz unwill-

kürlich stieg in mir das Bild der Leiche auf, die ich vor dem Jakkhu-Tempel gefunden hatte.

»Nein, ich schätze die Jagd nicht besonders. Und schon gar nicht in den Kolonien, wo es vor gefährlichen, wilden Tieren nur so wimmelt.«

Langsam konnte ich nachvollziehen, warum David sich die Nachbarn tunlichst vom Halse zu halten versuchte.

»Vielleicht dürfte ich Sie fragen, was mir dann die unerwartete Ehre Ihres Besuches verschafft?«, fragte ich spitz und fächerte mir erneut kühle Luft zu.

»Da offenbar Ihr Gatte und auch Ihr Hausfreund gerade verreist sind …«

»Ich erwarte sie jeden Tag zurück«, unterbrach ich ihn ungehalten, klappte den Fächer zusammen, nur um ihn gleich wieder zu entfalten.

»Das freut mich zu hören. Ich hätte Ihnen sonst meine Hilfe angeboten, zumal Sie ja recht umgänglich wirken«, begann Mister Norrington, und seine Augen verengten sich zu schmalen Schlitzen. »Ihr Gatte hingegen mustert mich immer, als würde er mich am liebsten vor das Kriegsgericht stellen lassen, mich, einen Juristen! Dabei munkelt man, dass Mister Edward Tristram Ihren Gatten im Gefängnis kennengelernt und später adoptiert hat.«

»Nein, das stimmt nicht! Mein Mann war nie im Gefängnis! Außerdem ist er nur ein entfernter Verwandter Ihres verstorbenen Nachbarn, nicht sein Adoptivsohn«, machte ich meiner Empörung Luft. »Wer hat Ihnen denn diese unverschämte Lüge aufgetischt?«

»Das hat man hier schon erzählt, bevor Sie in Simla eingetroffen sind. Leider erinnere mich aber nicht mehr daran, wer genau …«

»Ich wäre Ihnen jedenfalls sehr verbunden, wenn Sie endlich zur Sache kommen könnten«, unterbrach ich das hilflose Gestammel, bevor mein Gegenüber weitere abfällige Bemerkung über irgendein Mitglied der Familie Tristram fallen lassen konnte.

»Wie ich schon sagte, ich wollte nur meine Hilfe anbieten«, beteuerte dieser und beugte sich vor, bevor er seine Stimme senkte. »Zum Beispiel, indem ich Ihnen einen scharfen Wachhund besorge. Ein Kollege von mir züchtet Rottweiler. Die treiben jeden Einbrecher in die Flucht.«

Ich konnte mir den Rechtsanwalt mit seinen Kampfhunden bildlich vorstellen. Trotzdem bekam ich langsam ein schlechtes Gewissen, denn aus der Nähe betrachtet sah Mister Norrington zwar pedantisch, aber rechtschaffen aus.

»Darüber muss ich erst mit meinem Mann sprechen. Eigentlich machen wir uns ja beide nicht viel aus Hunden«, entgegnete ich etwas moderater und legte den Fächer beiseite.

Es war nun schon das zweite Mal, dass man mir die Anschaffung eines Wachhundes empfohlen hatte, und langsam erschien mir die Idee nicht mehr ganz so abschreckend.

»Dann habe ich nur noch eine kurze Frage«, unterbrach unser Nachbar meine Gedanken und legte seine gepflegten Hände übereinander, die zeigten, dass er niemals körperlich gearbeitet hatte. »Haben Sie zufällig im Haus eine kleine Messingstatue gefunden?« Es folgte eine mit Fachausdrücken gespickte Beschreibung, die mich ahnen ließ, wie Mister Norrington vor Gericht die gegnerische Seite demoralisierte.

»Entschuldigen Sie, aber ich konnte Ihnen nicht ganz folgen. Englisch ist leider nicht meine Muttersprache«, hakte ich nach.

»Das ist nicht zu überhören«, war die reichlich unhöfliche Antwort, und ich revidierte meine positive Einschätzung sei-

ner Person. »Mrs. Ryder sagt, dass Sie Italienerin sind?«, vergewisserte er sich, und ich nickte. »Bei der Statuette handelt es sich um eine Art Buddha.«

Die Frage ließ mich befürchten, dass der angeblich so gesetzestreue Mister Norrington in Elliot Roundtrees krumme Geschäfte verwickelt war.

»Nein, dergleichen haben wir nicht«, stellte ich kategorisch fest, schließlich war dies ein christlicher Haushalt. »Es würde mich jedoch nicht wundern, wenn es sich um die Figur handelt, die Edward Tristram dem Wirt seiner Stammkneipe als Bezahlung seine Zeche überlassen hat.« Ich dachte, damit wäre dieses Gesprächsthema abgehakt, doch da irrte ich mich.

»Das dürfte ja wohl den Tatbestand der Hehlerei erfüllen, denn ich vermute, dass sein Freund, der selige Mister Roundtree, die Figur in einem Kloster entwendet hat«, ereiferte sich der Rechtsgelehrte und warf mir einen typischen Juristenblick zu.

»Vielleicht habe ich da aber auch etwas falsch verstanden«, versuchte ich abzuwiegeln und richtete mich kerzengerade auf.

»Das glaube ich nicht«, trumpfte Mister Norrington auf. »Mister Edward Tristram sollte übrigens in meinem Auftrag die Ehrlichkeit des von Ihnen erwähnten Wirtes überprüfen. Aber er sollte kein Diebesgut an ihn verhökern.«

»Und Edward Tristram hat Ihnen keinen Bericht über den Erfolg seiner Bemühungen erstattet?«, erkundigte ich mich verwirrt.

»Bedauerlicherweise ist er ganz unerwartet verstorben, bevor wir nochmals miteinander gesprochen haben.«

Mein Blick blieb auf Mister Norringtons Lackschuhen haften, auf deren spiegelblanker Oberfläche kein Stäubchen zu sehen war, und ich fragte mich, wie er es geschafft hatte, die

Straße zu überqueren, ohne sein vornehmes Schuhwerk zu beschmutzen.

»Ich fürchte, ich kann Ihnen da auch nicht weiterhelfen«, erklärte ich bestimmt und erhob mich von meinem Platz.

»Da kann man wohl nichts machen. Aber sollten Sie dennoch fündig werden, lassen Sie es mich bitte wissen«, sagte Mister Norrington und stand ebenfalls auf. »Was das Feuer betrifft, sollten Sie endlich eine Anzeige gegen unbekannt erstatten«, empfahl er mir dann.

»Ich bezweifle, dass die Polizei den Täter ausfindig machen kann. Es gibt ja keinen Zeugen«, entgegnete ich frustriert. »Man konnte ja nicht einmal den brutalen Mord an Mister Roundtree aufklären.«

Mein Nachbar unternahm keinen Versuch, die Ordnungshüter von Simla zu verteidigen, sondern ließ sich von Uma hinausbegleiten. Noch immer leicht verärgert, ging ich zum Fenster und beobachtete durch das frisch geputzte Glas, wie sich mein ungebetener Gast mit provozierender Langsamkeit entfernte. Er sah nicht gerade wie ein Mörder und Brandstifter aus, doch das traf bekanntlich auf viele Verbrecher zu. Auch fand ich die Frage nach der Statuette reichlich befremdlich.

Ich erwog kurz, Mister Grant einen Brief zu schreiben. Vielleicht teilte er mir ja schriftlich mit, was er Holmes anzuvertrauen gedachte. Doch wenn ich ehrlich war, traute ich auch dem Amerikaner nicht recht über den Weg. Als mein Nachbar in seinem eigenen Haus verschwunden war, legte ich meine vor Stress glühende Stirn an die kühle Fensterscheibe und schloss einen Moment lang die Augen. Mit einem leisen Seufzer trat ich wieder zurück und nahm erneut auf dem Sofa Platz.

Keine halbe Stunde später klingelte es erneut.

»Lassen Sie bitte absolut niemanden ohne Rücksprache mit mir ein«, instruierte ich Uma, die mir langsam allzu gastfreundlich wurde.

Mit beleidigter Miene ging meine Haushälterin hinunter, öffnete die Tür, und ich hörte sie mit einem Mann sprechen. Aber so angestrengt ich auch lauschte, drangen nur unverständliche Gesprächsfetzen an mein Ohr. Dann stapfte Uma wieder die Treppe hinauf und streckte den Kopf durch die Tür.

»Es ist Mister Ryder. Er sagt, es dauert nicht lang«, informierte sie mich mit vor Aufregung geröteten Wangen. Offenbar gaben sich an diesem Tag die Nachbarn die Klinke in die Hand.

Doch ich hatte weder Lust, mich in die Eheprobleme der Ryders hineinziehen zu lassen, noch wollte ich meinen eigenen Ruf endgültig ruinieren, indem ich schon wieder einen Mann empfing.

»Richten Sie ihm bitte aus, dass es mir zu meinem Bedauern momentan überhaupt nicht passt«, entgegnete ich und stockte kurz, denn mir wollte keine Ausrede einfallen, aber schließlich war ich meinem Nachbarn keine Rechenschaft schuldig. »Sagen Sie ihm, dass ich mich nicht wohl fühle«, präzisierte ich dann möglichst unverbindlich.

Wieder versuchte ich vergeblich, das Gespräch an der Haustür zu belauschen. Doch es bestand kein Zweifel daran, dass Mister Ryder versuchte, unsere Haushälterin umzustimmen. »Wenn sie ihn hereinlässt, entlasse ich sie auf der Stelle«, murmelte ich leise vor mich hin, während ich zum Fenster ging, um hinauszulugen. Erleichtert sah ich, dass Mister Ryder seine Bemühungen aufgegeben hatte und in sein eigenes Haus zurückkehrte. Der Sonnenbrand in seinem eckigen Gesicht war inzwischen weitgehend abgeklungen, aber er war *deutlich nachlässiger gekleidet als bei unserer letzten Begegnung, was ihn noch verbitterter aussehen ließ. Es war seltsam, ihn schon wieder zu sehen, obwohl er sich doch bisher so rargemacht hatte.*

Um den Ryders aus dem Weg zu gehen, müsste ich mir schon eine längere, fingierte Krankheit zulegen, die mich angeblich ans Bett fesselte, und als Inderin verkleidet durch den Hinterausgang verschwinden.

24. Die Rückreise

Schließlich erreichten wir Rampur, und diesmal freute ich mich tatsächlich, die Hauptstadt Bashars wiederzusehen, denn hier kehrten wir einigermaßen in die Zivilisation zurück. Doch vor der Weiterreise in die Sommerhauptstadt von Britisch Indien stand uns noch die unangenehme Aufgabe bevor, in Roy Singhs Haus vorzusprechen und dessen schmächtigen Diener über den Tod seines Herrn zu informieren. Es stellte sich heraus, dass der Gelehrte mehrere Geschwister besaß, darunter eine verheiratete Schwester, die um die Ecke wohnte und sich um den Nachlass kümmern wollte.

Ich stellte sie mir unwillkürlich als weibliches Pendant des Gelehrten vor. Doch statt von einem mageren, bebrillten Blaustrumpf wurde ihre Haustür von einer fülligen, bodenständig wirkenden Matrone geöffnet. Als wir ihr kondolierten, schien sie nicht besonders erschüttert über den Verlust zu sein. Zum Glück stellte sie auch keine Fragen, wie genau ihr Bruder gestorben sei. Erschöpft wie ich war, hatte ich auf der Rückreise aus Tibet keinen weiteren Gedanken daran verschwendet, was ich getan hatte. Erst als ich die Schwester des Pandits vor mir sah, wurde mir schlagartig bewusst, dass ich einen Menschen umgebracht hatte, auch wenn es aus Notwehr geschehen war.

Leider konnte niemand darüber Auskunft geben, wer Roy Singh die Packtiere zur Verfügung gestellt hatte, weshalb wir sie in einem kleinen, nach Mist stinkenden Mietstall unterstellten, den uns der Diener des Gelehrten empfohlen hatte.

»Und wer bezahlt für das Futter?«, beschwerte sich der Stallbesitzer, ein älterer, aber noch rüstiger Hindu mit argwöhnischen Augen und einem von Falten zerfurchtem Gesicht. Die rote Kappe hatte er so tief in den Nacken geschoben, dass sie herunterzufallen drohte. Seine Jacke und seine Hose waren mit Schlammspritzern übersät und auch ihrem Träger hätte eine Wäsche nicht geschadet.

»Bitten Sie denjenigen zur Kasse, der sie abholt. Aber ich gehe davon aus, dass niemand Anspruch auf die Tiere erhebt«, erwiderte Holmes, und das Gesicht unseres Gegenübers verzog sich zu einem schiefen Lächeln. Mir hingegen war nicht zum Lachen zumute, denn ich befürchtete, dass die Packtiere dem Verbrecher gehörten, der uns den Tod gewünscht hatte.

Bevor ich den Stall verließ, bedankte ich mich bei jedem einzelnen der Maulesel mit einem Stück Zucker für die treuen Dienste, die sie uns in Tibet geleistet hatten, was mir einen belustigten Blick des Mietstallbesitzers einbrachte.

Als wir uns nach getaner Arbeit in der Schankstube unseres Gasthauses niederließen, um das Abendessen einzunehmen, freute ich mich schon darauf, am nächsten Morgen unsere Reise in einer Kutsche fortzusetzen. Langsam begann ich mich sogar wieder für die beiden ungeklärten Todesfälle in Simla zu interessieren.

»Wir sollten unseren Fall noch einmal rekapitulieren«, sagte ich bei einer Tasse dünnem Tee zu Holmes.

Dieser forderte mich mit einer ermunternden Geste auf, damit zu beginnen.

»Mein Onkel Edward möchte einen Mönch aus Tibet nach Simla holen, wahrscheinlich im Auftrag eines Klienten.«

»Das wissen wir leider nicht«, unterbrach Holmes mich bereits.

»Genauso wenig wie wir wissen, ob sein Tod nicht doch mit der Suche nach dem Yeti zusammenhängt. Sein Freund, der ältere Mister Roundtree, der ebenfalls die Spur des Schneemenschen verfolgte, wird umgebracht, bevor er sich im Haus meines Onkels umschauen kann.«

»Oder bevor ihm vielleicht doch noch einfällt, welchen Fall Edward Tristram gerade bearbeitete«, ergänzte Holmes.

Ein schlankes Mädchen, wohl die Tochter des Gastwirts, brachte uns Essen. Es gab fettiges, geschmortes Fleisch mit Fladenbrot.

»Vielleicht war sein Tod auch seit Langem geplant und hat gar nichts mit unserem Fall zu tun«, widersprach ich aus Prinzip und säbelte dabei auf meinem recht zähen Fleischstück herum. »Was die Suche nach dem Mönch betrifft, stellt sich die Frage, warum der Auftraggeber meines Onkels so lange gewartet hat. Der junge Mönch ist doch schließlich kein Kind mehr.« Inzwischen hatte ich einen Bissen von meinem Bratenstück abgetrennt, schob es in den Mund und sah dann Holmes fragend an.

»Doch, das ist er. Ich schätze, dass er nicht älter als zwölf Jahre alt ist«, informierte er mich, und ich stutzte einen Augenblick lang, besann mich aber, im Kloster noch andere kindliche Mönche gesehen zu haben.

»Und das sagen Sie mir jetzt erst?«, beschwerte ich mich.

»Mich hat es selbst überrascht, denn Roy Singh hat mich mit keinem Wort darauf vorbereitet, dass wir ein Kind suchen. Doch ich wollte mich so wenig wie möglich in seiner Gegenwart über den Fall unterhalten, weshalb ich es nicht thematisiert hatte«, entgegnete Holmes und biss etwas von einem Brotstück ab, das er zum sichtlichen Befremden der Einheimischen großzügig mit Fleisch belegt hatte.

Jeden anderen hätte ich darauf hingewiesen, dass es nach dem Tod des Gelehrten hinreichend Gelegenheit gab, mich darüber in Kenntnis zu setzen. Doch Holmes hatte ich, was seine Geheimniskrämerei betraf, als hoffnungslosen Fall abgetan.

»Er ist noch ein Novize, hat also keine endgültigen Gelübde abgelegt«, fuhr der Meisterdetektiv fort, nachdem er den Bissen gekaut und heruntergeschluckt hatte. »Leider hatte er keine Ahnung, dass Ihr Verwandter ihn nach Indien mitnehmen wollte, und auch keine Vorstellung davon, aus welchem Grund er das tun wollte. Entweder man hat so lange gebraucht, um den Jungen zu finden, oder die Situation hat sich in den letzten Monaten grundlegend geändert.«

»Vielleicht ist seine Mutter krank geworden und wollte ihn noch einmal sehen«, schlug ich vor.

»Ich habe seinen Worten entnommen, dass sie seit Langem tot ist«, widersprach Holmes, und ich ärgerte mich, dass er mir auch das nicht bereits mitgeteilt hatte.

»Ich kann mir nicht vorstellen, dass so ein Kind aus eigenem Antrieb ins Kloster gegangen ist«, überlegte ich, während ich das Fleisch weiter mit dem Messer bearbeitete. Ich hatte gedacht, dass ich nach meinem Aufenthalt in Tibet absolut alles essen würde, doch mein Magen begann gegen das fettige Fleisch zu rebellieren.

»Wie die meisten Mönche war er vielleicht schon in sehr jungen Jahren für diese Laufbahn vorgesehen, aber ich glaube nicht, dass man ihn im eigentlichen Sinne des Wortes dazu gezwungen hat.«

»Ob es hier eine Telegrafenstation gibt?«, fragte ich, ein Gedanke, der mir ganz plötzlich kam.

»Das könnte durchaus sein. Aber kommen Sie bitte nicht auf die Idee, unsere Ankunft telegrafisch anzukündigen. Sie wissen doch, wie in Simla alles sofort die Runde macht. Wenn ich nur an meine ›Heiratsanzeige‹ denke!«, erwiderte Holmes unerwartet vehement und schob den Teller so weit von sich, dass er fast über die Tischkante gerutscht wäre. »Wahrscheinlich glaubt unser Mann, dass wir tot sind. Das wiegt ihn in Sicherheit, weshalb wir ihn in diesem Glauben lassen sollten.«

Vermutlich war es empfehlenswert, auch in Rampur möglichst wenig Aufsehen zu erregen. Schließlich könnte Roy Singh Komplizen in seiner Heimatstadt besessen haben. Besorgt beendete auch ich das ohnehin wenig schmackhafte Mahl und beschloss, früh zu

Bett zu gehen. Ich erwog, mich vorsichtshalber einzuschließen, erinnerte mich aber daran, dass meine Kammer weder Schloss noch Riegel besaß. In diesem Gasthof schien man ziemlich vertrauensselig zu sein, aber es gab ja auch wenig, was einen Einbruch lohnen würde.

»Wann brechen wir morgen auf?«, fragte ich anstandshalber, bevor ich mich für diesen Tag verabschiedete.

»Wie immer kurz nach Sonnenaufgang. Doch unser Tagwerk ist noch nicht getan, denn Roy Singhs Schwester erwartet uns um Punkt acht Uhr im Haus Ihres verstorbenen Bruders«, entgegnete Holmes, klappte den Deckel seiner Taschenuhr auf und nickte unternehmungslustig.

»Glauben Sie wirklich, dass sie in Roy Singhs Pläne eingeweiht war?«, fragte ich ohne große Begeisterung, denn ich versprach mir nichts von dem Besuch.

»Sie machte auf mich einen anständigen Eindruck, aber ich würde mich gern in der Wohnung umschauen, ob ich in den Hinterlassenschaften des Gelehrten etwas finde, was uns bei der Aufklärung unseres Kriminalfalls hilft. Daher habe ich behauptet, Roy Singh ein Buch über Imkerei geliehen zu haben, das ich gern zurückhaben würde.

»Über Imkerei? Können denn in dieser unwirtlichen Gegend Bienen überwintern?«, wunderte ich mich.

»Die Himalaya-Klippen-Biene, auch Kliffhonigbiene genannt, fühlt sich hier ausgesprochen wohl. Mit knapp zwei Inch Länge ist sie sogar die größte Biene der Welt. Sie hat Zugang zu den Blüten giftiger Rhododendron-Arten und produziert daraus den sogenannten verrückten Honig, der psychedelische Wirkung besitzt«, dozierte Holmes.

Damals dachte ich, dass er das nur erfand. Aber wie ich inzwischen weiß, gibt es diese Bienen und den verrückten Honig tatsächlich.

Nachdem wir den unangenehmen Nachgeschmack des Bratens mit einem Bier zu verdecken versucht hatten, zeigte die Uhr bereits Viertel vor acht. Am Himmel zeigten sich schon erste Zeichen der Dämmerung, doch zum Glück war es nicht weit bis zum Haus, in dem Roy Singh gewohnt hatte. Das lag nicht zuletzt daran, dass es sich bei Rampur um eine eher überschaubare Siedlung handelte.

»Ich wäre Ihnen übrigens sehr verbunden, wenn Sie mich diesmal nicht bei der Arbeit beobachten würden, sondern selbst in sämtlichen Schubladen herumwühlen könnten. Hoffentlich wird das die Schwester des Gelehrten von meiner Suche ablenken, und vielleicht finden Sie ja sogar etwas Brauchbares«, instruierte mich Holmes auf halber Strecke.

»Wie zum Beispiel ein Buch über Bienenzucht.«

»Ein Schreiben aus Simla mit dem Auftrag, uns zu ermorden, wäre mir lieber«, bemerkte Holmes kopfschüttelnd.

Während dieses Wortwechsels sahen wir unser Ziel bereits vor uns. Wir mussten allerdings diesmal über allerlei Unrat steigen, um den Eingang zu erreichen. Roy Singhs Schwester legte die Hände in Brusthöhe aneinander und begrüßte uns mit einer angedeuteten Verbeugung. Inzwischen hatte sie sich umgezogen und trug nun über einem ockerfarbenen Gewand einen purpurvioletten Umhang und dazu, wie schon am Vormittag, eine dicke Goldkette und reichlich wertvollen Haarschmuck. Wie bei unserer ersten Begegnung fühlte ich mich äußerst unwohl in ihrer Anwesenheit. Sie würde uns bestimmt nicht empfangen, wenn sie gewusst hätte, dass ich für den Tod ihres Bruders verantwortlich war.

»Es ist sehr freundlich von Ihnen, dass Sie sich unseretwegen zu dieser späten Stunde hierherbemüht haben«, sagte Holmes, nachdem wir die Schwester des Pandits ebenfalls begrüßt hatten.

Doch ich bezweifelte, dass sie den Sinn dieser Worte erfasste. Bei unserem letzten Gespräch hatte ein Nachbar als Dolmetscher einspringen müssen. Mit einer einladenden Geste forderte die Matrone uns zum Eintreten auf. Nach dem mageren, jungen Diener schaute ich mich hingegen vergebens um. Wahrscheinlich hatte ihn die Familie des Gelehrten bereits entlassen. In der Diele schlug uns ein stechender Geruch nach Schimmel und Staub entgegen, der zeigte, dass hier seit unserem Aufbruch nicht gelüftet worden war.

Roy Singhs Schwester murmelte einige Worte in einer mir unbekannten Sprache. Ich wusste nur, dass es kein Tibetisch war, dessen Klang mir mittlerweile vertraut war. Dann überreichte sie Holmes einen Zettel, auf den mit ungeübter Handschrift folgende Zeilen geschrieben waren: *Wenn Sie Bücher oder Karten gebrauchen können, mache ich Ihnen einen guten Preis.*

Holmes nickte, und wir folgten der rundlichen Matrone in den angrenzenden Raum. Wie wir aus unseren vorangegangenen Besuchen wussten, besaß Roy Singhs

Zuhause nur zwei Wohnräume und eine geräumige Küche. Der Dienstbote hatte offenbar woanders übernachtet.

»Der Apfel fällt nicht weit vom Stamm«, bemerkte ich unterwegs, denn die Geschäftstüchtigkeit der Dame erinnerte mich unangenehm an ihren verstorbenen Bruder.

»Die arme Frau benötigt keine esoterischen Bücher, die sie ohnehin nicht verstehen würde, sondern Geld«, widersprach Holmes leise. »Ihre Kleidung verrät, dass sie Witwe ist. Sie muss ihre Kinder allein durchbringen, darunter Zwillinge, die erst wenige Monate alt sind. Das sieht man an der großen Anzahl von Breiflecken, die unlängst aus ihrem Gewand herausgewaschen wurden.«

Für meine Begriffe waren die Gewänder recht farbig für eine Witwentracht, doch das behielt ich für mich, genauso wie die Idee, dass sie auch gegen Bezahlung fremde Kinder versorgen könnte.

Wir gelangten ins Arbeitszimmer, ein kleiner Raum, vollgestopft mit Büchern, Dokumenten, Schriftrollen und Kartons, aus denen Karteikarten quollen. Unmöglich, das alles auf die Schnelle zu sichten. Roy Singhs rundliche Schwester zündete eine Kerze an, bevor sie eine einladende Handbewegung machte und dabei schwermütig lächelte. Da Holmes sich daraufhin das Arbeitszimmer vorknöpfte, hatte ich wenig Hoffnung, woanders ein Beweismittel zu finden. Lustlos begab ich mich ins Schlafzimmer, was leider keinesfalls die Neugier der Witwe weckte, die sich bereits an Holmes' Fersen geheftet hatte. Im Raum war es schon recht düster, und so stöberte ich halb blind im Nachtschränkchen, unter der Matratze und im Kleiderschrank herum, wo ich feststellte, dass Roy Singh fast so viele Requisiten für diverse Maskeraden besaß wie Holmes. Weitere Erkenntnisse blieben mir leider versagt.

Nachdem ich alles gesichtet hatte, schaute ich mich kurz in der Küche um, wo ich aber im Dämmerlicht nur Töpfe, Geschirr und Lebensmittel vorfand. Dann schlenderte ich ins Arbeitszimmer zurück. Die Hängerolle mit der Pilgerkarte der heiligen Stadt Lhasa lag neben der flackernden Kerze zusammengerollt auf dem Tisch. Falls Holmes einen Safe in der Wand vermutet haben sollte, so hatte er sich geirrt. Nur ein nachgedunkeltes Rechteck zeigte an, wo die Stadtansicht gehangen hatte.

»Wir können bald wieder gehen. Das gesuchte Buch ist nicht hier. Roy Singh hat es wohl weiterverliehen«, sagte Holmes, der mich hatte kommen hören und offenbar noch immer die Befürchtung hegte, die Matrone könne vielleicht doch über Englischkenntnisse verfügen.

Ich lehnte mich gegen den Türrahmen und beobachtete eingehend, wie er über eine Schachtel gebeugt deren Inhalt sichtete.

Als Holmes von seiner Arbeit aufsah, verriet sein angespanntes Gesicht, dass es schlechte Nachrichten gab. Er schloss die Pappschachtel, schaute die Schwester des Gelehrten an und deutete auf einen Stapel alter, abgegriffener Schwarten, die er auf dem Schreibtisch gestapelt hatte. Daneben lagen einige Schriftrollen und das Wandbild. Der Blick, mit dem die Witwe diese Dinge betrachtete, war kritisch, ohne jede Wärme.

»Diese Bücher und Dokumente würde ich gern erwerben«, verkündete Holmes, und ein Lächeln huschte über das Gesicht der molligen Matrone.

Entweder sie hatte die Geste richtig interpretiert, oder sie verstand doch mehr, als sie zugab. Holmes legte einige Banknoten auf den Tisch, offenbar eine recht hohe Summe, da Roy Singhs Schwester freudig akzeptierte.

»War das nicht allzu großzügig?«, fragte ich mit gedämpfter Stimme.

»Damit ist auch das Lama-Gewand abgegolten, das ich behalten habe«, entgegnete Holmes genauso leise. »Nach Aufklärung unseres Kriminalfalls werde ich zurückkehren und nach Lhasa pilgern.«

Nachdem also der Handel getätigt war, schlug Holmes seine Neuerwerbungen in ein farbiges Tuch ein, das ihm die Schwester des Pandits überließ, und wir verabschiedeten uns von ihr.

»Welch ein Jammer, dass ein derart brillanter Gelehrter des schnöden Mammons wegen auf Abwege gekommen ist«, sagte Holmes, als wir endlich wieder unter uns waren.

Inzwischen war es so dunkel, dass man seine Schritte mit Bedacht wählen musste, um in keinen Abfall zu treten.

»Was haben Sie entdeckt?«, fragte ich besorgt.

»Herausgefunden habe ich noch nichts, aber mir ist ein übler Verdacht gekommen. Wie konnte ich nur so töricht sein, dass ich diese Möglichkeit nicht einmal in Betracht gezogen habe!«, beklagte Holmes, während er mit langen Schritten die heruntergekommene Straße hinter sich ließ. »Könnte ich vielleicht nochmals das Foto sehen, das Sie im Kloster herumgezeigt haben?«, bat mich Holmes unvermittelt, als wir unseren Gasthof erreicht hatten.

In diesem Augenblick wurde mir schlagartig bewusst, dass ich ihm noch immer nicht berichtet hatte, dass der tibetische Agent offenbar einen der Männer auf dem Foto wiedererkannt hatte. Schuldbewusst holte ich das Versäumnis nach, bevor ich Holmes das Lichtbild überreichte. Zu meiner Erleichterung machte er mir keine Vorwürfe, sondern schaute nur das Foto eine Weile mit gerunzelter Stirn an und gab es mir dann kommentarlos zurück.

»Das gefällt mir gar nicht«, murmelte er dann.

Mehr war leider auch auf der Rückfahrt nicht aus ihm herauszubekommen. Die Lage schien äußerst ernst zu sein, denn Holmes trieb den Kutscher kontinuierlich zur Eile an. Ich hatte ihn noch niemals zuvor so nervös erlebt.

25. Die Verabredung

In den letzten Tagen war es so kühl gewesen, dass man selbst für kurze Wege einen Mantel überziehen musste. Als ich gegen acht Uhr aufstand, zogen vom Osten Wolken auf und schoben sich wie ein Schleier vor die Berggipfel. Auch in der Stadt war die Luft klamm und feucht. Nach dem morgendlichen Kaffee blickte ich zufällig aus dem Fenster und bemerkte vor dem gegenüberliegenden Haus eine Kutsche, auf deren Dach ein kräftiger Inder Gepäckstücke befestigte. Dann sah ich Mrs. Ryder auf die Straße treten, und in diesem Augenblick war meine Neugier stärker als meine Vorsicht. Hastig legte ich mir meinen warmen Kaschmirschal um die Schultern, eilte dann die Treppe hinunter und riss die Tür auf.

Ein schneidender Wind blies mir ins Gesicht, gegen den ich mit aller Kraft ankämpfen musste, während ich auf die Kutsche zuschritt.

»Guten Morgen, Mrs. Ryder. Sie verreisen wohl für ein paar Tage?«, fragte ich möglichst arglos, und meine Nachbarin schrak zusammen.

Ihre Kleidung war nicht gerade modisch, aber auffallend praktisch, vor allem die hohen Schnürschuhe. Offenbar hatte sie sich unaufmerksam und in Eile angekleidet, denn die hellgraue, pelzbesetzte Jacke passte nicht besonders gut zum beigefarbenen, dicken Wollrock. Ihr blondes Haar war zu einem einfachen Knoten zusammengefasst, aus dem der heftige Wind bereits mehrere kleine Strähnen gelöst hatte.

»Es wird etwas länger dauern. Ich verbringe den Winter in England bei meinen Kindern«, sagte sie zerstreut, bevor ihr einfiel, dass es der Anstand geboten hätte, sich von mir zu verabschieden, und sie das Versäumte nachholte. »Normalerweise hätte ich ja bei Ihnen vorbeigeschaut, um Ihnen auf Wiedersehen zu sagen. Aber ich dachte, Sie seien noch krank.«

Wahrscheinlich hatte sie Angst, sich anzustecken. »Es geht mir langsam besser. Aber der Arzt sagt, dass ich mich noch schonen müsse. Sie wissen schon, die Malaria«, behauptete ich und bemühte mich um einen leidenden Gesichtsausdruck, was mir nicht schwerfiel, da ich jämmerlich fror.

Ich war bereits darauf gefasst, nach dem Namen des behandelnden Mediziners gefragt zu werden, und verfluchte innerlich verdeckte Ermittlungen, die zum permanenten Lügen zwingen. Aber meine Nachbarin war noch immer nicht recht bei der Sache und begnügte sich damit herauszustellen, wie sehr mein Fall dem eines Vetters glich, der letztes Jahr am Sumpffieber gestorben sei.

»Ich wundere mich, dass Ihr Mann Ihnen nicht beim Beladen der Kutsche hilft«, sagte ich, um dem Gespräch eine andere Wendung zu geben.

»Das hatte er auch vor, aber ausgerechnet heute ist ihm eine wichtige Besprechung dazwischengekommen«, behauptete Mrs. Ryder, doch ich war mir nicht sicher, ob ihr Gatte überhaupt wusste, dass sie nach England zurückkehrte. Die Falten auf ihrer Stirn und ihr verspannter Mund verrieten jedenfalls eine beträchtliche Hektik, weshalb ihr Aufbruch eher wie eine Flucht auf mich wirkte.

»Grüßen Sie Ihre Kinder von mir«, sagte ich, obwohl ich ihre Söhne nur von den gerahmten Fotografien im Salon her kannte.

»Ja, das mache ich«, versprach meine Nachbarin, biss sich dann auf die Lippen und blinzelte nervös. Im Gegensatz zu mir schien sie gar nicht zu frieren. »Hat die Polizei eigentlich den Brandstifter inzwischen gefasst?«, fragte sie dann recht unvermittelt, was ich verneinte.

»Ich würde mich zuerst unter der Dienerschaft umsehen. Denken Sie immer an den großen Aufstand von 1859. Die Inder sind alle Gesetzesbrecher und Aufrührer«, sagte Mrs. Ryder so leise, dass es weder der einheimische Kutscher hörte noch seine Schwester, ihr Hausmädchen, das gerade mit einer Hutschachtel in der Hand ins Freie trat.

»Uma wird doch wohl kaum das Haus anzünden, in dessen Dachgeschoss sie schläft«, widersprach ich irritiert.

»Der Friedhof ist voller Europäer, die Ihrem Personal blind vertraut haben«, verkündete meine Nachbarin mit leicht zitternder Stimme.

Ich stellte mir vor, wie blutrünstige Nepalesen mit Gurkha-Messer um unser Haus herumschleichen, um mir die Gurgel durchzuschneiden, und der Gedanke an einen gewaltsamen Tod von der Hand eines Heiden ließ mich schaudern. Im nächsten Augenblick schalt ich mich eine Närrin, denn der von David und Holmes gesuchte Verbrecher dürfte wohl eher in den Reihen ihrer eigenen Landsleute als unter der Dienerschaft zu finden sein.

»Vielleicht sehen wir uns im nächsten Frühjahr wieder«, sagte Mrs. Ryder leicht verlegen, nachdem sie sich von mir verabschiedet hatte.

Dann stieg sie in die Fahrgastkabine ein, ohne darauf zu achten, dass ihr Rocksaum dabei über den Boden schleifte, und das Dienstmädchen reichte ihr die Hutschachtel. Der Fuhrmann knallte mit der Peitsche. Das Pferd schnaubte, bevor es sich in Bewegung setzte, und zusammen mit dem Dienstmädchen winkte ich meiner Nachbarin nach. Ohne sie würde es in Simla recht einsam werden.

Als ich mich zum Gehen wenden wollte, schaute mich die Dienerin der Ryders aus großen, braunen Augen an und knickste. Auch sie musste frieren, denn sie trug nur ein dünnes Baumwollkleid, ließ sich jedoch nichts anmerken.

»Entschuldigen Sie, Mrs. Tristram! Aber der Sahib hat gesagt, wenn ich Sie sehe, soll ich ausrichten, dass er gern in einer wichtigen Angelegenheit mit Ihnen sprechen möchte. Ich soll Sie fragen, wann es Ihnen passt«, richtete sie den Wunsch ihres Dienstherrn ohne jegliche Intonation aus, als hätte sie die Worte auswendig gelernt.

Das hatte ich nun davon, dass ich meine Deckung aufgegeben hatte! Missmutig beschloss ich, das lästige Treffen endlich hinter mich zu bringen, hatte aber keine Lust, den Nachbarn bei mir zu empfangen.

»Morgen gehe ich direkt nach dem Mittagessen in die Stadtbücherei. Sagen Sie bitte Mister Ryder, dass er mich dort um zwei Uhr antrifft«, schlug ich dann vor, denn an einem öffentlichen Ort konnte ich mich jederzeit wieder verdrücken.

»Ich werde es dem Sahib ausrichten«, sagte das Dienstmädchen und knickste erneut, offenbar in der Hoffnung auf ein Trinkgeld.

Aber ich hatte in der Hektik keine Geldbörse mitgenommen, weshalb ich mich schlicht bedankte.

Fröstelnd schlang ich mein Tuch enger um die Schultern und kehrte dann schleunigst in die wohlige Wärme unseres Hauses zurück. Was mochte Mister Ryder wohl so dringend mit mir besprechen wollen? Ich erwartete jedenfalls keine große Offenbarung. Bestimmt war es genauso banal wie Mister Grants Antwortschreiben, in dem er mir mitteilte, dass er zufällig den Namen von Edward Tristrams früherem Dienstmädchen erfahren habe. Wahrscheinlich hatte die junge Inderin nicht das Geringste mit dem Mord an Mister Roundtree zu tun. Kopfschüttelnd schloss ich die Haustür auf, die wie so häufig in letzter Zeit klemmte, da sie bei dem Brand durch die Hitze gelitten hatte.

Zu Hause hatte ich gehört, dass in den Kolonien alle Europäer fürstlich lebten. Doch davon waren wir weit entfernt. Ich bewohnte ein kleines, baufälliges Haus am Ende der bewohnbaren Welt und musste wohl froh sein, wenigstens eine Haushälterin zu haben, die die Tür für mich öffnete, auch wenn sie manchmal allzu großzügig von ihrem Recht Gebrauch machte.

26. Das Wappen von Wales

Am übernächsten Tag kamen wir endlich wieder in Simla an, wo es im Vergleich zum tibetischen Hochland angenehm mild war. Voller Vorfreude auf das langersehnte Wiedersehen mit Violetta schloss ich die Haustür auf und hoffte, dass meine Frau nicht über meinen wohl recht mitgenommenen Anblick erschrak. Ich hatte mich seit Tagen nicht mehr im Spiegel betrachtet, befürchtete aber, dass ich nicht präsentabler als Holmes aussah. Seine Gesichtshaut und seine Hände waren von der intensiven Sonne im Hochgebirge fast so verbrannt wie die der Tibeter. Sein Haar war vom wiederholten Färben stumpf und glanzlos, und die ohnehin schon schmal geschnittene Kleidung schlotterte ihm am Leib, so dürftig war unsere Kost meist gewesen.

»Liebling! Ich bin wieder da!«, rief ich in die Diele, in der es verheißungsvoll nach indischen Gewürzen roch, aber niemand antwortete mir.

»Hier hat es in der Zwischenzeit gebrannt«, sagte Holmes, stellte seinen Koffer am Treppenabsatz ab und starrte auf einige hässliche, versengte Stellen auf den Dielen.

Erst in diesem Augenblick bemerkte ich, dass die alten Zeitungen verschwunden waren, die ich eigentlich noch lesen wollte.

»Ein Brand in unserem Haus? Wie konnte das passieren?«, entfuhr es mir entsetzt, und ich erinnerte mich an die allgegenwärtigen kultischen Lichter in Tibet, die mir nicht geheuer gewesen waren. »Wahrscheinlich hat Uma überall im Haus Kerzen aufgestellt.«

»Jemand hat einen brennenden Gegenstand, wohl eine Zigarette, durch den Briefschlitz geworfen«, widersprach Holmes, der in die Hocke gegangen war und die Schadstellen auf dem Parkett durch die Lupe betrachtete.

Etwas Furchtbares war geschehen. Ich hatte es schon geahnt, als Violetta mir nicht entgegengeeilt war. Doch nun wurde die Ahnung zur schrecklichen Gewissheit.

»Man hat versucht, unser Haus anzuzünden?«, fragte ich entsetzt und ungläubig nach. »Ja, so ist es. Aber Ihre Frau hat das Feuer gerade noch rechtzeitig bekämpft, obwohl sich der Vorfall mitten in der Nacht ereignet hat. Dann hat sie den Briefschlitz verschließen lassen«, folgerte Holmes und deutete auf ein schmales Brett, das auf die Haustür genagelt war.

»Woher wissen Sie, dass es nachts geschah?«, erkundigte ich mich und sah Holmes über die Schulter, konnte jedoch seine Schlussfolgerung nicht nachvollziehen.

»Weil ich einen kleinen Partikel eines sehr feinen Baumwollgewebes gefunden habe. Kein Dienstbote trägt ein derart teures Nachthemd«, erklärte er und erhob sich wieder.

Im gleichen Augenblick regte sich etwas im Obergeschoss. Bald knirschten die Treppenstufen leise unter den leichten Schritten einer Frau, und ich schaute erwartungsvoll hoch, doch statt Violetta eilte mir unsere Haushälterin entgegen. Ihre Schürze war mit gelben Curry-Flecken bedeckt und das Gesicht vom Hantieren mit dampfenden Töpfen gerötet.

»Mrs. Tristram hat gerade das Mittagsmahl beendet und ist dann in die Stadt gegangen«, stellte sie sachlich fest und wischte sich die nassen Hände an der Schürze ab.

Das kam davon, dass ich unsere Ankunft nicht telegrafisch ankündigen durfte.

»Wissen Sie zufällig, wo genau sie ist?«, erkundigte sich Holmes mit finsterer Miene.

»Leider hat sie das nicht gesagt«, entgegnete unsere Haushälterin sichtlich irritiert. Wie ich fragte sie sich wahrscheinlich, warum Holmes sich plötzlich für den Aufenthaltsort meiner Frau interessierte.

»Sie wird wohl gegenüber bei den Ryders sein«, vermutete ich, bevor ich mich anschickte, endlich meine schwere Reisetasche die Treppen hinaufzuschleppen.

»Vielleicht hätten wir ihr doch lieber ein Telegramm senden sollen«, fluchte Holmes vor sich hin und schritt zur Haustür. Mehr irritiert als beunruhigt wollte ich ihm folgen.

Aber Holmes besann sich eines Besseren. Mit der Hand auf der Klinke wandte er sich wieder mir zu. »Vielleicht ist es doch besser, wenn Sie selbst nach Ihrer Gattin fragen«, schlug er vor und riss die Tür auf.

Langsam übertrug sich seine Unruhe auch auf mich. Mit einem flauen Gefühl im Magen trat ich ins Freie und schritt auf das Haus der Ryders zu, das wie verlassen vor mir lag. Kein Mucks drang nach draußen, und nichts regte sich im Garten, obwohl die Rhododendron-Büsche den Eindruck erweckten, als ob sie etwas mehr Wasser vertragen könnten. Vor dem Eingang blieb ich einen Augenblick lang zögernd stehen, bevor ich den Klingelzug betätigte. Ich wartete ein paar Sekunden und fragte mich bereits, ob unsere Nachbarn vielleicht verreist seien. Aber das zaghafte indische Hausmädchen öffnete schließlich doch noch die Tür einen Spaltbreit und starrte hindurch, als sähe sie ihre schlimmsten Befürchtungen bestätigt.

»Entschuldigen Sie bitte die Störung. Aber ist meine Frau zufällig bei Mrs. Ryder zu Besuch?«, fragte ich und ärgerte mich sogleich über mich selbst, dass ich mich jetzt schon bei einer Dienerin entschuldigte.

»Mrs. Tristram?«, vergewisserte sich das Hausmädchen in einem Tonfall, als ob sie ihr Gedächtnis durchforstete, wer das eigentlich sei. »Ich habe sie schon seit einer Weile nicht mehr gesehen.«

Ich wusste nicht recht, ob ich ihr tatsächlich glauben sollte, denn sicherlich gebot es die Loyalität zu ihrer Arbeitgeberin, alles zu vertuschen. Doch ehe ich auch nur eine Rückfrage stellen konnte, wurde die Tür schon wieder vehement geschlossen, was meinen Argwohn noch verstärkte. Ich verharrte einen Moment und lauschte, ob die Inderin mit ihrer Herrin sprach, hörte aber keine Stimmen.

»Wahrscheinlich hat sie nur irgendetwas in der Stadt zu erledigen«, sagte Holmes, als ich zurückgekehrt war und ihm von dem Gespräch mit der Dienerin berichtet hatte. Doch trotz seiner beruhigenden Worte tauschte er mit Uma besorgte Blicke. »Wir haben bereits viel zu viel Zeit bei der Auflösung eines banalen Mordfalls verschwendet. Jetzt ist es höchste Zeit für den letzten Akt, auch wenn ich dazu die Polizei einschalten muss«, verkündete er dann entschlossen. Offenbar hatte er in der Zwischenzeit einen kompletten Schlachtplan entworfen. »Ich wäre Ihnen daher sehr verbunden, wenn Sie in genau zwei Stunden ins *Wappen von Wales* kommen könnten. Ich erwarte Sie an dem mittleren Tisch in der hintersten Reihe, neben dem ein Vorhang den Durchgang zur Küche verbirgt. Dahinter können Sie unbemerkt unser Gespräch belauschen. Es ist immer besser, einen Zeugen zu haben«, instruierte er mich und machte sich dann auf den Weg.

»Wer ist denn nun Mister Roundtrees Mörder?«, rief ich ihm frustriert nach, und Holmes blieb kurz auf der Schwelle stehen.

»Lassen Sie sich überraschen«, entgegnete er – und schon war er verschwunden.

Wenige Minuten später hörte ich erneut das Zuschlagen der Haustür. Anscheinend war auch Uma bereits wieder gegangen, und ich fragte mich, was die Frauen ständig im winzigen Zentrum von Simla zu erledigen hatten. Die nächsten zwei Stunden verstrichen mit quälender Langsamkeit, ohne dass irgendetwas geschah, außer dass der Postbote ein paar Rechnungen in unseren neuen Briefkasten einwarf. Inständig wartete ich auf Violettas Rückkehr, doch sie ließ sich nicht blicken, weshalb ich erst auf den letzten Drücker aufbrach.

Als ich auf das *Wappen von Wales* zueilte, bemerkte ich Inspektor Melville, der gierig an einer Zigarette zog.

Den Hut ins Gesicht gezogen, drückte er sich betont unauffällig an der Hauswand herum. Hoffentlich hatte er noch ein oder zwei Polizisten mitgenommen. Schließlich wollten wir einem skrupellosen Mörder das Handwerk legen.

Ohne ein Zeichen des Wiedererkennens ging ich an ihm vorbei und öffnete die Tür, blieb aber sofort wie vom Donner gerührt stehen. An dem Tisch, den Holmes mir beschrieben hatte, saß ein kleiner, magerer Inder mit Tweedsakko und Balmoralmütze, der im Begriff war, mit großem Appetit ein Roastbeef zu verspeisen.

Konnte es tatsächlich sein, dass Roy Singh die Lawine überlebt hatte und uns nach Simla gefolgt war, um sich zu rächen? Aber dann wäre er nicht pünktlich zu dem von Holmes festgelegten Treffpunkt erschienen. Mit gemischten Gefühlen schritt ich auf die merkwürdige Erscheinung zu und erwartete jeden Augenblick, von dem Pandit zur Rede gestellt zu werden. Erst als mich der Inder halb vorwurfsvoll, halb amüsiert anschaute, erkannte ich, dass es in Wahrheit Holmes war, der sich mit dieser Maskerade selbst übertroffen hatte.

»Sie haben sich ja reichlich Zeit gelassen«, rügte er mich, nachdem ich ihn begrüßt hatte.

»Und wer ist nun der von uns gesuchte Mörder?«, fragte ich erneut, während ich mich schnell im Lokal umsah. Nur ein weiterer Tisch war belegt, und zwar von zwei kräftigen Herren, die wirkten, als würden sie sich täglich ein üppiges Essen gönnen, wenn auch nicht in einem teuren Restaurant, weshalb ich sie für verkleidete Polizisten hielt. Das traf wohl auch auf den Kellner zu, einen hochgewachsenen Mann im dunklen Anzug, denn ich hatte hier noch nie einen europäischen Ober gesehen.

»Der Mann, der gleich durch die Tür kommt. Ich habe ihm nämlich eine Nachricht geschickt, in der ich ihn um ein Treffen bitte«, sagte Holmes und bedeutete mir mit einer ungeduldigen Handbewegung, mich endlich auf meinen Posten zu begeben.

Wieder einmal musste ich warten, wurde aber diesmal schon nach wenigen Minuten erlöst. Schwere Schritte näherten sich, dann hörte ich eine Stimme, die ich nicht einordnen konnte.

»Ich habe Ihnen nun wirklich genug gegeben«, verkündete der Unbekannte, und ich lugte vorsichtig durch einen Spalt im Vorhang.

Ich sah einen hageren Europäer mit eckigem Schädel. Er stand mit dem Rücken zum Licht, und ich konnte nur seine Kontur erkennen. Daher dauerte es einen Augenblick, bis ich ihn wiedererkannte. Mister Ryder, durchfuhr es mich dann. Unser Nachbar! Der Mann, mit dessen Gattin meine Frau den größten Teil ihrer Zeit verbrachte! Ich war auf eine Überraschung gefasst gewesen, aber nicht auf einen Schock. Eine Welle des Elends durchflutete mich. Am liebsten wäre ich aus meinem Versteck gestürmt und hätte ihn gefragt, wo meine Violetta steckte.

»Es war gar nicht so leicht, die beiden Engländer aus dem Weg zu räumen. Dieser Mister Tristram hatte einen Revolver dabei. Er hat sich zu verteidigen versucht und dabei ein Maultier getötet«, sagte Holmes mit der nasalen Stimme des verstorbenen Pandits, nachdem Mister Ryder Platz genommen hatte.

Dieser blickte sich vorsichtig um. Erst als er den Eindruck hatte, dass ihn niemand hören konnte, entgegnete er etwas. »Von mir aus ersetze ich Ihnen das Maultier. So viel kann es ja wohl nicht kosten. Deshalb hätten Sie sich nicht extra nach Simla bemühen müssen.«

Der Kellner trat an den Tisch und händigte dem Neuankömmling eine Speisekarte aus.

»Für mich bitte nur einen Tee«, sagte Mister Ryder, ohne die Karte auch nur zu öffnen. Ein echter Ober hätte ihn darauf hingewiesen, dass er sich in einem Restaurant und nicht in einem Teesalon befand.

»Glauben Sie bloß nicht, dass ich Ihre horrenden Spesen in diesem teuren Lokal übernehme«, zischte unser Nachbar den vermeintlichen Roy Singh an, kaum dass sich die Bedienung wieder entfernt hatte.

»Außerdem mussten wir uns länger in Tibet aufhalten als geplant, und das hat mich ziemlich viel Geld gekostet«, fuhr der falsche Inder ungerührt mit seinem Gejammer fort und schnitt ein Stück von seinem Roastbeef ab.

»Aber Sie haben den Jungen gefunden?«, fragte Mister Ryder, dessen Stimme plötzlich argwöhnisch klang.

»Ja, aber doch nicht gleich im ersten Kloster«, entgegnete Holmes, offenbar mit vollem Mund.

»Und wo ist er jetzt?«

»Immer noch in Tibet. Mister Sigerson hat sich geweigert, ihn mitzunehmen.«

Mister Ryder schlug mit der flachen Hand auf den Tisch, sodass das Geschirr klirrte.

»Aber so lautete doch Ihr Auftrag! Dann müssen Sie wohl nochmals nach Tibet fahren!«

»Ich bringe keine Kinder um.«

»Aber Sie haben es mir doch selbst vorgeschlagen.«

»Ich habe vorgeschlagen, mich der Sache anzunehmen, aber mir gefällt das Ganze nicht. Ist der Junge eigentlich in Wirklichkeit Ihr unehelicher Sohn?«

»Wie Sie ja bereits selbst herausgefunden haben, ist er mein Neffe!«, brach es aus Mister Ryder heraus. »Mein Bruder Henry hatte bei einem seiner ohnehin recht seltenen Besuche in Simla nichts Besseres zu tun, als Edward Tristrams Hausmädchen zu schwängern. Unser Vater hat mich in seinem Testament übergangen, und ich bin nicht bereit hinzunehmen, dass jetzt Henry das ganze Geld seinem unehelichen Sohn vermacht!«

Unser Nachbar hatte sich derart in Rage geredet, dass seine Stimme immer lauter geworden war. Normalerweise wäre jetzt der Ober mit dem Tee gekommen und hätte ihn erschreckt.

»Ich frage mich ja, warum das Mädchen sich ausgerechnet in Tibet niedergelassen hat«, überlegte der falsche Roy Singh.

»Sie hatte dort Verwandte. Außerdem habe ich dem dummen Ding weisgemacht, dass man sie nach der Geburt des Kindes ins Arbeitshaus stecken würde«, entgegnete Mister Ryder, der offenbar auch noch stolz auf seine Arglist war. »Mir ist aber noch immer schleierhaft, wie mein Bruder von der Existenz des Kindes erfahren konnte.«

»Wohl durch seinen Freund Edward Tristram. Mit welchem Vorwand haben Sie den eigentlich ins Gebirge gelockt?«, fragte Holmes beinah beiläufig.

»Ich habe einfach behauptet, dort einen Yeti gesehen zu haben.«

Jemand, der so heimtückisch war, vergiftete auch seine Nachbarin und verscharrte sie im Garten.

»Und das haben Sie auch Mister Roundtree erzählt, nur dass sie ihn zum *Jakkhu*-Tempel gelockt haben?«

»Jetzt reicht es mir aber mit den unverschämten Fragen«, polterte unser Nachbar los, dämpfte jedoch sofort wieder seine Stimme. »Wenn Sie glauben, dass Sie mich erpressen können, so irren Sie sich! Schließlich haben Sie zwei Menschen ermordet. Bringen Sie gefälligst Ihren Auftrag zu Ende, und dann trennen sich unsere Wege!«

»Ich glaube, wir haben genug gehört«, sagte einer der beiden als Gäste getarnten Polizisten, der unbemerkt hinter Mister Ryder getreten war. Sein Kollege hielt sich ebenfalls bereit.

Unser Nachbar schaute einen Augenblick lang verdattert drein. Anscheinend hatte er es nicht für möglich gehalten, dass ihm jemand auf die Schliche kommen könnte. Dann sprang er so vehement auf, dass sein Stuhl umkippte, und rannte auf den Vorhang zu, hinter dem ich mich verbarg. Blitzschnell sprang ich zur Seite und stellte dem Flüchtenden ein Bein. Er fiel der Länge nach auf den Boden. Sofort legten ihm beide Polizisten Handschellen an und zerrten ihn auf die Füße.

»Wo ist meine Frau?«, stellte ich unseren Nachbarn erbost zur Rede.

Der blickte mich an, als wäre ich ein Gespenst, was ich für seine Begriffe ja auch war, denn der falsche Roy Singh hatte ihm soeben von meinem Tod berichtet. Das Entsetzen stand Mister Ryder ins Gesicht geschrieben, und es schien, als wollte er etwas sagen, aber seiner Kehle entrang sich nur ein leiser Schrei.

»Ich möchte wissen, wo meine Frau ist«, wiederholte ich meine Frage.

»Ich sage nichts mehr ohne meinen Anwalt«, brummte mein Gegenüber und durchbohrte mich mit seinen grauen Augen.

Außer mir vor Wut war ich schon im Begriff, mich auf meinen Nachbarn zu stürzen, aber einer der Polizisten zog mich zurück. Sonst wäre ich bestimmt gewalttätig geworden. »Wahrscheinlich machen Sie sich ganz unnötig Sorgen und Ihre Frau besucht nur in der Stadt eine Bekannte«, sagte Holmes in einem beschwichtigenden Tonfall, doch ich sorgte mich noch immer.

Ich hätte Violetta nicht allein in Simla zurücklassen dürfen. Aber konnte ich denn ahnen, dass im Nachbarhaus ein skrupelloser Mörder wohnte?!

»Das hätte ich nun wirklich nicht von einem Kolonialbeamten des gehobenen Dienstes erwartet«, sagte Inspektor Melville, der sich endlich die Ehre gegeben hatte, und musterte den sich noch immer heftig wehrenden Gefangenen. Offenbar war es unter der Würde des Inspektors, sich bei uns für die Entlarvung eines gefährlichen Verbrechers zu bedanken, was eigentlich seine Aufgabe gewesen wäre. Ohne uns weiter zu beachten, zog er ein letztes Mal an seiner Zigarette und drückte sie dann in dem überfüllten Aschenbecher aus, der auf dem Tisch stand, an dem Holmes gesessen hatte.

»Bestimmt war er es, der den Brand bei uns gelegt hat«, schimpfte ich vor mich hin.

»Höchstwahrscheinlich. Ich dachte mir übrigens gleich, dass es im Grunde um eine Erbschaft geht«, sagte Holmes trocken und sah zu, wie man unseren Nachbarn aus dem Lokal schleifte.

In diesem Augenblick kämpfte ich mit zwiespältigen Gefühlen. Einerseits dachte ich, dass ich mich freuen sollte, weil Edward Tristrams Mörder seiner gerechten Strafe zugeführt wurde. Andererseits machte ich mir derartige Sorgen um meine Frau, das mir unser Erfolg fast egal war. Außerdem befürchtete ich, dass Inspektor Melville uns auffordern könnte, sich ihm anzuschließen. Doch zum Glück begnügte er sich damit, uns am kommenden Tag ins Polizeirevier zu zitieren.

»Können wir das Restaurant jetzt endlich wieder öffnen?«, fragte der blasierte indische Kellner vom letzten Mal, der in der Zwischenzeit den Raum betreten hatte.

»Ja, selbstverständlich – und vielen Dank für Ihre Mitarbeit«, murmelte der Inspektor zerstreut, bevor er dem Gefangenentransport folgte.

Auch Holmes bedankte sich, und zwar wesentlich verbindlicher, und verlieh seinen Worten mit einigen Münzen Nachdruck. Dann zog er sich in den Personalbereich zurück, um seine Verkleidung abzulegen. Als er wenige Minuten später in den Gastraum zurückkehrte, sah er wieder wie aus dem Ei gepellt aus, und wir konnten das *Wappen von Wales* verlassen.

Vor der Tür hatten sich inzwischen zahlreiche Anwohner versammelt. Sie waren immer zur Stelle, wenn es etwas zu gaffen gab, doch wenn man ihre Hilfe brauchte, machten sie sich rar. Die Laternenanzünder begannen bereits ihre Runde, und wir mussten uns beeilen, um vor Einbruch der Dämmerung unser Haus zu erreichen.

»Jetzt werde ich nochmals gegenüber klingeln und Mrs. Ryder zur Rede stellen«, kündigte ich an, als wir endlich die Straße erreicht hatten, in der wir wohnten. Aber Holmes hielt mich davon ab.

»Das ist leider nicht möglich, denn sie wohnt wohl nicht mehr hier«, erklärte er und wies mich auf die verwahrlosten Pflanzen im Vorgarten hin, die auch mir bereits aufgefallen waren.

27. Violetta

Den Kopf sorgenvoll gesenkt und in Gedanken bei den Verbrechen, die unser Nachbar begangen hatte, steckte ich den Schlüssel ins Schloss der Eingangstür unseres Hauses. Mit einiger Mühe gelang es mir, sie zu öffnen. Sie müsste geölt werden, dachte ich, als ich ohne große Begeisterung eintrat. Noch niemals zuvor war mir unser neues Heim so ärmlich und düster erschienen.

»Wir müssen uns vorhin knapp verfehlt haben«, hörte ich plötzlich Violetta sagen. Beim Klang ihrer melodischen Stimme setzte mein Herz einen Moment lang aus, und meine Knie wurden weich.

Lächelnd trat mir meine Frau aus dem ehemaligen Teeladen entgegen. Ihr elegantes, nach neuester Pariser Mode geschnittenes Kleid zeigte, dass sie ebenfalls gerade erst aus der Stadt gekommen war.

»Ich bin ja so froh, dass dir nichts passiert ist«, stammelte ich fassungslos vor Freude und nahm sie in den Arm. Ich konnte es kaum glauben, dass der Albtraum tatsächlich vorbei war.

»Aber ich war doch nur beim Schneider, um Maß für ein oder zwei warme Kleider nehmen zu lassen, und dann habe ich über eine Stunde in der Bibliothek auf Mister Ryder gewartet«, sagte Violetta irritiert, löste sich aus meiner Umarmung und trat einen Schritt zurück, um mich zu mustern. »Du siehst ja grauenhaft aus!«, entfuhr es ihr dann, und sie schüttelte missbilligend den Kopf.

Ich hingegen meinte einen Augenblick lang, mich verhört zu haben. »Auf wen hast du in der Bücherei gewartet?«, vergewisserte ich mich dann.

»Auf Mister Ryder von nebenan«, wiederholte Violetta mit der größten Selbstverständlichkeit, mich dabei noch immer kritisch betrachtend. »Er wollte mir etwas Dringendes mitteilen.«

Wenn wir nur wenige Stunden später nach Simla zurückgekehrt wären, hatte er meiner Frau womöglich etwas angetan. Bei dieser Vorstellung wurde mir ganz schlecht. »Ich nehme morgen ein Bad und gehe dann zum Friseur«, versprach ich, war aber noch immer in Gedanken bei unserem Kriminalfall. »Rate mal, wer meinen Onkel in die Berge gelockt und auch Mister Roundtree ermordet hat?«, fragte ich und sah Violetta erwartungsvoll an.

»Wenn du mich so fragst, kenne ich ihn wohl bereits?«, sagte sie, überlegte kurz und fasste sich dann erschrocken an den Mund. »Doch nicht etwa … Mister Ryder?«

Ich nickte nur stumm.

»Ich fand es schon die ganze Zeit verdächtig, wie er dir krampfhaft aus dem Weg gegangen ist«, entgegnete Violetta und schaute mich an, als wäre es eine Erleichterung, dies endlich laut auszusprechen.

Perplex drehte ich mich zu Holmes um, der sich jedoch dezent zurückgezogen hatte. Seine Wissbegierde hatte ihn ans Ende der Welt getrieben, nur begriff ich leider immer noch nicht, was genau er dort gesucht hatte und ob es wirklich der Aufklärung der beiden Todesfälle in Simla gedient hatte.

»Verwechselst du ihn nicht mit Mister Norrington?«, fragte ich kopfschüttelnd, während wir ganz gemächlich die Stufen hinaufstiegen.

Violetta lächelte, ob freundlich oder belustigt, war im diffusen Licht auf der Treppe schwer zu entscheiden.

»Er ist eigentlich ganz nett, aber Mister Ryder hat ihm Schauermärchen über dich erzählt«, sagte sie und hakte sich bei mir unter. »Übrigens hatte Mister Norrington seinerseits immer den Eindruck, dass du ihn feindselig anstarrst, aber trotzdem hat er eigentlich nichts gegen dich.«

»Das beruhigt mich ungemein«, entgegnete ich sarkastisch. Dann erzählte ich mit knappen Worten von unserer Reise und davon, wie wir den Mörder entlarvt hatten. »Holmes vermutet übrigens, dass Mrs. Ryder ihrem Mann davongelaufen sei«, beendete ich meinen Bericht.

Unser Reisegefährte, der uns bereits im Salon mit einer Flasche Portwein und drei Gläsern erwartete, hatte offenbar meine Frage mitgehört.

»Das war keine Vermutung, sondern eine wissenschaftliche Deduktion. Außerdem habe ich nur festgestellt, dass sie zur Zeit wohl nicht im Nachbarhaus wohnt«, verbesserte er mich.

»Sie ist nach England abgereist, angeblich, weil sie Sehnsucht nach ihren Kindern hat. Eine seltsame Frau!

Manchmal war sie reserviert und dann wieder übertrieben vertrauensselig. Kein Wunder, dass ihr Mann offenbar befürchtet hat, sie könne mir zu viel erzählt haben«, sagte Violetta und nahm ein Glas in Empfang. Die Straße lag schon im Dunkeln, und trotz der glühenden Asche im Kamin sah man im Raum nur noch Schemen. »Nun müssen wir noch herausfinden, warum Edward Tristram Lackschuhe, aber keinen Frack besessen hat«, fügte sie hinzu, eine für meine Frau typische Bemerkung.

»Er besaß einen Abendanzug, der aber verschlissen war, weshalb er ihn zum Schneider gebracht hatte. Den Abholschein habe ich vorhin in einer Küchenschublade gefunden«, verkündete Holmes und zog einen ehemals wohl weißen, aber mittlerweile gelblichen Zettel aus der Jackentasche.

»Die ganze Katastrophe wurde doch nur dadurch ausgelöst, dass mein Onkel so ein Geheimniskrämer war. Wenn jeder gewusst hätte, dass er den Sohn seines ehemaligen Dienstmädchens sucht, wäre dessen Bruder nicht auf die Idee gekommen, alle Mitwisser aus dem Weg zu räumen«, sagte ich zu Holmes, der die Anspielung auf sein eigenes Verhalten nicht mitbekam oder schlicht ignorierte.

»Und dann hat Ihr Verwandter sich ausgerechnet Roy Singh anvertraut«, bemerkte er trocken und füllte unsere Gläser erneut.

»Was hatte es eigentlich mit der Statuette auf sich, die mein Onkel an den Wirt des *Lahmen Yak* weitergereicht hat?«, überlegte ich, als Holmes wieder Platz genommen hatte.

»Sie hat nichts mit unserem Fall zu tun«, entgegnete dieser lapidar und nippte an seinem Glas.

»Und die Statuette, die der junge Mönch um den Hals trug?«, fragte ich und trank ebenfalls einen Schluck.

»Sie hat für uns nicht die geringste Bedeutung«, brummte Holmes schlecht gelaunt und starrte auf das nur noch ganz schwache Feuer, das im Kamin glomm.

»Ist es nicht ein ziemlicher Zufall, dass es sich in beiden Fällen um Buddha-Darstellungen handelt?«

»Überhaupt nicht. Hier gibt es eben sehr viele Buddhisten«, war die ernüchternde Antwort.

In diesem Augenblick betrat Uma den Salon, um endlich neue Holzscheite nachzulegen und die Lampen anzuzünden, in deren warmem Licht der Salon gleich viel wohnlicher wirkte.

»In einer Viertelstunde ist das Abendessen fertig«, kündete unsere Haushälterin an, bevor sie den Raum wieder verließ.

»Seit wann hatten Sie eigentlich Mister Ryder in Verdacht?«, fragte meine Frau, als wir wieder unter uns waren.

Diese Frage gefiel Holmes sichtlich besser als die beiden von mir gestellten. Er zog seine Pfeife heraus und begann zu erzählen: »Da er die Initialen R. R. besitzt, habe ich ihn früh in die Liste meiner Verdächtigten aufgenommen. Aber dieser unbestimmte Verdacht wurde erst konkret, als ich nach unserer Rückkehr aus Tibet in Roy Singhs Büro nochmals auf diese Initialen stieß. Daraufhin habe ich mir von Ihnen das Gruppenfoto aus der Schublade Ihres Onkels Edward zeigen lassen und eine große Ähnlichkeit zwischen einem der Männer auf dem Bild und Mister Ryder festgestellt. Wie wir inzwischen wissen, war es sein Bruder Henry, der offenbar wesentlich älter als unser Nachbar ist.«

Ganz plötzlich begriff ich, warum mir Mister Ryder immer vage bekannt vorgekommen war. Der tibetische Beamte hatte sich hingegen beim Anblick von Henry Ryder auf meinem Foto an den jungen Mönch erinnert gefühlt.

Das Feuer loderte inzwischen den Kamin hinauf. Krachend brach plötzlich ein Scheid entzwei, und das Gespräch verebbte für einige Sekunden.

»Wie mag wohl der gute Edward erfahren haben, dass sein ehemaliges Hausmädchen einen Sohn bekommen hat, der Mönch in einem tibetischen Kloster ist?«, überlegte ich dann.

»Da sind wir leider auf Spekulationen angewiesen. Der Junge war damals bereits zehn Jahre alt. Deshalb vermute ich, dass Edward Tristram einem Verwandten des Mädchens begegnet ist. Jedenfalls hat Mister Tristram daraufhin Henry Ryder informiert, und der hat ihn gebeten, seinen Sohn ausfindig zu machen«, erläuterte Holmes hörbar unzufrieden darüber, wie viel wir noch immer nicht wussten, und begann seine Pfeife zu stopfen.

»Wir sollten so schnell wie möglich Henry Ryder einen Brief oder besser noch ein Telegramm schreiben«, schlug ich vor und schaute nachdenklich auf den Kamin, in dem das Feuer wieder in sich zusammengesackt war.

Wahrscheinlich würde Henry Ryder daraufhin Holmes den Auftrag erteilen, seinen Sohn aus Tibet zu holen. Die erneute Reise auf das Dach der Welt würde er diesmal ohne mich antreten müssen, denn der bloße Gedanke an die Gefahr, in der Violetta geschwebt hatte, ließ eine Welle der Trostlosigkeit in mir aufsteigen.

»Zuerst werde ich unseren Klienten darüber informieren, dass wir den Mörder seines Vaters gefasst haben«, verkündete Holmes, als der Tabak in seiner Pfeife brannte, und nahm dann einen tiefen Zug. »Es bleibt eigentlich nur noch eine ungeklärte Frage, nämlich warum Edward Tristram die beiden Koffer ins Gebirge mitgenommen hat. Die wahrscheinlichste Erklärung dafür ist, dass er gerade unter einem Fieberschub litt und glaubte, er könne zu Fuß nach Tibet gehen.«

Als wir auf den erfolgreichen Abschluss unserer Ermittlungen anstießen, erwog ich kurz, die nicht konsequent durchgehaltene, aber im Prinzip alphabetische Anordnung von Edwards Büchern aufs Tapet zu bringen. Doch ich unterließ es lieber, da ich mittlerweile glaubte, dass mein Onkel schlicht nicht besonders ordnungsliebend gewesen war.

Ralf Kramp

IHR MORD, MYLORD

Taschenbuch, 240 Seiten
ISBN 978-3-95441-319-5
10,95 EURO

Sorry, Sherlock und Miss Marple –
Hier kommt seine Lordschaft!

Verteufelt britisch, diese Kriminalgeschichten! Ein waschechter Lord ermittelt mit Tweedkappe und Stiff Upper Lip.

Er ist ein übergewichtiger Snob und kann bisweilen eine richtige Nervensäge sein. Trotzdem ist Reginald Lord Merridew unbestritten einer der klügsten Köpfe Großbritanniens. Mit seinem ausgeprägten Sinn für hintergründige Rätsel und trickreiche Kriminalfälle hat er sich einen Namen als ausgefuchster Privatdetektiv gemacht. Seine Fälle sind allesamt very british, und er löst sie ganz ohne die Hilfe von Computer oder Handy, denn wir befinden uns mitten in den sechziger Jahren.

Egal, ob jemand nach Shakespeare-Manier meuchelt oder Leichen oberirdisch auf dem Friedhof abgelegt werden, ob die Lösung zum Rätsel im Pie-Rezept verborgen ist, oder ob eine gestohlene Oscar-Statuette als Mordwaffe dient – Lord Merridew ist seinem Freund und Begleiter Nigel Davison stets um mehrere Nasenlängen voraus. Und auch den Lesern, die diese mit augenzwinkerndem Humor erzählten Kriminalgeschichten lieben werden.

KBV KRIMINALROMAN

KBV KRIMINALROMAN

Ulrike Dömkes

PUB DER TOTEN DICHTER

Taschenbuch, 272 Seiten
ISBN 978-3-95441-318-8
10,95 EURO

Ein Half Pint und einen Mord, please!

Boris de Beers geht im idyllischen Kent den Geheimnissen der Vinotherapie auf den Grund und stolpert über eine Leiche.

Das Grape & Dragon ist ein kaum noch zu findendes Original, mit abgewetzten Holztischen, zugigen Sitzecken, einem rauchenden Kamin und fettigem, leicht versalzenem Essen. Hier ist der Schriftsteller Jeremiah Hell stets mit von der Partie, wenn es wieder einmal hoch her geht.

Als die Anstreicher ihn eines Tages aus seinem kleinen Cottage vertreiben, quartiert er sich in Rose Hill Manor ein, dem Wellnesshotel seines Freundes.

Auch den Wein-Journalisten Boris de Beers hat es nach Rose Hill Manor gezogen, in dem als Nebenprodukt des lokalen Weinanbaus eine Vinotherapie mit Traubenkernöl für Publicity sorgt. Darüber möchte er eigentlich einen Artikel verfassen, doch was ihm guttut, hat für den Fantasyautor fatale, tödliche Folgen. Jeremiah Hells nackte Leiche wird auf einer Massagebank gefunden.

Zwischen der lieblichen Landschaft Kents und den rauen Gezeiten der Küste Cornwalls begeben sich Boris de Beers und seine Begleiterin Gianna nun auf Spurensuche.